中国当代杂文精品大系
1949—2013
朱铁志 主编

“十二五”国家重点图书出版规划项目

天下大美

蒋子龙杂文自选集

蒋子龙／著

金城出版社
GOLD WALL PRESS

图书在版编目(CIP)数据

天下大美 : 蒋子龙杂文自选集 / 蒋子龙著. —北京 : 金城出版社, 2014.5

ISBN 978-7-5155-0978-5

Ⅰ. ①天… Ⅱ. ①蒋… Ⅲ. ①杂文集 – 中国 – 当代

Ⅳ. ①I267.1

中国版本图书馆CIP数据核字(2014)第006048号

天下大美

作　　者　蒋子龙
主　　编　朱铁志
出 版 人　王吉胜
责任编辑　柯　湘
文字编辑　彭洪清
开　　本　880毫米 × 1230毫米　1/32
印　　张　10.75
字　　数　180千字
版　　次　2015年9月第1版　2015年9月第1次印刷
印　　刷　北京金瀑印刷有限责任公司
书　　号　ISBN 978-7-5155-0978-5
定　　价　49.00元

出版发行　**金城出版社**　北京市朝阳区利泽东二路3号
邮政编码　100102
发 行 部　(010)84254364
编 辑 部　(010)64215770
总 编 室　(010)64228516
网　　址　http://www.jccb.com.cn
电子邮箱　jinchengchuban@163.com
法律顾问　陈鹰律师事务所　(010)64970501

蒋子龙，1941 年生于沧州。1960 年中技校毕业，同年应征入伍并考入海军制图学校，毕业后成为海军制图员。1965 年复员后重回天津重型机器厂，当过厂长秘书、生产工段长、车间主任。1962 年开始发表作品，著有《蒋子龙文集》14 卷。

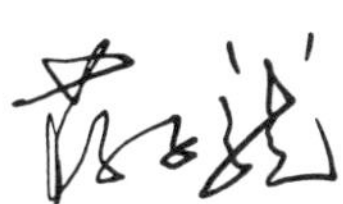

写在前面的话／朱铁志

目录

写在前面的话

朱铁志

选编一套全面反映当代中国杂文创作概貌的大型丛书，是我一段时间以来的愿望。

现代意义的杂文创作，肇始于五四新文化运动，以鲁迅先生为代表。新中国成立后，以中共十一届三中全会为分水岭，经历了前后两个三十年的不同阶段。从建国初到十一届三中全会前三十年，由于“反右”、“文革”等政治运动的影响，杂文创作就整体而言比较萧条，只有前后三个阶段短暂的“繁荣”期，出现了《“三家村”札记》、《燕山夜话》、《长短录》等代表性作品，就时间而言，累计不超过两年。

杂文真正的繁荣期是十一届三中全会以后。以1976年打倒“四人帮”为标志，伴随着真理标准的大讨论，新时期文学开启了狂飙突进的新时代。在文学大军浩荡前行的队伍里，杂文与小说、诗歌一道，成为引领思想解放的光荣一翼。它以睿智的眼光、坚韧的意志、不屈的姿态，傲然挺立在新时期乍暖还寒的土地上。仿佛报晓的雄鸡，又像滚动的春雷，将蛰伏的生灵唤醒，把冰冻的土地融化。于是，无数思索的目光透过“花边文学”窥见时代风云变幻，无数焦渴的灵魂在震撼中开始寻找失落的尊严。由鲁迅先生开启的“社会批评”、“文明批评”的杂文传统，在这一刻焕发出特殊的力量，启发群伦，激励民众，推动社会变革。如果说新时期以思想解放为发端，那么完全可以说，新时期文学的苏醒、奋起、繁荣，既有以“天安门诗抄”为代表的诗歌的功绩，有以《伤痕》、《班主任》为代表的“伤痕文学”的贡献，同时也有以《鬣狗的风格》、《江东子弟今犹在》、《东方红这首歌》、《切不可巴望“好皇帝”》、《华表的沧桑》、《语录考》、《万岁考》等为代表的一大批优秀杂文的贡献。思想解放运动作为新时期的发动机，是杂文复兴最重要的思想基础和推动力量；新时期杂文的繁荣是思想解放运动的必然结果和逻辑延伸。作为时代精神的特殊反映，新时期杂文以最敏感的神经感应世事变迁，以最锋利的武器对腐朽势力发起有效进攻。时代进步有它的助力，社会发展有它的功绩。作为思想解放的先驱、历史进步的先声，新时期杂文以其宏大的创作群体、优异的创作实绩、广泛的社会影响，彪炳文学史，笑对时代潮，成为杂文家足堪自豪的美好记忆。这当中，有以严秀、秦牧、何满子、章明、林放、牧惠、邵燕祥、王春瑜等为代表的前辈作家，有以陈四益、陈泽群、符号、李下、鄢烈山、王乾荣、李乔、甲乙等为代表的中年作家，有以张心阳、陆春祥、潘多拉、杨学武、杨庆春、刘洪波等为代表的青年作家。1989 年《人民日报》“风华杯”杂文征文标志着新时期杂文创作的顶峰，表现出前所未有的思想深度、艺术魅力和社会影响力，是新时期杂文创作的标志性事件。

集中反映新时期杂文创作成就的文集数量庞大，规模不等，目前被普遍关注的主要有七种，一是曾彦修（严秀）、秦牧、陶白主编的《中国新文艺大系·杂文集（1976—1982）》，1987 年由中国文联出版公司出版；二是严秀、牧惠主编的《中国当代杂文选粹》，四辑共 40 本，由湖南文艺出版社出版；三是张华、蓝翎、姚春树、牧惠、朱铁志主编的《中国杂文大观》，1989 年由天津百花文艺出版社出版；四是刘成信主编的《中国当代杂文八大家》，1997 年由时代文艺出版社出版；五是朱大路主编的《杂文 300 篇》和《世纪末杂文 200 篇》，分别于 2000 年和 2001 年由文汇出版社出版；六是刘成信主编的《中国杂文》（百部），2013 年起由吉林出版集团有限责任公司出版；七是朱铁志主编的《中国新文学大系·杂文卷（1976—2000）》，2009 年由上海文艺出版社出版。

上个世纪80年代末期，在协助牧惠先生主编《中国杂文大观》第四卷过程中，我比较系统地阅读了新时期以来的杂文作品，搜集了大量杂文集和其他杂文资料。2006年，承蒙王蒙、王元化二位先生的邀请，由王充闾先生和我主编《中国新文学大系·杂文卷（1976—2000）》（王充闾先生后因健康原因退出），再次比较系统地阅读了新时期的杂文作品。两次经历使我突出感到，新时期杂文是新中国成立以来环境最为宽松、创作最为活跃、成果最为丰厚的时期。两个大型选本虽然以时间为序，各自选编了五六十万字的杂文佳作，但限于篇幅，远不能全面反映这一时期杂文创作的全貌，迫切需要在适当时候以杂文家为线索，选编一套全景式展现新时期杂文创作整体水平的大型丛书。

《中国当代杂文精品大系（1949—2013）》就是这个设想的产物。我们拟在原来工作的基础上，选编一个更加全面、更加权威、更加开放、更大规模的选本。该丛书以时间为经，以代表性作者为纬，每人精选一本本人迄今为止全部创作的代表性作品，突出思想性、文学性、史料性，力争为后人留下一份基本能够反映当代杂文创作水平、可资信赖和检索的翔实资料。选本的时间跨度为1949年至2013年，但其重点如前所述，毫无疑问是新时期以来的杂文创作。选本不存门户之见，不论名气大小，不搞亲疏远近，不做成封闭体系，力争客观、公允、理性、包容。入选数量将从创作实际出发随时增减。近年来，随着时间的流逝，何满子、冯英子、黄秋耘、老烈、牧惠、谢云、舒展、蓝翎、李汝伦、陈泽群、王大海等杂文宿将先后离我们而去；严秀、方成、章明、刘征、虞丹、周修睦、邵燕祥、黄一龙等前辈已逾耄耋之年；而依然活跃在创作一线的王春瑜、陈四益、李下、鄢烈山、王乾荣、李乔、阮直等，也已跨越退休年龄；即便是安立志、杨学武、张心阳、陆春祥等中坚力量，也过了知天命之年；年轻如刘洪波、徐迅雷、杨庆春、潘多拉诸位，其实也已年逾“不惑”。由此看来，杂文实实在在面临一个“传”与“承”的问题。“传”，是把前辈优秀的作品整理出来，传之后世；“承”，是通过我们的选编出版，让后人特别是今天的年轻人知道中国还有杂文这样一种古已有之并由鲁迅先生完善的独特文体，还有一群为之殚精竭力、焚膏继晷的辛勤作者，还有生生不息、佳作迭出的杂文作品。杂文之火不灭，乃是思想解放的灯塔不灭，“社会批评”、“文明批评”的优良传统不灭，中国知识分子的良知不灭。从这个意义上讲，选编这套丛书无论怎样繁难艰苦，都是值得的。

感谢金城出版社以足够的远见卓识和人文关怀接受并全力支持本丛书出版。说老实话，在这个把“物”与“利”作为万物尺度的世界上，并不是随便哪个出版家都有这样的眼光，都愿意为此承担可能的风险。不过我相信，本书即便不能成为出版商所期盼的“畅销书”，也完全有可能成为具有一定价值的“长销书”；本书的编者和出版者很快都会退出历史舞台，但这套丛书一定会留在时间深处，留在人们的记忆中。

不积跬步，无以至千里；不积小流，无以成江海。“社会主义文化大发展大繁荣”、“建设社会主义文化强国”，离不开实实在在的“小事”。毋宁说，“大发展大繁荣”恰恰有赖于“小作为”，选编这套丛书，庶几近之。

感谢所有入选本丛书的杂文作者，没有他们多年来的辛勤耕耘，中国的文化园地无疑会缺少一种冷静、理性的声音。他们是“雅典的牛虻”，是“中国的良心”，是值得关注和记住的一群。

2014年惊蛰于北京沙滩

城里又见断头树

到外地参加一个朋友的新书研讨会，会后跳上他的吉普车直奔山区。这位朋友喜欢摄影，镜头是他的第二支笔，此时大地回暖，万物复苏，嫩绿由低向高、由阳面向背阴处一级级、一层层地濡染，山野现出勃勃生机。但我们却没有享受更多的野趣，反看到一种怪异景象，勾起满腹感慨，抑郁不舒。

正是“植树造林”的季节，无论哪里都应该栽树才对，可乡里正在刨树，在一个人的引领下专挑大树刨，有卡车在旁边等着，装满一车就拉走。朋友告诉我，那个向农民讨价还价并当场点钱的指挥者，就是“树探”。如今有专门发现明星的“星探”，有专门物色优秀管理人员的“猎头公司”，寻找和出卖大树也成了一种职业，说白了就是“树贩子”。

我上前打听价格，他倒不隐讳，也不怕我的朋友拍照，傲慢得很，反问我们是哪来的？然后说你们那里也买过我的树，许多大城市都买我的树，那里的头头就是靠我的树创造政绩升了官。你们看我挑的这些树，首先是长的地方好，带着一身好风水过去，谁买了准能升官发财……我问他这么大的树，底下只留那么小的一个土包，把根都砍掉了，能活吗？他满不在乎地咧咧嘴，那就不是我的事了，留这么大的根包是专家计算过的，只要栽得好、会护理，绝对能活。我说你把根多留点，土包大一点，不是更保险吗？他眼睛一斜，你站着说话不腰疼，那我们就得多花多少钱、多受多少累？再说了，他们若是栽一棵活一棵，以后我的树卖给谁去？前边的人一步到位把城市都绿化好了，叫后边的人还怎么出政绩升官？

哎呀他竟然还有这样一番道理！许多年前曾听人抱怨过，植树造林走过场不重实效，大多是“植树造零”。不想今天竟变成“植树造官”。我问他买这些树的价格？他说每棵树都不一样，一般二三十年的好树要二三百元，最高不超过五百元。松树便宜，十几年的树农民管装上车才七十元一棵。再问他运到城里要卖多少钱，他一摆手，说这是商业秘密。朋友接过话茬答到，十几年的树最便宜也要卖七八千元，贵的一棵上万或几万元，二三十年以上的大树最高可卖到一二十万元！

这么贵呀？倘若再活不了，那就不是“造林”，而是造孽了！俗云：“人挪活，树挪死。”农村的青壮劳动力大都进城打工，多少还能挣个活钱，如今连像点样子的树也被挖走了，乡村一下子空了，山野失去了灵气。而有些树就是一个地方的象征，是一部地方志、一部乡村历史，一棵树就是一个村子，或一个山岭，譬如：青松岭、银杏谷、柳树庄、槐树屯……就这么用铁锨给毁了？

在回去的时候朋友特意绕道新城区，看看从山区挖来的那些大树进城后的命运。它们被锯掉树冠，变成一根根干梆梆粗大的橛子，整齐地埋在新拓宽的马路两侧，不管它们以前是什么树，进城后都换成一个统一的名号："断头树"。其命运也像它们的名字一样凶险不祥，大部分"断头树"或渐渐枯干，或在当年回光返照抽出几根细枝、钻出几片新叶，到第二年死掉，在马路边站上一到两年的岗，便被拔掉再栽上新的"断头树"。只有极个别的幸运者会存活下来，重新长出新头……

——这只是我个人的观察，不足为据。回到家后立即上网查找有关城市"断头树"的存活率，搜到熊培云的文章《乡村的古树》，文中说：大树进城的死亡率很高，有时买十棵要死六七棵，"需要为其'吊水'、'打针'，甚至盖起'空调房'，24 小时不间断地喷水保持水分。即使这样，还有 70% 的大树最后变成了干柴"。

我忽然想到，1958 年的"大跃进"，疯狂地砍树炼钢铁；如今在城市急剧的膨胀中，倒霉的又是树……

现代妇女有多少问题?

最近有一妇女杂志找到我，说有几个问题只想请作家解答，为陷入困境的妇女出主意。我很欣赏一句民谚：“没有比替别人出主意更不负责任的了。”但几经推辞，最后还是好奇心促使我接下了这个任务，想知道现代女士们都有些什么样的问题？又陷入了何种“困境”？

一位化名“纠结的人”问我，她从交友网上结识了一个“出色的男人，事业成功，博学、幽默”，并从同学那儿得知他曾有三次婚史，他解释说第一次结婚时还不懂爱情，第二次是女人先背叛他，第三次是女人脾气太坏，受不了。并赞美她才是最“温柔美丽，善解人意，是女人中的珍品，是他生命里最重要的女人，是他生命中最美丽的一道光彩”。“给她写很多浪漫的诗，喂她吃葡萄，陪她买衣服，总是痴痴地看着她……”她觉得他是世界上最温情的男人，而自己正是那个最幸福的女人，却又怀疑离过三次婚的男人还能信任吗？

这种事她是当事人都拿不准，我又没去调查那个男人，怎么能为他打包票或投反对票？只好以问代答：你是不相信他，还是不相信自己？真正爱上了是不顾一切的，一个成年人对自己的感觉这样没信心，还努力摆出许多他的好处来说服别人，其实是在说服自己。一个男人能否值得信任不完全取决于有几次婚史，有些大人物似乎还不只有过三次婚史，跟最后一个不也能白头到老吗？任何婚姻都有冒险的成分，世上没有完美的人，却可以有特别合适的人，他对别人不合适，对你合适，就有可能幸福长久。你所说的这个“世界上最温情的男人”，肯定只是他的一个方面，他若一贯如此就没有你现在的机会。他离过三次婚，也肯定不都是女方不好，实际上你到目前为止也还没有真正爱上他，所以瞻前顾后，患得患失。因你看到的都是表面，你举出的那些花前月下的细节，是任何一个成年男人想讨好女人都会做得出来的。你最好以平常心、以将来要过家常日子的标准，再交往一段时间看看。

一名叫“凡人”的女士说，为了报复出轨的丈夫，她在外面也有了人。但报复过以后并不快乐，丈夫出轨让她像吞了苍蝇，自己的出轨又吞下第二只苍蝇。此刻却无法收手，她对那个男人动了真情，欲罢不能，而对方不想娶她，其妻还找到她大闹一场，自己的丈夫也坚决不与她离婚，她觉得自己的生活毁了，问我错误的人生还能不能改写？

确是“凡人”，但凡人哪有不犯错误的？何况她犯的就是“凡人的错误”。本来人生中有些错误是不能犯的，那是些无法改正的错误。恰巧她犯的这个“凡人错误”是可以改正的。用出轨报复出轨，用错误惩罚错误，结果错上加错，那个做了她报复丈夫的工具的男人，并不想娶她，他权衡以后还是认为“原装”的好，这跟她的丈夫当初背叛你有什么不同？她以背叛报复背叛，结果遭遇两次背叛。幸好她婚姻中的裂隙并非不可修补，丈夫早已回心转意，把一切过错都揽到自己身上，这样的男人已属难得，值得珍惜。我劝她也彻底收心，守着自己的家庭过安定日子，只要以诚相待，时间会弥合伤口。天下这样的夫妻不少，晚年相依为命，仍旧能找回平静与和谐。

还有位“小红”姑娘爱上了已婚的“老大哥”同事，在生活和工作中“罩”着她，并夸赞她有着传统的古典美，在现代社会实属难得。两人一起外出时她被照顾得像度蜜月，但晚上他却要分房而眠，害得她每晚都不锁门，期待他会在半夜突然出现在自己的床边……她的心里很苦，问我维持现状是最好的选择吗？

我问她：你还有什么“现状”可维持？所谓“现状”很有可能是你一厢情愿的想象，你的心里已经起火，半夜为他留门，这样的心火难灭，迟早要烧起来，到那时恐怕被毁的只能是你。有问题的现状不能维持，只能改变。维持有问题的现状，等于维持问题，越维持问题越严重。给你三点建议：1. 真若如你所说，他是现代社会难得的真君子，你应该成全他的高洁，不该心存绮念，坏了一个好男人的清名。从现在的关系中急剧后退，以一个淑女的姿态对他，对他所有的赞美和暗示一笑置之，不往心里去。2. 他可能是情场高手，或在放长线，等你受不了时主动投怀送抱，他则进退自如，不负任何责任。否则他对你的赞赏就不会让你感到是一种暗示、近乎挑逗，引得你心神迷乱。或者他有难言之隐，没有能力或不敢接受你的感情……无论是哪种情况，你都没有必要继续这样自误。3. 倘若你是个拿得起放得下的人，不妨主动跟他挑明，说你爱上他了，看他怎么办？

还有因未生儿子被虐待、嫁给了老同学却长期遭受冷暴力等等一些匪夷所思的问题，没有笔墨细述了，就此打住。

2010年的“哥”

2010年急速蹿红的各色各样的“哥”们，并不真是什么哥。全都八竿子打不着。甚至也不一定是人，比如在南非世界杯上大红大紫的“章鱼哥”。在这个急功近利的网络社会，若想出名快，当“哥”是一条捷径。

夏末武汉科大的新生郑某入学，由5名家人陪伴，其中有他坐在轮椅里的83岁奶奶，另有10名志愿者帮他扛着14包行李，光毛巾就带了7条，卫生纸带了够用4年的……不知是否还带了奶嘴和保姆？在网上立刻被评为“齐全哥”。

毒奶粉和致婴儿性早熟的奶粉事件曝光后，令孕妇们犯了难，要补充营养不能不吃奶粉，可吃什么样的奶粉以及怎样吃才安全呢？一南方女子心计玲珑，让她丈夫买来各式各样的奶粉先试吃。这反倒成全了这个幸运的男人，天天拿奶粉当饭吃，而且发明了各种雷人的吃法，往网上一贴，瞬间爆红，被称做“奶粉哥”。此兄之所以受追捧，还因其成名途径具有广泛的推广和普及意义，现在有毒的岂止奶粉？男人们特别是丈夫们还有许多“哥”可做：“青菜哥”、“大米哥”、“水果哥”……再引申一步，干脆代替女人怀孕，做个“代孕哥”岂不更具轰动效应？

无锡小伙子周力所在的单位经常加班，却不发加班费。他向劳动监察部门反映，得到的答复是“没法管”。一气之下周力做了一面锦旗，送给无锡劳动监察大队，上书：“不为人民服务”。惊世骇俗，随即被网友们尊为“锦旗哥！”……这“哥”那“哥”，别看“哥”这么多，但“哥”的封号却不是可以乱给的。同样是讨要工资，河南 30 多名农民工，跑到郑州花园口景区门前的河神塑像前焚香、杀鸡，磕头祭拜，祈求河神显灵，帮他们讨回被拖欠 3 年的工钱。他们没有“哥”的自信和强势，以弱者无助的姿态，欲借求神感动地方官员或老板。不知黄河的河神爷是否真能显灵？可不要受了百姓香火也“不为人民服务”！

“哥”一族的兴起，代表了世人的一种心气，似乎跟 2010 年非常流行的一种理论有关：在现代网络社会中，只存在“能的”和“不能的”的两种人。而且这两者之间的差距正以人们意想不到的速度在扩大。“能的”越来越能，不断聚集财富；“不能的”越来越无能，不断失去财富。

这令人不禁想起一个著名的广告：在没有任何铺垫和渲染的情况下，一些中国体育明星突兀地脱口而出：“我能！”由于口气太大，给人印象特别深刻，让许多人记住了那些体育明星的大话。后来发现那些喊“我能”的明星，都输掉过重大比赛，原来他们是“能赢，也能输”！时下异想天开的人很多，但现实社会永远都不会让一个人想有多“能”，就真能多“能”。就像广州一个聪明过头的女子，乘车时被夹断了右手食指，灵机一动觉得财运来了，请律师要起诉汽车公司，并索赔 100 万元。律师认为要价过高，她却振振有词：“我那根手指是用来指挥我丈夫的，我丈夫可是百万富翁！”不等她说完律师早就溜了，周围的人也悚然都退后好几步，怕她疯劲上来被咬一口。

当今社会热闹很多，看热闹的人也很多，你“能”不好，反而会出乖露丑。做蠢事的往往并不是蠢人，蠢人做不了太大的蠢事，做蠢事的都是聪明人、能人。这个世界上真有你想“能”就能、偶尔有一“能”就可多能、一时“能”就可永远能的事吗？要有也是做梦娶媳妇，只要“心想”就能“事成”。到了被称为“神”的地步，应该是无所不能了吧？巴菲特就被全世界的人当成“股神”，还曾是全球的“首富哥”，到头来却将 99% 的财富都捐给慈善事业。而且他从来不吹自己“能”，只承认自己有“非凡的好运，但命运的安排反复无常，无人能确定谁会在什么时候抽到上上签”。“拥有某些东西，确实能让我的生活更有滋味，但拥有过多反而让我吃不消。我想有一架私人飞机，但若拥有好几处房产，就会成为负担。很多时候，拥有越多财富，越会沦为财富的奴隶。”

中国目前有私人飞机 200 多架，仅“飞机哥”林某一人就拥有

11 架。至于“拥有几处房产”的人，可能都数不过来。能到“通神”的人与一般的“能者”、或者叫世界级的大富翁和“烧包”之间的差异，竟然像他们所有拥有的财富一样悬殊！这是为什么？摩根大通银行对《福布斯》近 20 年来全球富豪排行榜研究后得出结论：“在 400 位曾进入过全球富豪榜的名流中，只有 1/5 的人能维持其地位。统计表明，这些富豪的风光生活通常都维持不了 20 年，而投资失误、重税和挥霍无度是搞垮这些富豪的三大原因。”

原来巴菲特的过人之处，是为自己找到了一个最佳归宿，把钱都捐了，反而能永保“风光”。所以像过去的洛克菲勒、现在的盖茨等一批世界首富，不管以前当过什么“哥”，最后都选择做了“慈善哥”。为自己的人生画个圆满的句号，生生死死都做了财富的主人。

偏方治大病

俗云："有病乱投医。"环境污染，气候变化，现代社会什么病没有？作为平衡，热心而聪明的人也多，于是各种各样的偏方便大行其道，构成洋洋大观。

比如"以狗代医"——当下高龄产妇多，难产的孕妇也多，在有些高档医院的产房里，增加了一些四条腿的"助产士"，它们是一些漂亮的公狗。难产的孕妇只要跟狗对视一会，体内就会分泌更多的催产素，有利于顺利生产。据说这项"高科技"还是从日本引进的。有些接受了狗大夫帮助的产妇在网上撰文说："妇女难产还不是臭男人惹的祸，越是跟人打交道多了，就越喜欢狗。因为狗永远是狗，而人有时候不是人！"

有位名模保持好身材的偏方是："每天一起床先疯笑三声，通天、通地、通便，好身材都是拉出来的。"不错，自古有"好汉子搪不住三泡屎”一说，何况是娇嫩女子。

由于“多恋症”泛滥，有的一个人恋好几个，有的却一个也恋不上，造成失恋的人很多。对症下药，有一个治失恋的偏方正在广泛流传，而且非常简单：“玩命跑步，将身体里的水分蒸发掉，失恋也自然就跟着好了。”妙哉，原来所谓爱情不过就是一股水呀？竟把天下人折腾得五疾六受。待到将那股“坏水”挤干或熬干，就没事了。

不要以为偏方都是来自民间，联合国经济合作与发展组织(OECD)，发布了2009年以各国生活条件统计数据为依据的结论：“吃饭速度快的国家，经济增长也快。”据说金融危机严重的欧美诸国，听到这个偏方后都加快了用餐速度。

奥运会、全运会，中国运动员成绩斐然。羽毛球冠军林丹公布了一个偏方，运动员要想出好成绩，就把性交给国家，让国家统一管理。“运动员的性是国家的，受一个体制管理，我们男女分居，不能相互接触，多数时候是禁欲状态。”曾有媒体曝光，过去东德的体育非常棒，他们的偏方是，在大赛前的两三个月让女运动员怀孕。女子在怀孕初期体能会有超常的发挥，赛后再流产。看来无论是纵欲还是禁欲，都可用作秘密武器。

中国的高速公路已经网络化，司机疲劳驾驶的状况日趋严重。有些收费站就想出高招，向司机收费的同时发放干辣椒，让他们嚼着干辣椒上路，想不兴奋都不行。此方格外受到湖南、湖北、四川、云贵等地司机的欢迎。

但也有些偏方欠雅，南京有个社区，老人们打麻将成瘾，为了顾及老人的健康，管委会藉口房子紧张将麻将桌摆进一个厕所里，以为老人们嫌臭就会罢手。不想老人们戴着口罩在厕所里照样打得昏天黑地，还自得其乐地在厕所门口挂上“老年人活动中心”的牌子。不禁令人想起许多年前流传很广的一个叫《老干部活动中心》的笑话。

最简单可行又有奇效的偏方，是改名字。电影演员黎姿嫁给富商马廷强后，为了让马家有后改名为“黎珈而”。此偏方估计会有大效果，李嘉诚的儿媳妇王富信，过门后连生女儿，于 2005 年改名为王丽桥，2006 年即为李家诞下首名男孙。可谓立竿见影。改名后转运的明星还有刘福荣——改为刘德华，梁碧芝——改为梁咏琪……但中国人多，此风不可大面积蔓延，更不能不征求本人同意强加于人。比如有人在网上给侯耀华改为“侯药华”，将赵忠祥改为“芙蓉姐夫”，便有失厚道。

多年来政治生活中有一痼疾，即开会多、效果差，还常常有上边讲话、下边不听的情况发生。如今有偏方治这种毛病了：不想解决问题就老开会，真想解决问题则不开会；要解决大问题就开小会，会议越重要参加的人越少；解决小问题则要开大会，会议越不重要参加的人越多。又怎么让人听信你的话呢？如果大声说不听的时候，小声说就听了；当面说不听的时候，背后说就听了；你跟他说不听的时候，让人传话他就听了；说正经话不听的时候，夹点一堆脏话就听了。

网上曾传播过一些青年人在公共场所的情爱偏方：女孩闹牙痛，男孩凑上去一个长吻，女孩的牙立刻不痛了。一会儿女孩的脖子又出了故障，男孩一吻也好了。旁边一老太太看得眼热，高声求年轻人帮忙："小伙子你真神了，能治脚气吗？"后面有位老大爷更急切，挤到前边说："先给我来来吧，我的痔疮又犯了！"

当代社会有股风气，一有富翁征婚，哪怕长得像歪瓜裂枣，也会有成百上千的美女前去应征。这让许多独立好强的妇女很不以为然，她们不怪自己的姐妹不争气，却觉得是有几个臭钱的男人在羞辱妇女。风气败坏也是一种社会病，而目前的商品社会不可能有正规渠道医治这种病，只能用偏方，以其人之道，还治其人之身。她们明察暗访，鼓动唇舌，终于说服一位 49 岁的单身富婆也公开招亲，打出广告在全国范围内寻找"灵魂伴侣"。这下不得了，只短短几天就有 394 名男子前来应试，年龄从 20 岁到 60 岁不等，职业从公务员到医生、律师等等什么人都有。应征者在自愿的情况下还可以现场高声朗诵一首诗："少女诚可贵，少妇价更高，若有富婆在，二者皆可抛。"

——这回可让妇女们好好地出了口恶气。谁都知道现在看病难，药费贵。既然"偏方能治大病"，省钱又省事，那就多多益善吧。

不怕“脱”

前不久，一女子在广州东川路便利店行窃，被店员发现后追赶至大街之上，惊动了路人和附近的保安，在呐喊声中挺身拦截，遂成合围之势。女贼情急之中不做别的反抗，竟开始脱掉身上的衣服，幸好南国不像北方这么冰天雪地，她本衣衫单薄，脱起来也方便。当身上只剩一件内衣时，一边做脱状一边大叫：“再不让我走，就脱光给你们看！”真不知此女是怎么想的，你脱光了又如何？现代男人们还会惧怕一个异性裸体吗？或许不说这句话还要好些，差不多已经“脱光”了还要火上浇油，保安们便“勇往直前，一举拿下！”

这个女贼大概爱看小说，上作家的当了。以前不是一有青少年犯罪，就说是受了黄色小说的毒害嘛？一百多年前法国有个大作家雨果，曾发过高论：“一个全裸的女人，就是一个全副武装的女人。”这句名言可真害了不少女人。至今还有些青年女子愿意当“肉弹”，那可是肉里藏着真炸弹，不是为了自己逃跑，而是先把自己炸死。当一个女子光有一堆肉，谁还怕你？若在前些年，利用人们少见多怪的心理，当人对众地脱光之后或许没人敢碰、无人敢抓，趁机溜之乎也。现如今，各种各样的裸体人们见得多了，银幕上、车展上、欢场上、选美大赛上……乃至操场上、法庭上、餐馆里，哪里没有“脱”景？

而且不光女的脱，别以为当众脱光是女人的专利，男的也脱。去年夏天，复旦大学两名男生，“头戴学士帽，在校园内裸奔，庆祝毕业，并拍照留念”。这很有可能是受了中国古代作家的影响，古人说人生有两大快乐：洞房花烛夜和金榜题名时。莫非男人们一碰到高兴事就联想到要进洞房，下意识里先脱光了再说？然而不管出于什么心理，男人爱“脱”，总归上不了台面，不被骂为下作、无聊、发疯就不错了。或许有人说，中国古代也有过“脱男”，并且因“脱”成名。不错，《三国演义》里祢衡裸身击鼓，那是为曹操所逼，借脱骂曹。还有一个爱脱光的刘伶，是借酒撒疯，但他只在自己的家里裸。

2009 年最著名的一“脱”，是成都一吴姓女子。因告男友强奸索赔未果，便脱光衣服大闹法庭，拳打书记员，掌抽法官脸，结果被司法拘留 15 天。既输了官司，又搭上了自己。作为一个女人，即使愤怒至极，又何必非糟践自己的身体？如果真被男友作践过，为什么自己再作践第二次？这不恰好从反面给法庭的判决提供了有力的证据？衣服这个东西，是人类文明史上的一大创造，别看款式多样，穿起来很复杂，一旦穿上它，就简单而安全。当人脱光衣服之后，看起来简单，实际却复杂了，反而会添乱。世间的许多麻烦、乃至战争，都是因为脱衣服而不是穿衣服引起来的。珠三角连锁西餐厅的一家分店开业，竟请来数名一丝不挂的人体模特助兴，结果闹得场面大乱，人们搞不清此处是卖饭哪，还是卖肉？

——这里也脱，那里也脱，脱来脱去，脱不胜脱。人类由裸到穿上衣服，是文明的一大进步。不怕裸，见裸不怪，遇脱不惧，又是社会的一种进步。既然你自己不怕脱，别人也就不怕你脱。但是，有些人已经脱上瘾了，动不动就脱，不分时间场合，想脱就脱，甚至强脱乱脱。北京一高档住宅区里有对外国男女，光天化日之下竟脱个精光，躺在草坪上晒太阳。小区里的居民们看不惯这种西洋景，侧目而过，议论纷纷，保安却目不斜视地走过去，很有礼貌地请他们立刻穿上衣服。那对“光男”、“光女”落落大方，又振振有词：“穿上衣服还怎么晒太阳？”似乎还很有道理。保安也很机智：“小区的太阳不是只属于你们俩的，你们这样污染了小区的阳光，对其他居民构成骚扰。给你们三条建议，一是赶快穿好衣服；二是回到自己的家里爱怎么脱就怎么脱；三是再这样晾着，我可就报警了，警察会强行让你们穿上衣服，还要加以处罚。”当众穿衣服跟当众脱衣服同样尴尬，那对男女选择了抱着衣服回家。就因为这一“晒”成名，那对男女再碰到人都低头而过，后来干脆就搬走了。

同样的道理，有的影视女星靠一脱成名，以后再想把脱掉的衣服穿上可就难了，有的要好几年，还有可能永远也穿不上了。特别是危机时代，今天这儿闹灾，明天那儿出祸，人们需要穿着严谨。《伦敦时报》公布了一项调查成果：金融危机爆发后，欧洲男子老式白衬衣的销量迅速增长。法国南部的沙滩上，只能看见老年女人的裸体，而年轻女性变得保守，开始拒绝裸体日光浴。这就是潮流，而潮流总是有其道理，并不是凡裸体就好看、就美，有相当多的人是经不起裸的。有衣服遮挡着还像模像样，一裸便惨不忍睹。所以才发明了衣服。

成都一家肥肠粉店，深知当今潮流是反裸、厌裸，就用来当做惩罚手段，公然在店门口贴出告示："使用假钞，50 元以下当众臭骂，50 元以上脱衣游街！"立竿见影，告示贴出一年多再没有收到过假钞。这样自己立法自己执行，未免有点霸道，倒是中央美术学院的创始人及首任校长郑锦，发明以裸体拒客，极尽雅妙之趣。他用布幔画了一对裸体男女共舞图，悬挂于办公室中，若有粗鄙豪绅来访，便拉开遮掩画作的布帘，"访客便会坐立不安，很快就告辞而去。"当这个秘密传开以后，所有来客一见校长要拉帘，就赶忙起身逃走。

风尚是不断变化的，"脱风"也会转向。为了不出乖露丑，还是看护住自己的身体，穿好衣服。衣着得体，才能抬举人，即"人靠衣服马配鞍"嘛。

不许放屁

——这个题目并不是从毛泽东的《念奴娇·鸟儿问答》中抄来的，而是北京市胡庄小学的校规：“学生当众放一个屁罚款5元，乱扔垃圾罚款0.5元……”该校老师解释说，制定这个新校规是为了让学生们从小养成良好的卫生习惯，同时也是响应上边的号召。

上边是谁？一位中科院院士在中国森林城市论坛上呼吁：“政府应考虑对企业甚至排放二氧化碳的市民征收每月20元的生态税。”市民如何排放二氧化碳？还不就是放屁嘛！

环境污染已严重到危及地球的生死存亡了，原来最大的污染源竟是人们的“后门”！怎样监管这众多的“后门”呢？河南太康一所初级中学有创意，在厕所里安装摄像头，“摄”得学生们总觉得是在众目睽睽之下拉屎撒尿，能憋的就憋回家再方便，有的孩子老憋着就得了大便干燥……“后门”倒是管住了，厕所也干净多了，却不是有益孩子健康，而是相反。

哥本哈根的联合国气候变化会议，真实地反映了国际社会的现实：反复无常，混乱无序，各说各的理，吵成一锅粥。但也产生了一个很大的正面效应，那就是人们的环境意识增强了。有些中国官员跟得最紧，口号来得也快，随即提出要当“绿色干部，加强绿色意识”。

国家审计署原审计长李金华却提醒道：“中国公务员人均办公面积世界第一。”可见“绿色空间”确实巨大，你不是要当“绿色干部”吗？那就请拿出点实际行动来：合并办公室，住房超标的让出来，每天骑自行车上班，像新西兰人一样每次洗澡不超过3分钟，还得像小学生一样不准乱放屁……国家越清廉，环境污染才越好治理。

网络上正在议论一件事：凡提到交通拥挤、车祸频发、妇女儿童被拐卖，就说警力不足。影星范冰冰到武陵山国家森林公园为一减肥产品代言，竟有警车开道，所到之处无不警力充足……这当然会造成一定的污染，那“生态税”该由谁来上？

但是，世界上确有以各种花样翻新的实际行动来保卫地球的：新西兰就有个组织，公开号召民众：“为了环保，请吃掉你的宠物。”四川成都有一批环保志愿者，与新西兰人的主张正相反，他们站在饭店门口或大堂里，大声提醒用餐者：“为了共同的地球，请不要吃肉！”

全日本航空公司，为减少燃料消耗和二氧化碳的排放，要求所有乘客“登机前先如厕”。一些尿频、尿急等前列腺有毛病的乘客，难免会对“全日空”心生恐惧。

非洲出海盗的索马里，最近又诞生了一个激进的“环保组织”，认为妇女隆胸不环保，“女性胸部应该保持自然，任何人工的方式都是违反自然的欺骗行为”。他们的成员手持皮鞭，在大街上巡视，看到有胸部“不自然”的，就冲上去一顿鞭打。

澳大利亚的科研人员发现，刚剪下来的青草气味特别好闻，能释放一种对人有益的化学物质，使人快乐而又放松。于是他们提炼青草汁代替香水，让每个洒了这种绿水的男女，“闻起来都像是刚刚割下来的青草”。又省钱，又保健，这才是名副其实的“绿色发明”。

浪漫的意大利人正想拾掇起一个环保的老偏方。当年为淡化牙齿的颜色、清新口气，罗马人曾大量进口葡萄牙人的尿，他们固执地认为葡萄牙人的尿疗效更好。尽管气味不佳，但尿液里含有氨水及尿素，具有杀菌成分，能有效地防止牙龈炎——前些年中国、日本风行过一段时间的“尿疗”，原来此方还是东西方通用、国际流行。

最绝的是俄罗斯一名 28 岁男子，竟在肺里种小树——与其被动地指靠外面提供新鲜空气，莫如在自己的体内搞绿化。说他是无意间吸进了树的种子，有些不可想象，那粒种子在他肺里生根发芽，小树苗已长到了 5 公分高，这不是三五天能办到的事，他怎么可能没有觉察？若说他是成心往自己的肺里吸进几粒树种，也有点匪夷所思……最终还是因为疼痛难忍，到医院开刀，把好不容易成活了的小树苗又取了出来。不管怎么说，他曾经拥有一个“绿化肺”的事实，令人称奇。如果真是出于对环保的痴迷而这么做，其精神就该受到尊敬，故媒体称他为“绿色堂 · 吉诃德”，实不为过。

中国当然也有这类付诸实际行动的“绿色人士”。北京一芳名杨珏的白领，夏天的晚上和朋友一起在小区花园里用电蚊拍灭蚊，噼噼啪啪的响声能缓解工作和生活中的压力，灭蚊又可帮助小区清洁环境，减少疾病传播。事虽小，却比说一大套漂亮的空话要好。

还有一些正在萌生的绿色理念，也很有意味。年轻人正提倡以“低碳爱情”适应低碳时代。有一调查结果显示，热恋中的女人每5秒钟就会想到一次购物，爱得越炽烈，对物质的贪求和浪费也越大，二氧化碳的排放就更多。于是有了这样的说法：“天长地久太难，缠缠绵绵太累，保持适当的距离与合适的温度，就相当于‘减排’。”爱，也要环保。

当下是“虚实交叉”的时代，每个人既活在现实中，又离不开网络，环保也应该在“虚实”两界同时展开。“生活中，人们用真名说假话；网络上，则用假名说真话……为了环保，请一律用真名说真话。”

按照世界权威气候学家的说法，从现在到2015年，人类还剩下5年时间拯救地球。而最大的环保，就是培养出一代代的“环保人”。联合国教科文组织总干事马约尔说得很聪明：“我们留下一个什么样的世界给子孙后代，在很大程度上取决于我们给世界留下什么样的子孙后代。”

红旗与渠

国旗、军旗、党旗、队旗，以及各式各样的奖旗，都是红的。但人们一提到红旗，首先想到的是革命的象征、党的标志。所以革命要有红旗引领，出征要在旗下宣誓：“生是旗下一个兵，死做旗上一点红！”做出了优异的成绩要感谢红旗，贡献卓著者到盖棺论定时会红旗加身……因此过去的动摇分子最爱提出的疑问是：“红旗还能打多久？”心怀叵测者最狠毒的诅咒是：“红旗落地，革命变色。”今天已经没有人能说得清楚，当初是谁、又是在怎样的情势下，将“红旗”与“渠”联系在一起，把“引漳（河）入林（县）工程”改成了“红旗渠”？半个世纪来，无数以红旗命名的事业或单位，只剩下了一个普通的名号，如红旗化工厂、红旗百货商店、红旗大街等等。甚至以红旗为象征的许多典型也已成为过去，如合作化时的穷棒子精神、工业化时的鞍钢宪法、“大跃进”时的高产卫星、“文革”中的大寨梯田、开放之初的大邱庄暴富……惟“红旗渠”，是个惊人的例外，至今仍被人们由衷地喜爱和尊敬着。

创造了当今流行文化一个热点的百家讲坛，向来以翻新历史经典吸引人。2010 年却高调宣讲红旗渠，听众踊跃。近几年拍摄的有关红旗渠的影片，如《红旗渠的故事》，获中国电影界的最高奖项“金鸡奖”；电视连续剧《红旗渠的儿女们》，获中国长篇电视剧的最高奖“飞天”一等奖……凡跟红旗渠有关的文化产品似乎都有不菲的“票房”，乃至带动了以红旗渠为商标的物质产品也同样畅销。据报载中国第一人口大省河南的烟民，数十年一贯制地喜欢“红旗渠牌香烟”。举一反三，“中国红旗渠集团”应运而生，日前在全国打着红旗渠旗号的产品有 25 大类 230 种之多：红旗渠酒、红旗渠水泥、红旗渠汽车配件、红旗渠型材，等等等等。文化在选择适合自己的经济，而不是相反。

红旗渠已经形成了一种庞大的文化景象，这也正是它的魅力所在。每年都要吸引近百万自费参观者，其中包括许多外国游客，他们中甚至有人说：“不看红旗渠，等于没有到过中国。”为什么偏偏是一条水渠能代表中国？自新中国建立后，改天换地，移山填海，搞了多少大会战，干了多少惊天动地的大工程，为什么只有红旗渠被当做“除长城之外的第二个伟大工程”，在国际上被誉为“世界第八大奇迹”？更为奇妙的是，红旗渠明明还是一渠日夜流淌的活水，却已经被评为“全国重点保护文物”。其人工天河般的构筑，作为现代重要史迹，成了新中国建设史上和中国治水史上的经典。

经典并非是“可遇不可求”。或许正相反，是有所“求”的结果。只不过要看是谁在求，为谁求，求什么，怎样求？当初决意要修建红旗渠，并不是当地官员急着要出“政绩”，也不是奉上级之命，非修此渠不可，相反还要承担违背中央指示的后果。当时中国正处于著名的“三年自然灾害”时期最困难的阶段，于1960年11月，中央发出通知，为了休养生息在全国实行“百日休整”，凡基本建设项目一律下马，上级还特别督促红旗渠工程也必须马上停工。当时红旗渠工程正是较劲的时候，气一泄就半途而废了！可中央的指示也不能不执行，于是林县县委做出决定：大多数民工回生产队休整，留下300名青年开凿狼牙山隧洞——那是一座出壮士的雄峰，山势险峻，石质坚硬，而隧洞却要洞穿太行山腰。此洞后来被命名为“青年洞”，是现在到红旗渠的旅游者必看的景观之一。

在中国历史上有个传统，好官大多都关心治水。红旗渠工程是官为民求，官求和民求完全统一，其动力、意志和气势，就非同小可，足以排山倒海。他们求什么呢？死地求活，绝处求生。人无水，必死无疑，一个县的几十万生民严重缺水，就等于陷入绝境。土薄石厚、水源奇缺的林县，《县志》记录了旱魔猖獗、十年九不收的惨状，上面写满“绝收”、“禾枯”、“悬釜待炊”、“十室九空”、“人相食”等触目惊心的字眼。三个男人与一头狼争抢从石头缝里滴下的水珠，结果竟都被狼咬死。大年三十的晚上，桑耳庄桑林茂老汉的儿媳妇，因天黑路陡弄洒了老公公用一整天时间来去走了十四里山路才挑回的一担水，愧悔难当，当夜悬梁自尽……是1959年一场历史不遇的“卡脖子”大旱，逼得林县上上下下都不能不做个决断：与其继续苦撑苦熬下去，不如拼死一战，或许还能拼出一条生路。

于是，酝酿了许多年，也勘查、规划了许多年，翻山越岭将漳河水引过来的工程上马了。前后共有数十万名民工上阵，他们推着小车，自带口粮、代食品、炊具、锹、镐、镢、铁锤、钢钎……浩浩荡荡地奔赴太行山。这是一项大禹式的开山导河工程，总干渠的70多公里要全部在峰峦叠嶂的太行山腰上开凿，农民们用长绳把自己吊在悬崖峭壁上施工，头上巨石嶙峋，身下万丈深涧。负责打眼放炮的人，一锤下去一个白点，常常打坏10根钢钎还凿不成一个炮眼。一旦炮响，乱石滚滚，血汗交迸，是人与大自然的肉搏，悲壮激烈，惊天地而泣鬼神。前5年，他们中就有189名民工牺牲，256名民工重伤致残。他们住山洞，睡石崖，每个人每天的口粮标准只有六两，几乎把山上所有能进口的东西全填进肚子里充饥，先后竟开凿了211个隧洞，削平了1250座山头，架设了151座渡槽。红旗渠人，真是拼了！

“天下事或激或逼而成者，居其半。”历史有时需要一个工程或一个事件，才能看出人的品质。红旗渠体现了林县人最优秀的精神品质，张扬了他们共同的理想。正是这统一的理想，让他们变得无比单纯而坚毅。鲁迅仿佛早就给林县人写好了评语：“中国自古就有埋头苦干的人，有拼命硬干的人，有舍身求法的人，有为民请命的人，他们是中国的脊梁。”

林县人耗时10年，经历了共和国历史上最特殊的两个时期：

三年困难时期和“文革”动乱时期，在 30 万农民工的参与下，终于修建了总长 1500 多公里的红旗渠，解决了 57 万人和 37 万头家畜吃水的难题，在通水后的前 20 年里，粮食亩产就提高了 5 倍。它不仅仅是一渠水，还是一渠粮，一渠油，一渠蜜……是林县的大动脉，是百姓的生命线。

奇迹就是这样创造的，经典就是这样诞生的。它不是虚夸的精神膨胀，是自然与人的命运的契合，让历史和群众真正从心里叹服，才会成为经典。许多年来，人们习惯了面对红旗说些感谢的豪言壮语，而红旗渠，经历了半个世纪的辉煌，真正让人们体会到了，红旗以“渠”为荣，红旗应该感谢“渠”。正由于此，才有了一个叫“红旗渠”的具有经典意义的先进典型。

天下大美

遗传学发布了新的研究成果：现代人类越长越漂亮，满大街都是美女、帅男，打扮得也更为新潮入时、赏心悦目。天下大美，正如美国希尔顿饭店集团女继承人、“话题女王”帕丽斯·希尔顿所言：“不论到哪里都要打扮俏丽，生命短暂，何苦从众。”

她似乎是在代表天下美女发布爱美宣言，这却成全了一个世界著名的老男人，即意大利总理贝卢斯科尼。此翁从来桃色丑闻不断，并公开向民众给出了一个堂而皇之的理由：“外面实在有太多美女和企业家了。”听听，满大街的美色和金钱，不多弄出点丑闻，怎对得起自己和选民？意大利民众似乎也真的接受他的解释，前不久被打得满脸开花，支持率反而上升。大有“宁在花下死，做鬼也风流”之概。

无独有偶，杭州有位老先生，经常开着现代跑车，载着年轻女孩去潇洒。老伴不能容忍，提出离婚，他老人家也振振有词："我一个 70 岁的老头儿，即使有想法还能怎么着？你让我满足一下心理需求不行啊？"这是不是也喊出了一大帮"老头儿"的心声？古人云"老要张狂"，此老虽然心不老，说出的话却难免扫兴，还是难比老贝。

世界金融风暴以后，英国人赚钱难了，有一机构改行专门研究男女关系，他们得出的结论是："男性平均每天要花 43 分钟看 10 个不同女性，1 年就是 259 个小时。从 18 岁到 70 岁，男性看美女的时间累计可达 18 个月 11 天。"男人们过眼瘾最常见的地点依次是：超市、酒吧、夜总会、工作场所等。

人类变美了，想不到还有这么多"附加值"。凡有车展，必有穿着薄如蝉翼的美女车模，在新车旁忸怩作态。有人讶怪："是看车呀还是看肉？"有此一问，足见已经被"肉"之美惊住了。厂家正是以"肉"诱惑你看车，香车美女，一票看双美，岂不便宜？

那么，在这个波涛汹涌、一浪高一浪的"看美大潮"中谁最得实惠呢？一个叫文经风的年轻人。他于 1993 年开办了中国第一家性用品商店，推动了安全套的市场化，使中国人得以享受到"计划外"的性。或许就是因为这一"功德"，他被"美"过的人们尊为"套爷"。遂在"套史"上留下美名。

但，2009 年的大美、从里到外都美的老人，是七旬的拾荒老太郭冬蓉。12 月 18 日早晨她捡到 7000 元人民币，如今不怕失主讹诈、敢在路边捡钱就是勇气。缴公却也不是一件很便当的事，待老人颇费周折地将钱交给警察后，感到肚子饿了。一早晨光为了送钱耽误了自己拾荒，没有破烂可卖，兜里又没钱，只能向眼前的警察求助："同志，我还没吃早饭，你给我一块钱，买俩馒头行吗？"难得老人这份实诚、坦荡和自然。倘若那位警察再给老人一个温暖的拥抱，然后送上一份热乎乎的早餐，就十全十美了！

还有跟警察有关的一桩美事，也非常特别。河南永城的警察去抓捕犯罪嫌疑人张某，不早不晚正赶上张某跟未婚妻拍婚纱照，"陶醉在爱情的幸福之中"。谁都知道如今拍婚纱照有多么的啰嗦，警察们在外面硬是等了6个小时，让张某"幸福"完了走出来，才实施抓捕。这6个小时，充满了人性之美、人性之善。当张某知道警察竟等了他6个小时，分外感动，当即认罪。抓捕不是美事，却被人办美了。

美事有多种多样，夏末高考发榜后，有些地区的邮递员，在派送高考录取通知书的同时，附带着送上一束花，燃放一挂鞭炮，主家则必须回赠一个"六六大顺（120元）"的红包。如果主家自觉自愿，便是两全其美。若是主家不情愿，邮递员强行索要，就为不美。

从"财迷"的角度说，作为中国人住在哪个城市最美呢？答案是北京、上海。据《2009胡润财富报告》称：北京每万人中有88人是千万富翁，上海每万人中有62人是千万富翁，而在全国，每万人中只有6人是千万富翁。不是千万富翁而又生活在千万富翁多的地方，到底怎么个美法？不住在北京、上海就无从知晓了。

即便不住在北京、上海，还有别的美，山西中财大酒店公然打出广告：“党政机关出差和会议定点饭店”。可见如今开会就是一美，“凡开会没有不隆重的，闭幕没有不圆满的，讲话没有不重要的，鼓掌没有不热烈的……”有位爱开会又讲话的领导就特别得意，他每次讲完话后总会得到两次掌声。其实，第一次鼓掌是那些没睡觉的人，掌声吵醒了睡觉的人又鼓了第二次。官员们有这么多美事，很自然就想让自己的长相也变得更美，于是纷纷整容。“中国整形第一刀”陈涣然医生接受采访时说：最近两年常有官员联系整容，他们喜欢夜间来，速战速决，不露痕迹。官员和太太们可占到接诊人数的20%到25%。爱美之心人皆有之，又何必偷偷摸摸？

不能光讲成人社会的美，而忽略了“儿童世界”之美。去年“六一”儿童节当天，在深圳中山公园大门口，停着一辆崭新的宝马车，副驾驶的位子上坐着个一脸稚气的男孩，从车窗里伸出一个用衣架做的钓竿，竿头挑着一块牌子，上写：“缺温暖，钓后妈。”小家伙姓马，13岁，在深圳一所贵族学校读书，父母离异，出此怪招想找一个能照顾自己的后娘。当时引起很多人围观，动了心的也大有人在，许多人都觉得这是一件美事。小马人小鬼大，惟愿他用宝马真能“钓”到个让他感到美满的后妈。

没有人不爱美、不想美的，多元社会对美有多种理解和追求。新春吉祥，祝福我们的社会美得丰富，美得健康。

“桃色满园”

2010年的地球，可称得上是“花花世界”、桃色满园。

东半球的中国武汉702路公交车上，贴有大幅咸宁温泉广告画：一半裸女人泡在水中，曰：“爱我就来泡我。”西半球美国拉巴马拉州生产一种葡萄酒，酒瓶上印有“红发裸女”，此酒随裸女也得以畅销。长沙公民道德宣传标语赫然有这样一幅：“精液奉献！”有精力旺盛者以为捐精可代替捐钱，便前去打问，才知“精神文明办”错将“敬业”写成了“精液”。真不知他们在制作标语时心里想着什么了？黑龙江两个17岁少女，在五个女同学陪伴下去医院做人工流产，一路说说笑笑，其中一流产者说：“和好朋友一块流产，多酷啊！”有人叹曰：“集体做人流，不羞反风流。”东莞刘某因工伤而失去性能力，其妻状告其夫单位，欲索要20万元性生活权利损失费。不想她丈夫的单位“性商”很高，一次性补偿她64万元。于是中国妻子的“性福权”第一次有了公开的价码，以后凡有此类事故都可参考这个价格，此价可能离中国性学会提出的“性小康”的标准也不远了。

你说这个世界花不花？若嫌不够，后边还有。四川一女模特，在演出时脱光衣服走上台来，说是“对抗潜规则”。理由不错，一丝不挂，无处藏掖，什么规则也“潜”不了。罗马尼亚27岁的小伙子拉吉，结婚三个月离婚，再娶其45岁的丈母娘。这叫先“滚婚”后“裸婚”，在2010年格外流行。“滚婚”就是“我滚了，你跟别人过去吧；或你滚吧，我有别人了”。“裸婚”则是死活硬结，谁反对也不行，一根筋认定非结婚不行。这一年流行的还有“压婚”：在亲戚朋友的压力下不结不行。“乱婚”：配偶是汽车、宠物、一棵树等等不一而足。

为了适应这各种各样的“婚配”需求，首都北京率先开张了一家“爱情超市”，名为“我在找你”。据媒体报道生意红火，头一个月就吸引了1000多名顾客，成功撮合了50对情侣。紧跟着四川绵阳也成立了一家“婚姻商店”，货架上悬挂着许多单身男女的相框，内有他们的照片、年龄、职业、收入等信息，该店打出的广告语是：“出售缘分，创造婚姻。”缘分也可以买卖了。物质时代，物性的价格不断上涨，人性的价值却在走低，卖百货反而不如卖情感。有这样的好事，网络岂能光看着别人赚钱？于是诞生了“淘男网”，实为“男人超市”。这就怪了，为什么男人可以公开买卖，却忽略了女人呢？莫非女人被“幕后交易”占走了一部分份额？据国家人口研究机构发布的预测，“到2020年，中国将有3000万适婚男青年无法找到配偶”。这相当于一个小“光棍国”呀！得办多少超市推销他们？

可是，“花花世界”又苦乐不均，常常是饱汉子不知道饿汉子饥，有了配偶的人就用自己能想得出的办法显摆。合肥一对年轻情侣持刀抢劫出租车，落网后坦白说：“我们抢劫是为了证明我们彼此相爱！”孟加拉46岁的电动黄包车车夫巴帕里，“黄”过了头，用瞒哄手段娶了四个老婆，有一天露了馅，被四个老婆合伙痛打致死。美国《花花公子》杂志创始人、84岁的赫夫纳，近水楼台先得月，又迎娶了第三任妻子、年仅24岁的女模特哈里斯。这一对男女的年龄差刷新了杨振宁、翁帆的纪录。说到杨老先生，最近以充满幸福感的口吻对媒体宣称：“到我茶寿的时候，翁帆还很年轻，再过20年，她54岁，还是风韵犹存。”“茶”字上面二十八，下面八十，加在一块是一百零八，也就是说今年88岁的杨老先生想活到108岁。但这番话是什么意思呢？对外宣布自己的幸福规划？还是为自己茶寿后的夫人做宣传？

那么在这个“花花世界”上有什么办法，可以让一对夫妻冷静地过正常的生活？2010年有三类夫妻受推崇。一是“床上夫妻”，只是晚上睡在同一张床上，其余都是分开的，每人各有一台车，每人各有一套房，每人各有属于自己的事业，白天全独立，晚上夫妻一下；第二类是“通勤夫妻”，分居时往一块凑合，同居时想分开，不能不“通”，又不能通的太“勤”，每三个周末出去旅游一次。据统计美国有350万对这样的夫妻，未来15年内，这个数字还将翻一番。这类夫妻中的典型代表，是前总统克林顿夫妇。第三类是“配件夫妻”，把“配偶”当“配件”或其他小装饰品。代表人物是现任美国第一夫人米歇尔，她在2010年说的最著名的一句话是：“我最喜欢的配饰就是我的丈夫。”

绕来绕去的太麻烦了，可生活在“花花世界”里怎样做到不花心，不管是面对“桃色满园”还是“春光大泄”，都能做到面不改色心不跳呢？现代人都是人精，只相信科学知识，于是科学家先站出来从根本上解决理论问题。2010年有两大轰动“花花世界”的科研成果，一项是西班牙瓦伦西亚大学科学家做出的：“男人与一个美女仅相处5分钟，便会使体内的压力荷尔蒙——皮质醇——水平提高，将加重心脏病、糖尿病、高血压与阳痿等疾病。”这还了得，美女致病。第二项是英国莱切斯特大学科学家艾根的发现：“男人酒喝多以后，会觉得女性变丑。”这一招太妙了，天天喝高了就能将“花花世界”变成丑八怪的社会，捎带着还保护自己的心脏和血压。难怪世界上男人酗酒的那么多，让好酒涨价都涨疯了！

在这方面最干脆的还是英国男人，有12%一手抱着足球、一手拎着酒瓶子发下狠话，英国若夺得世界杯，他们一年拒绝性行为。还有10%索性许诺跟妻子分手。你夺不夺世界杯，跟女人有多大关系？闹了半天还是把女人当“祸水”。其实这个地球之所以成为“花花世界”，很大程度上是因为男人们都有一副“花花肠子”。

气死人不偿命

一著名电视节目主持人，郑重其事地在电视上卖弄他的深刻：“这是个胡说八道的时代，但胡说八道要分工精细，演艺圈胡说八道，会逗大家开心，权威人士胡说八道，却会置人于死地。”何谓“胡说八道的时代”？即“雷人的时代”，追求的是“语不惊人死不休”的效果。只是境界不同，前者是语不惊人自己死，后者是一句话要把别人噎死，而且气死人不偿命。

比如重庆一对夫妻吵架，其 14 岁的女儿在旁边不仅不劝解，反而怂恿道：“你们离婚吧，那样我的零花钱就会多一点。”2009 年咸阳的小学暑假作业上有道大人题：“如何解决人口老龄化问题？”一对老教师的孙女只有 11 岁，在他们眼前写作业时这样答道：“让老人死一部分，或者多生些小孩！要不来一场瘟疫吧，老年人抵抗力差，会自然降低老龄人口。”这孩子就坐在疼爱她的老人身边，像是自然而然地就发出了对老人的诅咒。

海口一9岁小儿，用“如果”造出了下面的句：“如果我有一颗炸弹，我就会炸平我的学校；如果我有一把小刀，我就会杀死我的妈妈。”总复习的时候老师对学生说，哪一门功课弱就集中精力补习哪一门，就像平常说的吃什么补什么。立刻有学生提问：“缺心眼呐？吃什么补？”老师被气得愣在讲台上，半天说不出话来。

举了这么多例子，怎么都是孩子？这就对了，“雷人”原本就是青年人的专利。再往大里说，世界各地动真“雷”的恐怖行为，诸如人肉炸弹、汽车爆炸等等，哪一桩不是年轻人干的？但他们的祖师爷是成年人拉登。中国这些嘴头上常常杀七个宰八个的孩子，也是成年人教育出来的。任何一个孩子成长都有四个老师：家庭、学校、书本和社会。现在的问题是，家庭教育常常和学校的教育拧巴着，而家长、老师的教导又常常跟书本上说的不搭调，最要命的是，社会教育干脆就和前三种教育背道而驰。怎么可能不培养出一批批的“雷子”？正像有个笑话说的，“小孩刚出生的时候是原创，后来变成了盗版，有人称这就是教育”。

眼前就有现成的例子，在泉州第六中心小学门口公开发售的“儿童奖券”上，竟赫然印着这样的话：“有妞不泡，大逆不道；见妞就泡，替天行道。”他们真不如干脆就把妓院开到学校门口得了。确是大逆不道啊！武汉积玉桥学校一化学老师，设立了自己的奖项，考试得第一的学生可以课堂上放枪。当然是体育比赛的发令枪，但枪声是一样的，刺激是一样的，难怪有真枪的学生动不动就制造校园枪击案……让人很难不发生这样的联想。

其实，这位中学老师奖励学生放枪的原意并不坏。即便是大学的教授们又如何？一位高校纪检委干部公开发帖说：“如果按照美国人的标准，我们的很多教授都得坐牢，那学校还怎么办下去？”中国人民大学的校长纪宝成更是语出惊人：“中国最大的博士群体并不在高校，而是在官场。”因为一些高校将学位化作向官员献媚的礼物，在得到项目、经费和资源的同时，也成为博士帽批发商。大名人易中天对此也有回应，他在北京电视台的一个对话节目上公开放言：“这年头，不弱智怎么当领导？”

这些话虽然听起来气人，却不能怪说话者，只能怪世间确实有许多可气之事。所以并没有哪个领导，真的被易中天气死。再比如著名的“胡润富豪榜”，很有一批富豪一上榜就犯案被抓，这倒能活活气死人。这样的事一多就成了一种规律，于是舆论哗然，说“胡润富豪榜”实际是“杀猪榜”。胡润也不一般，并没有被这样不吉利的咒语给气坏，反而借机把责任全推给了“猪”们：“我的百富榜是不是‘杀猪榜’并不重要，重要是，为什么好多猪没有长大就死了？或者说这些肥猪到底都吃了些什么，如此脆弱不堪。”

装傻充愣，太过贪吃变成了肥猪，早晚都逃不了被杀的命运。你干的就是“卖猪”的营生，“榜”者，“绑”也。不然“胡润百富榜”何以这么名头响亮？前不久中德足球在柏林进行热身赛前的训练，当德国队退场、中国队入场时，2000 多名球迷跟随德国队一哄而散，并连声呼喊：“中国队来了，快跑！”这才叫气死人不偿命哪。我们是到你的国家做客，你们就这么不给面子，让我们在国际上丢大人！可这能怪人家说话气人吗？谁叫你中国足球太臭，在自己家里臭就行了，还跑到国际上去现眼，自找难堪，又能怪谁？

江苏宿迁一路公交车上贴着这样的标语："吐痰请向外吐，提高个人素质。"你能怪这标语"雷"人吗？他不贴这个标语有人就在车里吐，把车厢变成痰桶。气人的事一多，有时说好话不管用，惹急了就"雷"上几句，不"雷"白不"雷"，说不定倒会有效果。像靠察言观色、顺情说好话吃饭的算命先生，是最不该着急上火说气话的。湖北巴东却有这么一位，在街边蹲了一大半天没有一个主顾，到快收摊的时候来了个脑满肠肥的家伙，穿着光鲜，说新买的名牌皮鞋，只穿了一天底子就掉了，想请先生给算算吉凶。算命的正没好气，张口也就没好话了："你印堂发暗，两眼挂晦，心里有事，将有厄运……"那家伙姓谭，还是巴东县科技局的局长兼党委书记，登时就吓坏了，赶紧到纪检委交代了犯罪事实。

徐州有个漂亮的广场，却经常星罗棋布着滩滩狗屎，众多老年人都看不惯，便给管理部门提意见说："现在闹猪流感，再这样胡作，过不了几天就得闹狗流感。"于是城管立起了不许在广场遛狗的警示牌，还劝阻那些在广场放狗的人随时打扫自己的狗粪，却收效甚微。有人出了个主意，既然我们把放狗的当人看不顶用，干脆反过来，把人当狗看，把狗当人看。于是他们改换了警示牌上的标语："亲爱的狗朋友们，请不要带你的主人随便来广场上大小便！"不想立见奇效。

你看看，就因为胡说八道有用，才造就出一个"胡说八道的时代"。

"闹太套"

"闹太套"——这三个互不沾边的汉字组合在一起，便上了2010年十大网络名句的榜单。它源自影视明星黄晓明一口蹩脚的英语，把"not at all"说成"闹太套"。歪打正着恰恰印证了2010年也的确是太"闹"了。大自然闹，地球闹，人更闹：闹事、闹乱子、闹病、闹脾气……大国闹世界，小国闹邻居，本事大的大闹，本事小的小闹，没有本事的闹心……

滥情时代自然"闹春"的很多，婚礼几乎都要办成"荤礼"，司仪开口闭口离不开荤的，在长沙就发生了全国第一起"荤礼官司"。司仪在新娘小徐的婚礼上，大讲黄段子煽情挑逗，黄来黄去竟公然询问新娘的公公："媳妇比老婆漂亮不？""这么漂亮的媳妇，想不想抱一下？"令新娘十分难堪，一气之下以侮辱罪起诉司仪。

动物闹春多在春季，人闹春不分季节，不分年龄。四川有两个10岁孩童，私订终身后欲步行200公里，去拜见在重庆打工的

“丈母娘”。西安一高校贴出告示：男生在冲凉时必须穿内裤，否则会影响清洁工阿姨打扫卫生。阿姨为什么非要在学生冲凉时打扫卫生？打扫卫生时眼睛该盯着哪儿看呀？是学生在“闹”，还是阿姨在“闹”，抑或是学校在“闹”？这一点就不如广东的一所高校，明文规定：在校大学生怀孕可休产假一年。给“春”提供足够的便利，人们就可不闹或少闹。

举这几个例子是想说明东南西北都在“闹”，但绝不可理解为只有中国人最多情，怀了春就闹。“闹春”是世界现象，国外甚至闹得更邪乎。2010 年本来已濒临绝种的北极狐狸，雪上加霜又遭遇灭顶之灾，只是韩国一个姓沈的商人，一次就走私 4900 个雌狐狸的生殖器。被抓住后他的理由还很堂皇：天下人都知道狐狸精最可爱、也最迷人，只要将一个雌狐的生殖器官放在身上，凡单身姑娘很快就能找到如意郎君，若丈夫出轨了会想家，并很快再回到原配的身边。人闹春闹到动物身上，走在韩国的大街上，不知道谁的口袋里装着母狐狸的生殖器，想想怪恶心的。他们就不怕公狐狸都涌到韩国进行报复吗？最近韩国《朝鲜日报》刊文称：“韩国社会似乎正在向母系社会过渡。”是否也与此事有关？

在 2010 年各式各样的“闹”中，不会少了胡闹、瞎闹、白闹。海南一老板，白天发工资给民工，晚上派人再去抢回来。越闹越大，最后不是闹出人命，就是将自己闹进班房。湖南一中学，老师可以向迟到的学生罚款，还可办理“包月”，哪个学生如果一次性缴纳 200 至 300 元，在这个月内可以天天迟到。一个富家子弟举一反三，在一次考试中一道题不会，在交白卷的时候夹了 1000 元钱和一张纸条：10 元买一分。不想老师还不是很贪，发卷子的时候给了他 59 分，退给他 410 元。闹了半天他还是不及格！

“闹”有真闹、假闹。孙子被儿媳妇送进幼儿园，在里面哭闹，老奶奶在园门外陪着哭了一天。这肯定是真哭！郑州一男子，腰上的高级皮带解不开了，两天不敢吃东西。正好河南本地有句老话是针对这种现象的：“吃饱了撑的。”上海一王姓男子，投河自尽，投身下去才发现河水太脏，又赶紧爬了上来，让近百人看了一场闹剧。不知他是想“闹”，还是想死？但观众还是为他临死还讲卫生的好习惯鼓了掌。

南京的一名男子就不同了，在鼓楼区的广场上打出牌子：“一快钱卖儿子！”他是没钱给孩子治病，谁能救他的孩子，孩子就给谁！在所有的“闹”中，唯有闹自己的人最值得同情。洛阳一老太太，为防贼每个门上安 18 道锁，配了 97 把钥匙。不要觉得新奇，在中国，这样的老太太不少。湖南陶老太太家住二楼，曾被小偷撬坏过 31 把锁，有门上的和各种柜子上的。万般无奈遂出一奇招，不走大门走窗户，将防盗铁门紧锁，在防盗窗上开个洞，每次回家都从物业管理处背来 3 米高的木梯，架在自己的窗户上，翻越护栏穿过窗洞进入自己的房子。出门时还是这套程序，落地后将木梯背还给物业。如此一来是不是治了小偷不得而知，治了自己倒是真的。

这似乎代表了现代人的尴尬，活在这个闹闹腾腾的世界上，得处处小心别叫别人给闹了，也别被自己闹了。

医德与医寿

前两年老伴颈椎出毛病，试过各种各样的偏方，也去过大医院，还两次住院治疗，症状不轻反重。后来到人民医院排队挂上了天津脊柱科创始人田成瑞的号，老先生 80 多岁了脊背挺直，好似在为自己的专业做广告。脸上一团善意，眼有精光，这回算是碰上真神了：查得清，断得准，说得明，治得妙，好得彻底。

中国有一批这样的寿星医学权威，北京只中医界就有著名的“四老”，上海肝胆第一把刀吴孟超，89 岁了还做得了 7 个多小时的大手术，去年亲自主刀做肝胆手术 190 例。湖南 108 岁的老中医王昌松，每天上午都要应诊 3 个多小时……仁者寿，治病救人，积德行善，怎会不长寿!

可是，有这么多老寿星给背着，中国医务界的平均寿命（68.3 岁）却比国民寿命的平均值（71.4 岁）低 3 岁。这是为什么呢?

一青年伤了手臂，皮开肉绽的被送到医院，医生缝合好伤口后索要1500元治疗费。青年人以及护送他的工友当时只能凑得出1000元，并许诺第二天一定缴齐欠款。不想现在的医院不赊账，医生二话不说将刚缝好的手臂又拆了个皮开肉绽。不管有多少理由，将积德的职业干缺德了，焉能不折寿？

社会上普遍抱怨的“看病难”难在哪里？除去医药费高得离谱、疗效却低得出奇之外，更多的是难在医德、医风上。首先是医生的脸难看，用口罩捂着半个脸都能让病人感到一种不耐烦、不屑，乃至厌恶；人难近，挂了他的号，就坐在他对面，仍觉得被拒于千里之外，很难接近，你花了钱还得不到友善的对待，像在接受他居高临下的施舍；话难听，开始会例行公事或心不在焉地发问，病人则唯恐说的不准确、不详细，病人若问他几句则半答不理，或模棱两可地应付几句，或莫测高深地吓唬一番，病人若想听到肯定的、明白的话，不托人是不可能的……据《社会学研究》公布的调查数据，中国医生的职业声望排在29位，排在政府官员和警察的后面。

而美、德等国家的医生，在诸多职业中其社会形象、职业信誉排在第一位。不要忘了，“看病难”可不光是难了老百姓，让别人别扭的人自己也痛快不了，你对人不耐烦自己也必烦躁，你老端着、绷着自己也会压抑、失衡。老百姓“看病难”难一时，医生难可是天天难、年年难，长此以往还想长寿？

看看吴孟超老先生是怎么做的，见了病人先主动握手，不管是村妇还是民工，有的肝病正在严重的传染期，老先生也全不在意。

他说这一握手可得到很多信息，病人是不是在发烧，身上有没有劲，皮肤有没有弹性，更重要的将医生的责任传导给病人，增加病人的信任和信心。就是这么神奇，老先生近距离接触过成千上万肝病病人，却从未被传染过。有这样的仁心妙术、医德广布，必然收获尊敬和亲和，天天接受大量正面信息，恐怕想不长寿都不行。

听音乐家给作家上课

我很有兴致地走进国家大剧院，参加茅盾文学奖颁奖晚会。想看看如何将发奖变成一台晚会？更想听听获奖作家们如何发表领奖演说？这很像一场智力测试，他们必精心准备。前不久看到韩少功在纽约领纽曼文学奖时的演说，先从人类的语言谈起，然后说到母语，再说到语言对写作的制约和成全，顺便谈到自己的心得……令人耳目一新，又很得体。

我这是第三次走进这座以“国家”命名的大剧院，仍觉得里面像迷宫，辉煌而冷清，待七拐八绕地找到颁奖的所在，发觉又是小剧场。前两次看演出也都是小剧场，莫非这个富丽堂皇的大剧院里没有大剧场？还是连颁发茅盾奖这样的文学盛典也只配在小剧场进行？晚会由军队的男声大合唱《伏尔加河船夫曲》开场，声势雄浑壮阔，很有感染力。接下来是中国作家协会主席铁凝致辞，睿智、热情，其中有句话讲得很到位：今天晚上的国家大剧院属于文学。

随后便进入晚会的正题，先由一名评委宣读“授奖词”，然后颁奖、获奖者讲话、老演员曹灿朗读获奖作品的片断，在每次颁奖的中间穿插文艺演出。

不知是茅盾奖本身还是当晚的场面所致，作家们略嫌拘谨，前两三位的演说头一两句都让人听不清楚，幸好有人想起当天正好是他父亲的生日，有人想起平素老娘对他的教诲，使拘谨的气氛有所缓和。讲得最巧的是《推拿》的作者毕飞宇，他从盲人身上看到生命的静悟和淡定，找到了自己渴望的当代性就是尊重局限、尊重节制。晚会组织者的构思或许不错，但忽略了在同一个舞台上作家和演员的区别，当代文学和古代经典的差异，晚会进行了三个多小时，沉闷拖沓的地方反而是文学段落，音乐家的演出倒显得非常精彩。原本是让演出为文学助兴，没想到文学倒成了晚会的陪衬，有点文学不够音乐来凑的意思。

但音乐家演奏的作品，又大多取自文学经典。如琵琶独奏《十面埋伏》，表现的是人们耳熟能详的楚汉相争的故事，源于《前汉书平话》；古筝独奏《渔舟唱晚》直接来自王勃的《滕王阁序》……这给我以触动，经典就要通音律，给音乐家创作的灵感，过去许多文学作品是可以直接谱曲演唱的。不通音律便被叫做“狗屁不通”。

整个晚上最松散懈怠的就是获奖作品的朗读部分，几个工作人员抬着小桌和沙发，小桌上放着五部获奖作品，沙发则是给曹灿坐的，上上下下、搬来搬去，如此反复五次，舞台上最忌杂乱和重复，一到这个环节气氛就散了。由于没有读过获奖作品，我很想通过这些片断能“窥全豹”，因此听得很仔细。加上朗读者的语气和表情，却仍不能被抓住，有些片断干脆不知所云。我反问自己，莫非当代长篇小说经不住读？或许这就是当代文学跟经典的差异？曹灿本人似乎就在电台播讲过《三国演义》、《水浒》，古代经典作品任你随便选、随便读，几分钟就能把人吸引住，一个细节、一个人物、或一思想……

当然，现在不是经典时代。从上到下异口同声、反复强调的是出“精品”。然而这个口号喊了若干年，可曾出过一部“精品文学作品”？精品是“增一分太长，减一分太短”，而文学作品见仁见智，怎么可能“加一字太长，减一字太短”？《红楼梦》是经典，但不是“精品”。不然就不会有那么多人为之续写，并随意安排大观园的结局。

这也正是经典的强大之处。经典是经得住改编的，中国的所有戏剧门类都从四部古典名著中吸收了无尽的营养，仅京剧就有二百多部“三国戏”。经典同样也经得住糟蹋，无论现代影视作品怎么随心所欲地改编和解读，都伤害不了经典，并让他们照样大赚其钱。

这就是我在发奖会上走神，胡乱想了这么多。

2008 年最牛的……

这年头最牛，只有你想不出来的，没有人家做不出来、说不出来的。且看 2008 年评选出来的诸多“最牛”：

最牛的奶妈。三鹿毒奶粉事件之后，有钱人家的孩子改喝人奶，奶妈职业一下子红火起来，北京有些“高档奶妈”的月工资涨到了 4000 元。是人往奶粉里掺毒，才有了毒奶粉，牛吃了有毒的饲料，奶里才有毒。奶妈同样也吃有污染的食物，其奶又能可靠到哪里去？

最牛的二奶。重庆一曾被“大奶”骂做“狐狸精”的女郎，因所傍的男人生意萧条，从“二奶”的岗位上失业了，便灵机一动成立了一个“狐狸精公司”，雇了几个下岗的二奶，专门承揽一种业务：勾引男人，帮助大奶考验丈夫是否忠诚，或帮助妻子拿到丈夫有外遇的证据。甫一开业便生意兴隆，当今这个世界上能经得住狐狸精勾搭的男人太少了，她们拆散一个家庭的成功率为 70%，快的只消三天，最慢的也用不了一个月。“狐狸精”们破坏一桩婚姻最少可拿到 1600 元，还不算大奶以及倒霉蛋男人们给的红包。大奶、二奶本是一对天敌，一旦她们联起手来，便在男人堆里所向披靡。

最牛的乘客。杭州一公交车司机，跟一个不买票的乘客发生争执，一气之下自己跳下车不干了。乘客们百般劝解无效，一女乘客急了，坐到驾驶员的位子就将公交车开走了。司机一看不好，赶紧在后边追，等他追到终点站，早已人去车空。好，这年头谁怕谁呀？再也不是“方向盘、听诊器”称霸的年代，什么“离地二尺，高人一等”……现在人人都是“多面手”，谁也拿不住谁。以后上轮船、乘火车、坐飞机也一样，再看到驾驶员磨磨蹭蹭，到了点不动弹，也可以学那位女乘客，当仁不让地取而代之。

最牛的猪。2008 年人“牛”，畜牲也“牛”。比如重庆陈家坪的猪们。9 月 1 日，第二届重庆月饼节在当地开幕。在此届月饼节上最出风头的是川渝两大“月饼王”，一个净重 400 斤，一个重达 600 斤。按惯例，月饼节结束后这两“王”或拍卖，或捐赠，或当场分吃。西方国家也常做什么世界最大的蛋糕、最大的巧克力，一般都在展览结束后由到场者分而食之，以验证其不光最大，还最好吃。中国两个大“月饼王”的命运却没有这般幸运，而是被制作者抬去喂猪了。陈家坪的猪比参加月饼节的人更有口福，人们不免对猪们心生妒忌，做出了种种猜测：这两个“月饼王”里面装的真是月饼馅吗？别是见不得人、根本就不敢让人吃的东西……如此一来那些最牛的猪们，就不是幸运而是倒了血霉。不知现在它们还活着吗？

最牛的贫困县。《法制周报》载文，河南桐柏是“国家级贫困县”，却花费过亿元资金，在“风水大师”的指点下建造了5万平方米的办公大楼，楼内楼外配备了全套风水设施：有招财的“聚宝盆”，挡煞的“大牌坊”，震慑河妖的“降魔柱”，降福的“龙眼”，辟邪的“圣兽”等等。更牛的是花3000多万元刚修好的楼前大道，被“风水大师”发现此道“主凶”，县委书记便一声令下砸了个稀巴烂……如今这全部风水“杰作”，都变成了最晦气的东西，给后任留下一个尴尬：毁了它吧，又得花钱；留着它吧，等于留着晦气，天天看着堵心。

最牛的钉子户。“在南京夫子庙闹市区，有家名副其实的钉子户矗立于繁华街边，屋子上面有1.8万枚铁钉，钉尖朝上，相互钉死，布满整个房顶。这是家开业22年的老饭馆，因拆迁安置问题与开发商协商不成，面临被强拆的危险，不得不用钉子武装自己，一家人日夜看守。”（《新快报》）这家人真是好智慧、好胆量、好幽默，身体力行用实际行动诠释什么叫“钉子户”。其实这家人未必不知道，铁钉再多再长，也挡不住推土机。但，这些铁钉钉进了开发商的心里，看在了群众的眼里，效果就不一般了。

最牛的专家。这个牛，那个牛，现在是个尊重知识的时代，归结起来还是各式各样的专家最牛。大家总是愿意相信，专家比我们更高明。比如：三鹿奶粉已经使成千上万的孩子身体出问题，后来又查出含三聚氰胺的牛奶、鸡蛋等等，于是食品专家站出来说，只要每天不吃多少多少量，仍然会没事的。春天时众多媒体报道多宝鱼、桂花鱼发现问题，一时间人们不敢吃了。华南农大的教授站出来讲解道：没事，尽管国家规定不得在水产品中检测出孔雀石绿，但市民不必恐慌，你又不是大口地吞毒，微量的孔雀石绿离致癌还很远。再想想北京市场曾查出了河北的“红心蛋”，也有健康专家说，只要不是一天吃 1200 多个鸭蛋，离死远着哪！至于柑桔里长蛆，在某些专家眼里简直就是纯天然蛋白质，吃多少也没事。最厉害的还数股市上的投资专家，以及经常发布投资建议引导股民的专家，2008 年算是“牛”到家了……

因此，北京有个哥们，在《北京晚报》上公开送给这些专家一句话：“去你大爷的！”

2008年的创意

了解一下当世五花八门的创意，就能知道现代人有多么的聪明。嘎咕的人损招多，心善的人好主意多，谁喜欢什么，就会在什么上动脑筋、下工夫。于今喜欢什么的最多呢？自然是钱了。因此在2008年的创意中，关于怎样赚钱的花花点子，格外引人入胜。

一位贫病交加因缺钱以致老婆出走、儿子失学的男子，死后让人在坟前立了块广告牌匾："提供鞭尸服务，每次100元！"想以此给儿子凑学费，大有"诸葛亮死后害司马懿"的悲凉和无奈。这样的创意，警世的意义大于实际意义。而另一位聪明人则更巧妙地利用了死，创建了中国首家"棺材旅馆"。楼上楼下摆着一排排黑森森的大棺材，给每个住店的旅客提供一口，而且分出等级：三星、四星、五星。据说生意还不错，原因是"现在有心理疾患的人太多了，他们总想着怎么自杀，认为死是结束痛苦的唯一出路。棺材旅馆恰恰就为这些人提供心理治疗，让你在棺材里躺上一夜、几夜或几十夜，彻底地痛痛快快地体验够死的感觉，就会珍惜生的可贵了”。妙！是一种黑色的智慧。

由金融危机带来经济衰退，社会上欠债不还的人又多了起来。一家“讨债鬼公司”便应运而生，专门替别人讨债。该公司的雇员一律鬼打扮，头戴黑色高帽，身穿黑袍，脸挂鬼面具：巨齿獠牙，血舌长垂……对欠钱的人不打不骂，只是昼夜不离地跟在人家身后，就像被恶鬼纠缠。这样的创意听着都让人发瘆，胆子稍微小一点或好面子的人，怎么能受得了？一般都会乖乖地把账还上。但也有快快乐乐就赚大钱的。2008年夏天出现了一种10元钱一斤的西瓜，是“北京瓜王”王汉良种出来的，他说要给这种西瓜浇鲜奶，放贝多芬音乐……不知他浇的奶里有没有三聚氰胺？他的创意里有个重大发现，西瓜也能听懂音乐，倘能验证，说不定能申报诺贝尔生物奖。还有四川新津县的一位农民哥们，饲养成功一种“金牌音乐鸡”，价格昂贵还供不应求。他的办法跟王汉良有异曲同工之妙，“早上对着鸡们吹唢呐，醒瞌睡。中午放摇滚，好减掉鸡们身上多余的油，为防备它们兴奋起来相互鸽架，还要给它们都戴上眼罩。晚上播轻音乐，鸡们睡得香”。天天如此这般地折腾鸡们，就不会把它们都弄成了鸡精或鸡魔吗？其肉还真的会好吃吗？吃多了会不会也得魔症？

一自称“文武双全”的人在网上做广告，为了赚钱过年，可替小学生写作业、冒充学生父母开家长会，还可以为雇他的学生出气欺负同学、打老师等等。每个项目收费标准也不一样，打女老师一次 25 元，打男老师一次 30 元，打校长一次 40 元……被打的人级别越高，他收费越高，依次打上去，打教育局长、教育部长该收多少钱？或者那个雇他的学生对父母、爷爷奶奶也不满意……一路打下去，孩子的恶作剧演变成成年人的暴力，那岂不乱套了！

如今找工作难，录取标准自然也越来越高，甚至到匪夷所思的程度。比如湖南人事厅、卫生厅下文，“报考公务员必须要乳房对称”。不知这“乳房对称”可有标准答案？又如何考量？莫非还要“裸考”？如今找工作不容易，有了工作能经受得住老板的种种创意也不容易。深圳一家公司出台了一条规定：“上班讲话，被发现后要戴着口罩上班三天。”深圳夏天很热，捂着口罩还喘得上来气吗？至少会捂出一脸痱子，闹不好还会把嘴沤烂。说句话的代价可真够惨的。

2008 年还有不少更另类的创意。比如上海一男子，为躲避凶悍的老婆，竟故意犯罪，得偿心愿地被判刑 4 年。他又哪里知道，监号里的犯人比他老婆也不一定好到哪儿去。有一 10 岁男孩，为了不上学用胶水将自己粘在床上。他能有如此创意，肯定是动了不少脑筋，若是把这个脑子用到学习上，何至于怵头上学呢。现在的眼科医院里挂着一种“男人专用视力检查表”，其创意“来自脱衣女郎，接受检测者能看到女郎所穿的衣物越少，就代表视力越好”。有句俗话叫：“看进眼里可拔不出来！”这样的视力检测表，检测的似乎不只是眼睛。一个严肃的大单位也可以有些令人哭笑不得的创意，据《城市晚报》称，长春市公安局将 2008 年确定为“纪律作风建设年”，到年底将从全市 1 万名民警中，按照 1% 的比例来抓反面典型。真厉害，公安局对内都按照指标抓“坏蛋”，对外是不是也有指标啊？

真正的创意是心灵的闪光，智慧的迸射，也是人性的一种温暖。2008 年确有许多让人称颂的创意。如郑州人建议政府，在中秋节晚上关掉景观照明灯，“为市民营造一个欣赏月亮的良好氛围”。温馨而幽美，越发衬出俄罗斯科学家想“炸掉月亮以求雨”的建议是多么的粗陋与霸道。成都小伙子张涛，将 52 名残疾人的资料制成扑克牌，到处发放，义务为这些人征婚。天津有一小学的女老师，每遇上难得的好天气，在课间操后就带领同学们一起仰头看天，她边看边给学生们讲解：“人的眼睛运动可以反映好几种思维类型，向左上方看，会回忆起过去的景象……再向右上方看，会创造出新的景象……现在要有意识地从左上方向右上方转移视线，可以解除疲劳和郁闷，会获得更多的快乐。”

2008 年还有些令人叫绝的幽默性创意。重庆奉节县 25 个部门的一把手，找替身去应付开会，被上级责令他们在县电视新闻中，对全县群众检讨自己的“无组织纪律观念”，但每人只给 30 秒的时间。这短短的 30 秒钟，只要慢慢咳嗽一声或哼唧一下就过去了，全县 25 个有头有脸的人物，在电视上一块尴尬……再想想天天在开会的各部门头头们，原来都是假的……相信奉节全县的群众一定会大开眼界，比看任何一个相声或小品都更开心。

这样的幽默创意国外更多。在 2008 这个美国的大选年，竞选国会参议员的卡德威尔没有钱，却又想吸引选民，便把自己吊挂在亚特兰大市中心一座百米高的尖塔上。相信他这种敢于玩命的勇气，是不会让选民无动于衷的。日本新近出台了一项特殊规定："凡私人增添一辆汽车，必须同时种一棵树。"中国有句老话："管天管地，管不着放屁"，新西兰就开始征收"牛屁税"。因为他们全国有1亿头牛。在新西兰，对空气的污染除去汽车尾气，就数牛放屁了……

2008年的尴尬

2008年有句流行语："中国有富翁阶层，无上流社会。"中国的"富豪榜"简直可以看作是司法机关的调查名单，光是有钱，精神品格却不"上流"，是社会的尴尬。在一个最有钱的现代社会，一场钱的风暴竟让世界头号金融帝国塌了半截，是世界的尴尬。这并非全是钱在惹祸，而是人祸。日前美国科学家断言："2013年北极无冰。"那将是地球的尴尬，看似天灾，实则也是人作孽。俗云："天作孽犹可为，人作孽不可活。"

天尴尬，地尴尬，生存于天地之间的人又怎么可能不尴尬？例如大学校园，本是当代骄子聚集的地方，理应春风得意，风光无限，却也出现了许多尴尬事。一应届毕业生没有应有的喜悦，却发出一声惊人的感叹："我就像到了更年期！"一位母亲说："4年前送女儿读大学时，我哭了。4年后才知道，我哭得太早了。"于是在许多高校里都流传着这样一副对联："博士生研究生本科生生生不息；上一届这一届下一届届届失业。愿读服输。”还有一首《学历歌》，也是专为那些会读书的好学生们写的：“学士上面是硕士，硕士之后是博士，博士后面还有博士后。如果你够勇敢，再读两年是勇士，再读 5 年是壮士，再读 7 年是烈士。烈士以后还有圣斗士，读满两年是青铜的，5 年是白银的，7 年是黄金的。毕业后愿意再读下去的女孩，就有机会能考成雅典娜！”

学生如此，老师也不容易。中国人民大学博士生导师余虹，在当今社会的知识结构上应该算是顶级的人物了。在坠楼身亡之前留下一句话：“自杀不易，活着更难。”正像另一副高校名联所描述的：“金沙江嘉陵江江江可投；教学楼宿舍楼楼楼可跳。空前绝后。”近年来大学里频频发生自杀事件，说也怪了，昆明一中高一班的主题班会上，心理辅导老师竟给学生出题“写遗书”。莫非是让他们为进入大学后自杀做准备？有位学生的“遗书”写道：“爸爸、妈妈，我的压岁钱放在小柜里……”青年是民族的未来，学校的尴尬实际是民族的尴尬。

但尴尬的绝不仅仅是我们这个民族，这是世界性的一种通病。法国总统夫人布鲁尼，年初回答媒体的提问时说：“我的主要任务就是把萨科奇改造成一个文化人。”或许这只是一句玩笑话，即便是开玩笑也够厉害的，这不明摆着说萨科奇没文化吗？要在中国，你说谁没文化，谁都会跟你急。今年夏天，英国王储查尔斯迎来 60 岁生日，82 岁的女王伊丽莎白二世为他举行了庆祝活动。英国《每日镜报》公开调侃道：“生日快乐，查尔斯。但还是祝愿女王能统治我们更久一些。”在一个 60 岁的男人和一个 82 岁的女人之间选择，英国人宁愿选择后者，这让男人们尴尬。查尔斯肯定能入选世界历史上最尴尬的王子。

查尔斯以微笑和沉默化解尴尬，这是他的修养。中国名人则喜欢用大实话或幽默化解尴尬。香港电影明星成龙，无论在圈内圈外口碑都不错，前一段关于他有私生女的传闻闹得沸沸扬扬，不能不承认这是一件尴尬的事。社会上正不知真假的时候，他同样也是电影明星的儿子房祖名，见到了那个被传为是他私生妹妹的照片后惊呼："像我像到死！"等于替他老子认下了，这一句大实话化解了爷俩的尴尬。歌星周杰伦前不久公开放话，将来跟他结婚的人，以后只能听他一个人的歌。立刻有人在网上回应："现在都没人关心跟你结婚的人，是否就只跟你一个人睡了。"娱乐圈子从来都是"道高一尺，魔高一丈"，千万别把话说满，吹牛必尴尬。

再比如，今年山西出事不少，临汾一县长在接受采访时说："在山西为官已属高危行业，搞不好就要锒铛入狱。我们现在是在鸡蛋上跳舞，当太平官的日子一去不复返了。"话说过了，会说的不如会听的，既是"高危行业"，为什么还争破了头要当官呀？这未免有点发牢骚卖乖的意思。"在鸡蛋上跳舞"，不过是将鸡蛋踩烂，顶多脚下打滑，谈何"高危"？夸张得有些矫情。近日媒体报道，辽宁铁岭市政府副秘书长竟有 20 多位，快够编一个排了。可见当官不仅不是"高危"，还是很高兴的事。这是"卖乖"卖出了尴尬。

《中国青年报》载文揭示了官场中的另一种尴尬，在近年 41 名落马的省部级高官中，有 36 名被曝拥有情妇，占近九成。一名高官的妻子对记者说："自己所在的政府家属大院，如同一个寡妇村，平日几乎没有男人在家。"经典作家说，男女之间是一场永久性的战争，官员们有权有势，成了这种战争的主力。而且勇往直前，常常是有去无回，制造了不少寡妇，或"活寡"。"两性战争"甚至能将庞大的欧洲央行置于一种尴尬境地，他们想不出别的高招，2008年竟发行了一套新版的欧元，破天荒地将妓女形象和相关的警示语印到了钱币上，用来劝阻乌克兰妇女不要从事性交易。这可能是人类有史以来最大的尴尬了。

其实，在这样一个尴尬的现实里，只要你留神，随时都会看到各式各样的尴尬。南京一家开发商，在新街口竖起巨幅广告牌，上写："买一套房子，送一头奶牛！"这是哪儿对哪儿呀？房子跟奶牛怎么联系到了一块儿？真是"风马牛不相及"的尴尬。

云南急救中心的领导要求下面的员工要微笑服务，让群众有如沐春风之感。时间一长人们就养成了微笑的习惯，有一次，开120救护车的司机满脸堆笑地去拉一个受伤着，伤者的家属一看他竟然还笑，蹿上去就是一顿老拳，边打边骂他是幸灾乐祸、笑里藏刀！你说这顿打挨得冤不冤呀？再看售票员的尴尬，她管不了小偷，只好管管乘客："车上的乘客请注意，下一站很有可能会上来几个小偷，请大家一定要看管好自己的钱包和随身携带的物品。"弄得公交车上的所有人都感到尴尬。

一个社会转型的特殊时期，生活丰富多彩，无奇不有。做人更要宽和厚道，避免不小心让自己陷于尴尬之境。

大干部的“大”

最近在报纸上看到一条新闻：“2009 年全国有 13 名官员自杀……”对于公职人员，过去叫“干部”，现在叫官员。这只是称谓上的变化，还是现在的官员跟过去的干部相比，的确有了许多变化？现代人对今天的官员多不陌生，对 30 年前乃至半个多世纪前的干部，还有着怎样的印象呢？我碰巧曾给一位“大干部”当过秘书，一边读着这条新闻，一边又想起了他。

每个人的一生，肯定都经历过几桩痛快事。我人生中的一大快事，是刚参加工作便一步跨进当时的头等大厂“天重”——天津重型机器厂。当时作为全国“五大重机厂”之一，曾是工业时代的一个标志。我亲身经历了它波澜壮阔的辉煌，正是这个过程，改变了我人生轨迹。早期的一批作品，都取材于这个厂。我文字中的气脉、视野和个性，也得益于这个厂。我至今还记得刚进厂时的震惊，展现在眼前的是一个巨大的工业迷宫，如果单用两条腿，跑三天也转不过来。当天车钳着通红的百吨钢锭，在水压机的重锤下像揉面团一样反过来掉过去地锻造时，车间里一片通红，尽管身上穿着帆布工作服，还是会被烤得生疼……我相信无论是什么人，在这种大机器的气势面前也会被震慑。

我小说中的“局长”、“厂长”，就是在这样的气势中诞生的，他们的身上有着“天重”第一任厂长冯文彬的影子。因为“天重”的这种规模和气势，就是他设计和缔造的。他是从中央下来的大干部，还不是一般的大，经过长征，当过团中央书记……我在帮他搬家整理书籍时，发现了两张毛主席亲笔写给他的条幅。那两条后来让全国人民倒背如流的语录，就是专门送给他的。他也确有大人物魅力，做报告时会将早、中班和正常班的职工集中到一起，至少也有四五千人，他却只在手心上记几个数字就上台了，一讲两三个小时不断流。台下绝对没有打喳喳、织毛衣、嗑瓜子以及出出进进的，大家都觉得比看电影还过瘾。

抓工作就更狠了，每天上班来必定先到各主要车间转一圈，从他嘴里听不到“研究”、“商量”一类的词，他说了的事就得非办不可。有一回车间里需要高压无缝钢管，供应科长派采购员到鞍钢去买，一个星期没有下文。在生产调度会上车间里又提出钢管问题，厂长责问供销科长是怎么回事？科长不敢说别的，只好说钢管很快就到。说完借着去厕所就溜号了，一口气跑到车站登上火车就去了鞍钢，第二天他从鞍钢打电话给车间，说钢管已经发货。他这次若弄不来钢管，简直就不敢再见冯厂长的面了。

还有一件事，水压机进入安装调试阶段，技术人员认为至少需要十天，冯厂长却指示必须三天拿下来。他布置完任务后就让我给搬了把椅子往现场一放，他坐下后不说话，也不跟着干，更不干扰工人干活，整整坐了三天三夜，没见他打过盹，甚至没见他伸懒腰、打哈欠，也没见他吃饭。只是在工人吃饭前的半小时，他会到食堂转一圈，嘱咐食堂把饭菜搞好，或许他就抓这个时间吃点东西。等到工人们吃完饭回来，他早已经坐在现场等候了。因为他坐在现场，工程师们和各有关科室的头头全都来到现场，也跟着工人连轴转。只用了三天三夜，果真把设备调试好了，大家都觉得从来没有干过这么漂亮的活。冯厂长当即宣布，每人回家好好睡上两天两夜。他说：打仗的时候，如果这个山头有战略意义，就一定得拿下来，死人也要拿下来。搞生产也是这个道理，该下决心的时候就得下决心。如果我心一软，你们说十天就给你们十天，一晃荡说不定半个月也完不成。

1959 年 10 月 1 日，天津市要在海河东侧的中心广场举行建国十周年大游行。市里提前好几个月就下通知，有头有脸的大单位为了能够争取到参加游行的资格，抢破了脑袋。我们厂是全市重型机械行业的老大，最后争取到出一辆彩车参加游行，彩车上要载着我们厂最拿手的产品，除司机以外还可以再跟一个人，厂里人谁不想去？冯厂长却把这个任务拍到我头上。由于在厂里连轴转有好几天没有睡好觉，又是早晨 5 点钟就赶到了集合地点，一坐到车上眼皮就睁不开了，我告诉司机游行开始的时候喊醒我，脑袋舒舒服服地往后一靠就没有意识了……到我被喊醒的时候，已经是中午回到厂子里了。这时候轮上我犯傻了，用当时的话说，能参加国庆游行是极大的荣誉，我却既没“游”也没“行”，什么都没看到，怎么跟厂长交代？心里恼怒就怪司机，他却说喊不醒我，这还能怪谁？没办法我只好如实向冯厂长汇报了游行睡觉的事，冯厂长听后哈哈大笑，一摆手倒给了我三天假。

到底是大干部，处理问题的方式就是不一般。半个多世纪都过去了，冯厂长的一些小故事还记在心里，也常会引起思索：“大干部”应该大在哪里？

冬枣大热之后

天地造化，成就了诸多世间神奇。冬枣便是其中之一，人们至今也不清楚，最早的冬枣树是经过怎样的子本进化而来的？几乎是无所不能的现代科技，竟也无法解释冬枣现象。

我是沧州人，自然从小就听老人们讲过，在距我们村不过百八十里的聚馆，产一种异果，虽名叫“冬枣”，却不是一般意义上的枣。它是圣物、是贡品，上供神仙，下贡帝王。聚馆的贡枣园历来都被高墙围隔，里面有皇家兵丁看守，即便是当村人，也很难见到冬枣的模样。从那时起我便记住了“聚馆”这个名字，它颇不一般，把两个看似不相干的字连在一块，后边干干净净的连村、庄、屯、集都省了。聚馆是古名，战国时期为齐燕两国的交界处，齐王西征凯旋，在此与群臣团聚，大宴天下，遂留下此名。

而冬枣，“闻于秦，兴于汉，明孝宗时钦定为贡枣”。聚馆的古贡枣林，也就顺理成章地被中央列为“国家重点保护文物”。明明还活得生气勃发、郁郁葱葱的枣树，却成了文物，这样的鉴定和命名，在植物类别中是第一次，在中国至今也还是唯一。凡成为珍贵文物的东西，不能少了两种品质：一是经受住了时间的检验；二是命运多姿多彩，历经磨难成就了一种令人称颂的传奇。这两样冬枣都具备了，三千多年来，鼓乐升平时它作为人间珍稀之物，可以为任何最高规格的庆典增光添彩；在战乱灾荒年月，又可充饥救命……

中国最后一个封建王朝清廷消解后，冬枣重又成了凡物。普通百姓尝过之后，刹那间真能产生一种做皇上、当神仙的错觉。它有一种说不上来的好吃，是枣味却比枣不知要甜润多少倍，个头大得像小苹果，核小肉厚，酥脆得像没有皮儿，一吃起来就停不住，越吃越想吃……其实圣果本就不该落入凡间。凡间讲究实用，百姓需要实惠。而冬枣太娇贵了，很难存放，摘下来一两天就会打蔫，且不能像其他枣一样晒干保存。它除去好吃解馋，没有别的大用。对于长期处于贫困状态的农民而言，仅仅是“好吃”是一种奢侈，“解饱”比“解馋”更急迫。所以到 1958 年“大炼钢铁”的时候，冬枣的末日降临了。

“大跃进”时的大炼钢铁，要靠大量燃烧木头，到处是一堆堆的冲天大火。于是便烧出了一个砍树运动，见树就砍，是树便伐。对此我有亲身体验。1955 年我去天津上中学，从沧州到天津的运河两岸是遮天蔽日的森林，时时都有一种走进“野猪林”的感觉。“大跃进”之后便光秃秃一片了，我站在沧州的河岸上总觉得能看得到天津市。同样是属于沧州的聚馆冬枣林，怎么能脱得了厄运呢？王安石有佳句：“在实为美果，论材又良木。”冬枣树木质坚硬，能工巧匠们都是在做“万年牢靠”的物件时才舍得用它，比如雕菩萨、刻佛龛，给皇宫或地主老财打造足以传辈的高档家具，做大车的车轴或造船时做龙骨……这么好的木材炼钢岂不是也很经烧？那就砍吧，刨吧！先朝着最粗大的冬枣的老祖宗树下家伙……

这里又留下一个谜，至今无人解得。当时一个洼一个洼的树都砍光了，无论站在村边往哪儿看，都没有挡头了。唯独聚馆，挑选着最大的冬枣树砍伐了2900棵，竟还剩下了一千多棵没有动。“大跃进”是大运动，大运动是没有死角的，为什么别处的树都一扫光，聚馆还剩下这么多老冬枣树？当地百姓有一种传说：老树成精，凡是卖力气砍树的都中了病，最后没法再砍下去了。还有一种较为合理的解释：冬枣的树干太坚硬，疙瘩溜丘，铁干铜枝，无论是砍是锯都太费劲，而且根系发达，要想连根刨起就更吃力，硬是把运动给拖了过去，竟还护住了一部分冬枣的根脉。因此也才有了今天这般大红大紫、大热大躁的冬枣气象。冬枣命不该绝，或许还有更深层的原因，就像世界上的古文明一个个的都中断了，唯有中华文明延续下来，这绝非偶然，而是一种必然。

历史到了1982年，农村要“包产到户”，冬枣树也要分给各家各户。聚馆便对幸存下来的冬枣树做了清点，树龄在600年以上的还剩下198棵，树龄在200岁左右的有1067棵。清点的目的不是为了应付大家争抢，而是便于摊派。因为农民们推三阻四地都不想要或少要冬枣树，想多分点地。那时的冬枣在农民眼里还是“废物”，因为枣树下种不了庄稼，真不如多分点地种高粱，秋后还能多卖几百块钱。

哪知随着社会的逐步开放，风气大变，谁也不知道哪块云彩有雨。富裕起来的人们食不厌精，都想吃好的，吃新鲜的，吃贵重的，吃过去皇上吃过的东西。市场经济就是投消费者之所好，连聚馆所在的黄骅市市长，都到紫禁城里去卖冬枣。他并不是要将古老的“贡枣”再还给皇家，而是要让冬枣走向市场，走向民间。故宫里人山人海，挤满了中外游客，冬枣市长卖冬枣，立刻轰动了京城。轰动了京城就等于制造了一条世界新闻，耐寒的冬枣开始变热，渐渐又成了宝贝，百年老树上的果子一斤能卖到上百元。什么水果能卖上这个价？冬枣是货真价实的“百果之王”。家里趁几棵老枣树，一年轻轻松松就能闹几万元，活化石随即变成了摇钱树。

市场经济，惟市场之马首是瞻。别看数千年前的第一棵冬枣树是怎么进化来的没人知道，眼下要利用现代嫁接技术、从老树上采集苗穗培育出新的冬枣林，却不是难事。只在近二三十年间，黄骅就有了一个 30 万亩的冬枣基地，并已成熟地进入市场化。黄骅能办得到的，别处也能办到，渐渐地从南到北、从东到西，中国的任何一个城镇的瓜果市场上都摆满了冬枣，简直就是无处无冬枣，遍地产冬枣。一时间中国似乎只产一种枣，那就是冬枣。

正如它的名字一样，按常规冬枣要到初冬才会成熟。如今为了早上市，好抢先卖个好价钱，刚进秋就摘，枣还是绿的，半生不熟，怎么能好吃呢？不论吃到嘴里是发木的、发酸的、发涩的，却都说自己是冬枣。大家都是冬枣，也就都不是冬枣了，冬枣在狂热地炒卖中丢失了原有的品质，价格由一百多元一斤跌为几块钱一斤，最好的也不过十几元一斤……冬枣又一次面临灭顶之灾。2009年夏天，我在中国禅文化的发祥地、供奉着六祖慧能肉身菩萨的龙山国恩寺，见到一棵老荔枝树，据说为六祖亲手栽种，已有千岁。开春时竟从主干上直接钻芽，结了几颗荔枝。这一现象被寺院视为大吉之兆，为该树披红挂彩，僧人们在树下焚香诵经。秋天我在聚馆的古贡枣园里，也见到了同样的奇观，有三四棵六百年以上的老树，都从主干上直接发芽结枣，一嘟噜一串，晶莹饱满。古树通灵，似乎是在显示一种生趣，一种力量，抑或是一种提醒：冬枣只能驾驭市场，而不可被市场所忽悠的发烧发疯。

果然，聚馆人重新审定了自己的原则：既然冬枣被国家命名为“重点保护文物”，首先就要保护好它。古冬枣树的珍贵、独特和不可再生性，也决定了必须把保护它放在第一位。还要让每一株新的冬枣树，都能保留住它的祖辈和母本一样的品质。古人能让冬枣数千年不退化，为什么我们就不能让它不变味？

幸哉，聚馆有冬枣。幸哉，冬枣生在聚馆！

狗性与人性

据说“狗是人类最忠实的朋友”，历史上确曾流传过各种“义犬救主”的故事。据调查现代人空前地孤独，患精神疾病的人数“创历史新高”，当然就格外需要最忠实的“狗朋友”。名曰“宠物”，其实是让狗宠人，人以狗为荣，以狗为本，狗们给了养狗的人一种特殊的身份，成了一种可以炫耀的资本，甚至是一种霸道的特权。以前叫“狗仗人势”，如今是“人仗狗势”。于是狗越养越大，越养越猛，而且没早没晚地出来乱溜达。

许多人所谓的“遛狗”，不是人牵着狗，而是狗牵着人，人遛狗变成狗遛人，甚至像放羊一样把狗一撒，任由狗们在前边乱钻、乱窜、乱嗅、乱舔、乱咬，光天化日在大街上撅起屁股就拉屎，只要见了电线杆或树，抬起后腿就撒尿……这些或许只忠实于一家人的“狗朋友”，成了社会和民众的祸害。

东方卫视曾报道，最新的上海民意调查证实，在上海人最厌恶的十大陋习中排在第一位的是“宠物扰人”。春节期间，天津至少有 400 多名市民在走亲访友时被宠物狗咬伤。去年广东共报告狂犬病病例 244 例，已全部死亡，为近十年来最高峰。其实卫生部也曾发布过这方面的疫情报告：狂犬病在中国成为死亡人数最多的传染病（其死亡率目前几乎是百分百）。报告上还说，中国患狂犬病的人数已经连续 7 年增长，成为仅次于印度的世界第二大狂犬病高发国。如此看来狗东西们真不够朋友，这不能不让人想起千百年来关于狗的另一些论断：“狗眼看人低”、“狗脸说翻就翻”、“狼心狗肺”、“狗改不了吃屎”……

世界上唯有狗这种动物，被人类捧得最高，也被骂得最狠。为什么呢？我花了大量时间仔细读完蒋子丹的《动物档案》，终于找到了答案：什么人养什么狗，主人的人性不怎么样，狗性也好不了。你拿狗当朋友，它自然对你也够朋友；你拿它当祖宗、当情人、当儿子，它拿你也就不当玩艺儿了。《动物档案》里披露了一个事件，一时尚女子，对狗比对她丈夫还亲，成天抱着狗不是亲就是啃，有一天狗也激动起来，用狗的方式回吻女主人，竟把她的下巴咬掉了。也许是狗不满女主人的长期调戏，而恼羞成怒！

主人没正行，狗就敢撒疯。前不久网上有段精彩的狗新闻：一个前几年做买卖赚了点钱的人，最近因生意不好就蹲在家里吃老本，一天两顿酒，每喝必醉，每醉必撒酒疯，打老婆骂孩子，摔桌子扔板凳，杀七个宰八个。这样的人家自然也少不了一条狗，属于那种脏不拉几癞不拉几的东西。有一天他高兴跟狗闹着玩儿，不知怎么把狗嘴给弄痛了，突然狗脸一翻不干了，学他往常的样子在屋里撒开了狗疯，狂吠着乱扑乱咬，乱顶乱撞，柜子倒了，茶几翻了，电视机摔了，沙发撕破了，屋子里的瓶瓶罐罐全碎了……

果不其然，人都没有养好，再养狗，那狗能好得了吗？人的素质上不去，养的狗又怎么可能有素质？人都不老实，常常发疯、发狂、变态……狗又如何不疯、不狂？恶犬是恶人养的，癞皮狗是无赖养的。养狗为了显摆，其狗必然富于攻击性。现在人们只要看到狗的样子，大体就能猜出它们主人的身份。浑身脏兮兮，伸着嘴到处乱闻乱舔，总想找到点屎吃，有时还堵在马路当中寻寻觅觅，你的车子骑到它跟前了也不让开。甭问，这样的狗主人也干净不了，或蓬头垢面，一身邪气，或披头散发，斜叼着烟卷，趿拉着鞋……脸上又都有一份古怪的自得，还有些骄横。仿佛跟在一条狗的后面，哪怕是一条脏狗、癞狗，也算有了某种资本。

这让那些想“仗狗势”的人不能不多想想了，应该先问问把自己这个人养好了没有？倘若连自己都还没有养好，再弄个比你还差的畜牲，那不仅不能给自己“抬点儿”，反而会给自己和社会添乱。眼下“狗官司”不断，判的可都是人。或许民众也该向人民代表大会呼吁，在“人满为患”情况下，又多了个“狗满为患”，应该出台一部《养狗法》了。

另类养生

现代人惜命，如今最火暴的讲演就是谈养生，长时间占据畅销书榜的也多是关于养生的书籍。但诸多养生专家们的“养生经”都相互矛盾，让惜命族无所适从。于是又有第三类专家站出来说：“缺乏科学依据的养生类书籍，最有可能成为再造病的温床。”

怎么办呢？2008 年便兴起了一种“另类养生学”。此学怪招迭出，另辟蹊径，看似邪行，却不无道理。比如韩国人正流行“先死后活养生法”：活得好好的人，突然由亲属宣布已经死亡，并举行葬礼，宣读他的遗嘱，然后抬进棺材，用铁钉将棺材盖钉死，还要在上面认真地撒些黄土。大约 15 分钟后，再打开棺材，将刚才被埋葬过的人再放出来，这个人就算获得了“重生”，可以告别过去，从此换一种活法，开创更好的未来，不再留下任何生活遗憾。

2008 年人类学家发布了一项重大研究成果：“夏季出生的人更

容易患病，而秋季出生的人较为长寿。”想要孩子的男女，开始都选在冬季做爱，从立冬到年底之前紧忙合，一过了年就停止接触，或接触时上措施。这叫替孩子“提前养生”，或曰“未生先养”。

风趣自然、且演技精湛的老演员李丁，现身说法告诫同行：要想活得好，千万不要给药品做广告。他就曾经给一家药厂做过一个著名的广告，由于他人缘好，格外招观众喜爱，那个广告非常成功，家喻户晓，深入人心。不想“他现在的身体很不好，别说提着东西，空手也爬不动楼了”！央视一著名主持人被问及“女性应该具备什么样的养生智慧”时，答道：“不试图像男性一样工作和生活，也不总像女人一样工作和生活。”这是什么意思呢？难道要做“二尾子”（即俗话说的中性人）？此法确实够“另类”的。

网上有个“拍美女专业户”，他拍的美女照片点击率已达到 970 万，预计到 2008 年底可突破 1000 万。其经验是“多看美女，可以防止近视，防止老化”。这就说“色迷迷”不仅锻炼眼神，还显得年轻。想想世界著名的色鬼富翁，三房四妾，绯闻不断，也活到了七老八十。有高人把这条经验拔高后说：“和漂亮女人握握手，和深刻的女人谈谈心，和成功的女人多交流，和普通的女人过日子。”看来现代男人养生是离不开女人了！

现代时尚女郎减肥成癖，女明星赵薇有绝招：“演坏心肠的反角，伶牙俐齿，眼神一立，横眉倒竖，人就会瘦。倘是憨厚善良，像个活菩萨，人就会显得胖。”为了减肥学坏，肉少了心坏了，可不划算。常言道，养德才能养生，名誉有增进健康的魅力。像获得诺贝尔奖的科学家的平均寿命，就比仅仅获得提名的科学家延长两年左右，比那些连诺奖的边都靠不上的科学家更不知会延长多少。还有一点，心怀感恩的人会身体更棒。因为心善的人大脑会释放出多巴胺，血液中复合胺的含量也高，更善于应付生活中的各种压力，有病恢复得快，不易得心脏病。但是，不要以为“学坏减肥法”容易，有些人是天生学不了坏的，不是有这么个段子嘛：“做弱者，多不好活；做强者，多不得好死；做名人，无法过自己的生活；做平民，无法过别人的生活；做男人，寿命短；做女人，青春短。”

那怎么办呢？“另类养生学”告诉人们：别做人，做畜牲。今年最时尚的养生法就是学做动物。时下养宠物的人很多，看似人在养动物，实际是动物在养人，有些人离开亲属没关系，离开动物就活不了，人变成了动物的宠物。每天一睁开眼就要向动物学习：想睡就睡，饿了就吃，永远不为昨天的事烦恼，也不为明天的事担忧。所以2008年度世界PARTY设计大奖是“动物园”，而不是人待的地方。当下金领和白领们的聚会，也常选择在动物园，他们共同的感觉是：只有在动物园里才感到轻松自在，知道自己还是个人……

有人根据“名流常名到下流”的现象，发明了一种“过头养生法”：“开心开到恶心，搞笑搞到可笑，娱乐娱到愚乐。”把什么事情都推向极端，推向反面，会促进身体横膈膜运动，加速血液循环。最典型的例子是鞍山市原国税局女局长刘光明，别的女人美容都在脸上或胸部下工夫，她却专门在屁股上想点子，光是臀部整形费就花了50多万元，终于整出了一个著名的“鞍山市最美丽的屁股”。然后再继续走向极端，用“50万的臀部”诱人、钓钱，由“最美”的又变回最臭的，最后那么个值钱的屁股，却只能坐到了监狱的小凳子上。

这一年还流行“数字养生法”，得是那些整天没事干的人，脖子上挂块表，不停地数数计时间。比如发明了一种能“让人老得慢”的习惯：喘气慢吸快呼，吸气的长度是呼气长度的2倍；不吃大餐，每2～3小时吃一小顿。在吃上更要像“机器人”一样严格控制：“六分饱，四分饿；六分粗粮，四分精食；六分熟食，四分生食；六分素菜，四分荤食；六分忍耐，四分宣泄；六分养心，四分养生。”

2008年“极品另类养生法”是俄罗斯人发明的。该国第一所“百万富翁医院”规定，全年的身心检查服务费是100万美元，而且须一次付清。如果哪个富翁一晚上能在医院花掉100万美元，医院就能让他们享受200万美元一次的治疗。而这家医院所推行的养生法却又很简单：“多喝水，多吃草莓酱。这是每个俄罗斯母亲都喜欢用的老办法，但许多年来行之有效。”此法做起来很简单，其理论根据却云苫雾罩：“自己活动并能推动别人的，是水；经常探求自己前进方向的，是水；遇到障碍物时能发挥百倍力量的，是水；以自己的清洁洗净他人污浊，有容清纳浊的宽大度量的，是水；汪洋大海能蒸发为云，变成雨、雪或化成雾，又或凝结成晶莹如明镜的冰等，不论其变化如何，仍不失其本性的，也是水。”

不错，这也很符合中国的传统养生学，上善若水嘛。但还可以再加上一条：经常撒泡尿照照自己。尿也是水，这样容易让人清醒，别“另类”得过了头。

浪漫的 2008

人所共知，2008 年里有大悲，也有大喜，同时又是进入新世纪来最浪漫的一年。这有许多指标为证：首先是结婚的人最多。女明星们一窝蜂地结婚、一窝蜂地挺着怀孕的大肚子照相、一窝蜂地走光闹绯闻等等就不说了，只讲种种较为普遍的社会现象。在 8 月、10 月、11 月三个结婚高峰期，在某些大城市要提前一个月排队登记。11 月 11 日“光棍节”那天，仅广州一个越秀区就有 240 对新人“脱光”（是脱离光棍族，不是脱光衣服）走入结婚殿堂。国庆节那天，重庆因结婚的人太多，场面无法控制，有些新郎吻错了新娘。这一错竟错出了许多佳话，有些外地人也跑到重庆去结婚，借机先吻别人的新娘子，反正自己的新娘又跑不了，留着以后慢慢吻。他们就不想一想，别人同样也可以混水摸鱼吻了他的新娘。

其次是相亲的人最多。10 月 19 日，上海卢湾体育馆有 3000 多名白领青年相亲，男的排成长队，让女的依次检阅，相中谁就把手中的“缘分卡”塞过去。每个女青年在一个小时里要检阅 1000 个男青年，平均 2~3 秒钟过一个，比打元宵还快。至于圆不圆、个头大小，根本就顾不过来了。光棍节那天，北京市在朝阳体育馆举行了国内首场“爱情运动会”，有数千人参加，实际也是相亲大会。所不同的是没有年龄和性别限制，只要是光棍，无论男女老少都可以上阵。当场有一大批“银发飘飘的老光棍，成为一道独特的风景”。平时人们都以为，当今社会“只有剩男，没有剩女”，在那场“爱情运动会”后，媒体发布了一个惊人的统计数字，目前中国的女光棍比男光棍多一倍。

浪漫光有群众性的热闹不行，还必须要有专家站出来上升到理论高度。于是学者熊笃按照《礼记》的说法，建议也将上坟扫墓的清明节，改为谈情说爱的“情人节”，以满足人类进入谈情说爱的浪漫期的需求。这一来中国就有了三个“情人节”，跟着西方人过“2·14”，还有个农历的“七月七”……中国人的浪漫世界第一，当是没有争议的了。

这一年的浪漫氛围还改变了女子们的择偶标准。大家都知道，前几年女孩子们心中的理想伴侣是猪八戒，因为唐僧呆板缺情趣，孙悟空太敬业、不顾家，沙僧太老实，惟猪老二风流有趣、懂得怜香惜玉。在浪漫的 2008，中国女子的口味变了，她们一生最想嫁的“四个极品男人是：庄子、范蠡、项羽和周瑜”。这得感谢这两年的“国学热”，又是专家和大师们提升了女人们的品位。

在浪漫的 2008，求爱的方式以及所用的玫瑰，也有所创新。

一男子在成都理工大学女生宿舍楼下，摆了万朵玫瑰，并调来宝马和奥迪轿车做灯光照明。有钱的搞浩大声势，没钱的也有自己的绝招，一大学生十冬腊月站在大连火车站前广场的舞台上，高声发布自己的“爱情宣言”，声称“要把我的爱喊回来”！但愿他的爱不是聋子。还是一多情的重庆人，用6匹黑色的高头大马开道，后面跟着豪华的迎亲车队，在重庆的九滨路上浩浩荡荡、场面显赫。不料将被迎娶的女子却说了一句颇为扫兴的话：“如果是白马就好了！”是啊，这位男子只顾显示自己“黑马”般的实力，殊不知姑娘的全部浪漫就是嫁一个“白马王子”。在情场上斜刺里冲出几匹黑马，有点像后来居上要抢亲的第三者。在大喜的日子里，不适宜玩“黑色浪漫”。

全社会如此大张旗鼓的浪漫，岂能光便宜成年人，而不影响孩子？广东一8岁男孩，收费替同学们写情书。他写的情书头一句总是开门见山、直奔主题：“亲爱的，你嫁给我吧！”南京一小学五年级男生，因失恋离家出走，留下的纸条上写着：“我偏偏爱上了一个不该爱的人，因为她心里已经有别人了，我很伤痛……”这总让人觉得还带着孩子气，而大学生的浪漫就显得成熟和稳重多了。某大学一女生，想跟一个大四的男生“实习爱情”，不想此男生回答道：“我刚被一个大二的小师妹实习完……”于是有好事者在宿舍大门上提前贴出春联：“爱国爱家爱师妹；防火防盗防师兄。”横批是“恋爱自由”。为了凑趣，其他宿舍的才子们又岂肯落后，也在自己的门上贴出对联：“男生女生穷书生生生不息；初恋热恋婚外恋恋恋不舍！”横批是“生无可恋”……校园里恋成一锅粥，有些学校吃不消啦。比如广西宜州一所中学，就针对学生的种种浪漫行径，制定了一条很不浪漫的新校规：“男女同学，包括班干部，商讨学习、工作、生活中的问题，须在教室、走廊等灯光明亮的地方进行。当教室、走廊等交谈地点有其他人在场时，不能进行一对一交谈。违者视为非正常交往，并给予口头批评教育。”这真是煞了浪漫的风景啊！

而美国的一些大学却允许“男女生共居一室”，被称为“大学校园里的一场亲密革命”。浪漫的2008不只属于中国，也属于全世界。德国女总理默克尔，浪漫地穿着过度暴露的低胸礼服，参加挪威国家歌剧院开幕典礼，被媒体称为“大规模分散注意力武器”。10月18日，美国怀俄明州也举行了一个“浪漫运动会”，让男人们穿上高跟鞋走一英里。沙特百岁老翁扎赫拉尼，在前两任妻子相继都去世后，前不久又迎娶了一名只有26岁的娇妻，有120多名他的儿子、孙子以及曾孙参加他的婚礼，创造了世界上“老少配”的新纪录。

既然是一个浪漫的年份，就不能光由人类独享这种“艳福”，动物也是地球村上的成员，同样有权浪漫。南充市白塔动物展览园里的狼和羊，竟惊世骇俗地“展开了一场热恋，它们白天黑夜同居一室，分开一会，双方都会烦躁不安”。当然，这只是人类的一种揣摩，以人之心度狼、羊之腹。人类自己浪漫，便看世间万物无不浪漫。狼和羊是不是真正的浪漫，还要看以后的结果。反常的过度的浪漫，总是让人担心。

或许正因为在这样的一个浪漫世界上，人类浪漫得过了头，在浪漫的 2008 年后半截，爆发了世界性的金融风暴，这件极不浪漫的灾祸，严重地消解了世界性的浪漫热潮。据美国“联合调查”的最新统计：“逾八成富翁已经计划减少给情人的礼物开支及生活费，12% 的花心大佬甚至跟她们说了拜拜！”

想不到浪漫竟是如此的脆弱。

身体上的文字

几年前，文字专家们大声疾呼：“全社会要像保卫黄河一样，保卫汉语！”这一号召在2008年可算是取得了巨大成效。现代科技极端发达，世界进入书写时代，文字像垃圾一样铺天盖地，于是乎只将文字印在纸上、写在网络上，已算不得是什么本事。得看哪一种文字能最大面积地占领现代人类的皮肤！毫无疑问，2008年被刻到人类皮肤上最多的文字，是汉字。在北京奥运会期间，闪耀在各种皮肤上的中国字，构成一道独特的景致。

优美型。西班牙美女网球名将施奈德，比赛时身着白色吊带短裙，露出右肩上一个楷书的繁体“龙”字，工整而又清秀，非常漂亮。随着她臂膀的挥动，汗水的浸润，“龙”字极为生动，像在她肩头活了起来，升腾幻化，忽隐忽现，助她大发神威。这个奇特而清雅的文身，被人们欣赏，被人们记住，也激励她在赛场上龙腾虎跃，博得阵阵喝采。

哲理型。“万人迷”、足球爵士贝克汉姆，当他起脚开球时，有意露出腰际一行龙飞凤舞般的中国行草：“生死由命，富贵在天。”他真的理解这八个中国字的涵义吗？他名利双收，不缺富贵，更兼一表人才，所向无敌……难道都是因为他的命好，这一切全仰仗老天的成全？他爸爸可不这么认为，一直保留着他小时候苦练“贝氏弯刀”的轮胎，他须站在 30 米开外的斜角，一次次将球踢进轮胎眼儿……他的全部富贵都是靠这一脚绝技挣来的。

励志型。美国 NBA 篮球明星艾弗森，胸口上文了个粗体的“忠”字，如一团烈焰，灼灼燎人。果然，他在球场上确是忠勇异常，势不可挡。

情爱型。俄罗斯女排队员库里克娃，在右臂上文了一行柔媚的汉字：“你永远在我心中！”这显然是为她男朋友文的，一个正浸泡在幸福里的浪漫女孩。我为她高兴，也为中国女排高兴，这种正处于热恋中的女孩，上了场还经得住打吗？朝她的位置上多扣几个重球，就能把她打得晕头转向。我想中国队是赢定了。孰料在中俄女排大战中，这个库里克娃就像她男朋友附体，两个人的劲都给了她一个人，越打越疯，倒把中国女排打得有点晕头转向。这就有点不像话了，沾我们中国字的光，还赢我们中国队。

幽默型。德国足球明星弗林斯，拿着自己的皮肤当废纸，在上面乱文一气。右臂上刻了 5 个互不沾边的汉字：“龙蛇羊勇吉”，后背上又文了一道古怪的菜名和价格：“酸甜鸭子：7.99 欧元”。我一看到他的文身便立刻就想到中国文字专家的呼吁，不过得将“全社会”，改成“全世界”，现在糟蹋汉字的可不光是国人。还有俄罗斯网球明星萨芬，左肩膀上文了个“猴”字，是他把自己的年龄按照中国 12 生肖套成属猴的？还是他喜欢猴，希望自己在赛场上像猴子一样机灵快捷、活蹦乱跳？可这一次，他在赛场上却被对手打得有点像猴子似的抓耳挠腮。

作践自己型。美国的 NBA 球员肯扬·马丁，在胳膊上文了“患得患失”。或许是他的教练读懂了这四个汉字的意思，基本都让他坐在替补席上“患得患失”。有时在比赛的末尾，美国胜局已定，教练觉得对方无论如何都不可能逆转美国队的强大优势了，才会让他上场摸摸蓝球。反正他“得”球也无所谓，“失”球也没关系。还有一个运动员在左肩膀上文了个“贱”，看上去触目惊心，在镜头前晃了几晃就找不到影了，我也始终没有查到他的名字。但慢慢地咂摸出了一条规律，凡是在身体上胡乱刻字作践自己的，都没有优秀运动员，优秀运动员必须爱惜自己的身体。那些用文身糟践自己的人，参加单项比赛的没有拿过奖牌，参加集体的项目没有当过主力。

但作践自己最厉害的，还数中国长春的小伙子杜虎才，一听这名字很响亮，虎虎有生气。他也的确有一身好力气，打工 20 年，却居无定所。由于性格老实，还经常被人欺负，本年 10 月初，在工地又遭人捆绑和毒打，打后还叮嘱他必须在身上刻个字，否则明天还要打他。下班后他喝了点闷酒，恼恨自己太穷，正因为没钱跟人家吃吃喝喝交朋友，才活得这般窝囊。一气之下走进文身店，花

30 元钱在脑门上文了个深蓝色镂空的“穷”字。不料第二天老板看到他脑门上的“穷”字，登时就把他解雇了。从此再也没有人愿意招他，明摆着谁招他就是招“穷”嘛，这年头谁不想离“穷”远远的！就在他将要陷于绝境的时候，终于碰到一位好心人，愿意出 500 元钱让他去把脑门上的“穷”字洗掉。文上一个“穷”只需 30 元，洗掉这个“穷”却要 500 元，还得去好几趟。你说这是何苦来？

2008 年夏天，北京一条高速公路旁边发现一无人认领的女尸，身上也文了三个字，第一个字是“陆”，后边的两个字就没人能认识了。第二个字是上边一个“山”，下边一个“正”；第三个字上边是个“人”，下边有个“力”。当时我看到这条消息时，有些毛骨悚然，过去老人常讲，中国的文字是圣人造的，绝对不能随意糟蹋。而身体受之于父母，毁坏自己的身体是不孝，如果你不仅糟蹋自己的皮肤，还糟蹋中国文字，不孝不敬不智，出了事还给警察破案添置障碍……

看来“保卫汉语”，还得兼顾着保卫人的皮肤。

2007年的爱情

“以前的爱情故事多，现在的爱情事故多”。2007年流行两句问候语：一句是“堵在哪儿了？”人们买汽车本来是要奔向灿烂的明天，不想被堵在了半路。另一句是“离了吗？”一位擅长帮助打离婚官司的律师，甚至在办公室门口竖起这样的广告牌：“生命短暂，离个婚吧！”离婚既然如此时尚，于是社会上就出现了“离婚宴”，或者两个当事人大吃一顿高调分手，或者大发帖子，广而告之，像结婚时一样大操大办一番。但不知是再收红包，还是退还当初结婚时收下的红包？此风大盛并非出于草率，而是缘于当初结合的草率。有人编了个段子：“50年代离婚，多为包办婚姻；60年代离婚，多为阶级成分；70年代离婚，多为路线原因；现在离婚，是因为搞不清为什么结婚。”

由此，2007年有两句关于婚姻的话很受欢迎。一是美国前总统克林顿的夫人希拉里所说：“百分之百的幸福美满，通常只是婚姻的假象；真实的婚姻就像人生一样，都是苦乐参半。夫妻双方要记恩，而不是记仇；要结缘，而不是结怨！”她确有说这种话的资格。另一句是中国学者周国平所说：“出现问题的婚姻，仍然可能是一个好婚姻。”要不怎么办呢？既然人类不能没有婚姻，眼下又找不出美满的婚姻，只能说有问题的也是好的。当大家都困惑、抱怨的时候，有明白人站出来说句明白话，这就是学者的作用。

宝鸡陈仓区群力中学，要求谈恋爱的学生交一定的费用，这引起早恋的学生和家长的不满，竟公然提问：“老师，我们接吻一次要交多少钱？请明码标价。”校方这样做并非没有根据，最新版本的纽约市公立学校《学生行为守则》上增加了一项新规定：“凡四年级以上的学生，在校园内搂搂抱抱，将被处以停学 90 天的惩罚，严重者还可以被学校开除。”恋爱是美妙的，但宜迟不宜早，发情太早会受到种种限制，而活到百八十岁了还要恋爱结婚，却会受到人们的追捧，如杨翁之恋等。与恋爱婚姻紧密相连的“性”，则宜私不宜公。厦门大学教授柳建法，开设“性病学”公选课，被媒体称作“引发龙凤合株学校地震，讲堂上人满为患”。“性是什么？性是一种艺术、一种态度、一种能力，更是一种责任。如果不懂得性，也就不懂得生活的意义。”既然你把性说得那么好，还是一种艺术，珠海斗门区政协委员贾永庆，在参政议政之余也想“艺术”一下，个人斥资 2 万元，在公路边建造了一个高 5 米、重达 5 吨的巨型阳具雕塑，招来骂声一片，没几天就乖乖地搬走了（《羊城晚报》2007 年 7 月 11 日）。不知他把那个大东西放到哪儿去了？可别吓着人哪！

2007年流行“三不男人”：不主动、不拒绝、不承诺。而“三Z女人”最吃香：姿色、知识、资本。男女最流行的结合公式是：“心薪相印”，即她用心偷他的薪，他用薪偷她的心。2007年还创造了两个新名词：一是“情妇门”，被曝光的贪官们多有情妇，且在两个以上，演绎出诸多事端，有人总结说，每一个成功的男人背后，都有一个女人；每一个犯罪男人的背后，都有两个或两个以上的女人。所以创造了另一个新名词是：“贪内助”。其类别为：“同舟共济”型、“死不悔改”型、“坐收渔利”型、“设障刁难”型、“强取豪夺”型、“主动敛财”型、“人间蒸发”型……那么在现代婚姻中有没有聪明的女人呢？有。她们的做法是：“让男人在自己的婚姻这所学校里，读完小学还想读中学，中学毕业还想读大学，本科毕业还想读研究生，读完研究生还哭着喊着要留校任教……”

为什么社会越开放，人们选择的自由越大了，婚姻出问题的反而越多了呢？这跟男女是两种不同的动物有关，他们相互吸引缘于此，相互排斥也缘于此。男人是上帝根据世界的需要而创造的，女人则是根据男人的需要而创造的。而男人的需要是经常会变的，在婚前想找好女人，婚后却想着坏女人；女人则无非两种，聪明的会嫁给爱她的男人，愚蠢的会嫁给她爱的男人，前者自己容易红杏出墙，后者的丈夫容易移情别恋。科学家们为此找到了根据：男人天生花心，是遗传战略进化的结果，到处留情可帮助男人把基因播撒到各处。女性基因决定她们天生就只要一个男人，希望他和她白头偕老，帮她养育孩子。美国政府最近公布的一项研究结果，男人性伴侣数目的中间值是 7，女人是 4。英国学者的调查结果是，男人一生共有 12.7 名异性性伴侣，女人的异性性伴侣为 6.5 个。当然，也有学者在数学上质疑这个研究结果。

既然是讲 2007 年的爱情，就不能不提一下这一年最大胆的“爱情表白”。法国总统萨科奇前不久离婚了，中国女子杨二车娜姆在博客上称：他智慧、有型、深情，正是自己喜欢的男人，并认为自己非常适合做这个黄金单身汉的配偶：“法国总统这几天离婚了，躺在成都酒店的浴池里的我，心里莫名地兴奋起来……我的能量和天分不做总统夫人算得上是一种浪费。”这让人想起“大跃进”时代的豪言：“人有多大胆，地有多大产！”但愿萨科奇能为此骄傲，而不是吓得从此不敢到中国来，甚或一蹶不振。

2007年的绝招

在这个基本实现了煤气化的城市里，一卖煤球的小贩竟出奇的忙碌，生意做得很好，其诀窍就是男扮女装，花枝招展，并不无得意地放言："现在干啥不都得追求个回头率嘛！"此招可称之谓"哗众取宠"。街头一卖蟑螂药的小贩，在自己的药摊前竖起一块大牌子，上写："蟑螂不死，我死！"有人打问他也不答话，只用手指指牌子，来买药的人果然不少。这是狠招，此谓"置之死地而后生"。因猪肉涨价，顾客多有抱怨，一卖肉的摊主不胜其烦，索性在肉架子旁边挂一纸板，上面没有写价格，而是写了一则本年度的最佳笑话："沙僧对孙悟空说，大师兄，现在二师兄的肉比师傅都贵了喔！"来买肉的人哈哈一笑，不仅不再抱怨肉贵，对分量多少也不再斤斤计较。这招叫"丑话说在前边"。还有一招叫"故弄玄虚"。一家小理发店就打出了这样的广告："基因技术烫；数码智能烫；浪漫欧式烫；八度空间烫；百变天使烫；飘逸无限烫；烟花乱坠烫；麻辣直板烫；卡娜纳米烫；空气灵感烫……”

现代人大都渴望成功，而成功有一条法则：“第一等人创立法则；第二等人遵守法则；第三等人破坏法则。”去年的全国十大杰出青年、安踏掌门人丁志忠，讲出了他成功的原因：“51% 与 49%，是父亲教给我的黄金分割比例。他很早就告诉我，你做每件事情，都要让别人占 51% 的好处，自己只要留 49% 就可以了。长此以往，可以赢得他人的认同、尊重与信任。”丁志忠说清楚了一个道理：成功的最佳捷径，是让人们知道，你的成功符合大家的利益。成功的途径多种多样，另一位成功人士这样回答频频向他追问成功秘诀的人：“我没有一个成功的方程式给你，但必败的倒有一条，那就是尝试着讨好所有的人！”西方有句格言，奉承是傻瓜的食粮。谄言谀术总归靠不住。说到成功秘籍，美国心理学家威廉·詹姆斯倒有一条：“一个没有受过激励的人，仅能发挥其能力的 20%~30%；而当他受到激励时，其能力可以发挥 80%~90%。”胆小的人成功概率小，自信、奋发、坚韧乃成功的要素。

市场经济、商品社会，世俗的成功标准就是财富。通过对美国富翁的调查，发现当今 80% 的百万富翁是普通人。于是得出结论：“今天成为百万富翁不是一种机会，而是选择。”然而现代社会又是风险社会，你选择财富就是选择风险。而最大的风险是不向市场投资，你不理财，财不理你。投资也是有诀窍的，比如买股票，“要在人们兴高采烈的时候卖出，在大家都痛哭流涕的时候买进”。但是，一提风险、投资、理财，就无法回避一个很流行的理论：钱是挣来的，不是存出来的，钱这种东西是越花越有。有经济学家甚至鼓噪说："拼命省钱，到最后肯定越省越穷！"这里可有陷阱，永远都不要以为自己比市场更聪明。世界零售巨头沃尔玛的新口号是："省钱让生活更美好！"松下幸之助到80多岁了还天天自带饭盒上班。《邻家的百万富翁》作者斯坦利则说："大部分美国人对于财富的认识都是错误的，拥有财富和收入是截然不同的两回事。如果你每年都有不错的收入，但都花完了，你并不会变得富有，只是生活水平高而已。财富是靠你积累起来的，而不是靠你所花费的。"

与人生是否成功密切相关的另一件大事，就是恋爱婚姻。在这方面2007年也有一些"绝招"流行。比如选择女友最主要的标准是：和善、通情达理、健康、好相处、聪颖、善于持家。婚姻是以整个人生为目标，挑选合适的人，并创造一种合适的关系至关重要。一成功女士的经验是："挑男人就好比挑西瓜，仅仅从外表看不出内瓤的好坏。有的瓜看上去新鲜润泽，敲在手里脆响，卖相好，打开一看却是瓤粉籽白。有的男人相貌堂堂，接触起来才发现为人小气，心胸狭窄。男花瓶比女花瓶还不中用，女花瓶还能卖个好价，男花瓶若没傍上阔太，放在家里就成了鸡肋，外人看着荤，自己却下不了口。"男友如果老是说自己很忙，女孩就该明白对方根本不重视你。一个男人答应娶你，却又让你再一再二地流产，也趁早快点离开他。先哲曾教诲，在爱情上一切都是真的，一切都是假的，谁无论怎样吹呼，都不会被认为荒谬。一男青年证婚成功，用的就是"偷换概念"之术。他说自己"工作在外企"，其实是指在外地人办的企业里打工；“有一处不动产”，是指他老爹卧床两年不起了；“母亲在外经商多年”，即老娘在门口摆地摊。现代人太过虚荣和功利，常常是在悠闲时恋爱，忙碌时嫌恶，治此病有两招容易奏效：一是爱过头、让自己疯狂起来，可一鸣惊人，会有奇效，如水下求婚、空中献花、诈死考验……南开大学一学生就让同学们为自己办葬礼以考验女友。另一招是捉弄，故作神秘，引而不发，欲擒故纵，让对方发狂。

各行各业都有自己的绝招，奇思妙想，层出不穷。比如当官的诀窍是“五官端正”，即手不黑、腿不懒、耳不偏、嘴不贪、眼不谗。当明星的诀窍是：“先搞脏，再搞富，最后把自己洗净。”做统计报表的诀窍是，要将数字填的像女人的三点式泳装，既诱惑了大众，又只让大众看到该看的东西。2007 年的绝招可编一大本厚书，但更绝的是将自己整个人，或整个单位，变成这个时代中的一个绝招。

2007年的七种关系

朋友关系。英国著名的《金融时报》，用篡改的名句来概括互联网时代的人际关系："天涯若比邻，海内无知己。"凤凰卫视的评论员石席平深有同感："过去在饭桌上是酒逢知己千杯少，现在是酒逢千杯知己少！"李敖也有惊人之语：不是敌人就是朋友，该是错了；不是朋友就是敌人，才是对的。敌人要从宽认定，朋友要从严录取。但是，世界反兴奋剂机构主席庞德的观点正相反，他收回了环法自行车赛"七冠王"阿姆斯特朗的金牌、斗倒了女飞人琼斯，并公开宣称："树敌是我的工作。"在所有人际关系中，敌对关系要比朋友乃至恋爱关系来得深刻，恨一个人总是要比喜欢一个人付出更多的情感。以前做生意是朋友间相互帮衬，现在如果有朋友张嘴向你借钱，你就得小心对方不再是你的朋友了。还是洛克菲勒老道，许多年前他就预言："建立在商业上的友谊，比建立在友谊上的商业更重要。"既然外面的朋友这么难找，现代人不得不更多地依靠家里人，许多男人到中年以后忽然发现，最可靠的朋友还是自己的老婆!

男女关系。连接男女的是爱情，然而有诗人说，真爱就像鬼魂，大家都在谈论它，却从没有人看到过它。特别是在当今世界，没有真爱并不影响男女会发生种种关系，至少试男人可以用女人，试女人可以用金，试金可以用火。2007 年英国科学家发布了一个新观点：在占全世界人口总数 2% 的最聪明的人群中，男性的数量是女性的 2 倍；但在同样占全球人口总数 2% 的最笨的人群中，男性的数量还是女性的 2 倍。这就是说，男性的智力水平出现两极分化的趋势。为什么呢？由于竞争，由于压力，由于女人……且看在这一年里一些最聪明的人是怎样谈论男女关系的。历来人们认为女人最令人羡慕的东西有两样，一是才貌，二是财富。当代成功女性杨澜，已经具备了这两样东西，她说："优秀的女人是没有好下场的，除非你找到一个好老公。"这就是说，无论多好的女人，碰不上一个好男人就不会得好。另一个堪称奇女子的杨丽萍，则发出了另外一种声音，当记者问她是否为跳舞而不生孩子时，答到："有些人来到世界是想传宗接代，有的是来享乐的，有的是来索取的，而我是一个旁观者，只想好好来这个世界走一走。"男人对这样的女子来说，只是一个旅伴，一个观众。

游客和景点的关系。中国游客向巴黎旅游局提出一个要求："能不能想点办法让中国人在法国碰不见中国人？"以前不是有句话叫老乡见老乡两眼泪汪汪吗？"北京人在纽约"、"上海人在东京"

曾很新鲜地拍成了电视连续剧，令全国羡慕，还有许多人为在国外碰不到同乡而抱怨自己的城市太保守、落后。曾几何时，又这般害怕在国外到处都碰见同胞。中国人能大规模地出国旅游，无论如何也是一种进步，虽然有点一窝蜂、扎大堆，但慢慢会升级的。那么我们这个旅游大国的众多游客，跟国内景点的关系又如何呢？有两段顺口溜可代表，一段是："山上有个庙，庙里有个老道，老道挡住道，一边晒太阳，一边卖门票。"另一段是针对旅游景区门票提价的："有朝一日我有权，名山景点全免单！"好心态。说说大话，编编段子，一笑了之。

人和地球的关系。中国的上天英雄杨利伟，突发奇想要在太空建立党支部，那将是世界上"最高"的党支部，向往到太空去过支部生活。而在太空生活了一年半载之后的俄罗斯宇航员则表示："最难以忍受的事情就是返回地球。"以前鲁迅先生嘲讽某些人的异想天开，就像提着自己的头发要离开地球一样。现代人真的能离开地球了，而且不用提着自己的头发，一旦离开地球才知道那是何等美妙！所以海外的富翁排着队，花上几千万美元也要到太空呆几天。地球人向往离开地球，是人的悲哀，还是地球的悲哀？

人和手机的关系。媒体公布的最新调查结果显示，现代人有五大无奈，"一天到晚被手机牵着"，排在第一位。亚洲人出门之后如果又回家了，排名第一的原因是忘了带手机。于是北京大学教授张颐武宣布："手机是人类的新器官。"而联合国却宣布：2008 年为国际土豆年。土豆算个什么东西？世界上的好东西海了去啦，联合国没事干呀，为什么偏偏弄个土豆年？不仅如此还印发了一个口号："未来要靠土豆拯救人类！"这也跟人类的"新器官"手机有关。最近几年，欧美国家出现了当今自然世界最怪异的一种神秘现象，承担为农作物授粉的蜜蜂"群体性锐减"，造成农作物减产。经科学家研究证实，是手机释放的辐射干扰了蜜蜂的导航系统，使这种以热爱家庭生活闻名的动物找不到回家的路，都在离蜂巢很远的地方一个个孤独地死去。

人和动物的关系。最能说明这种关系的例子是，人类社会的市场上肉价上涨，挨饿的却是老虎。说明人和动物"血肉相连"。"猪是趴在地上的人类"——现代医学证实，人的内脏结构与猪是一样的，移植了猪心脏的人，偶尔会像猪一样去拱土。所以在 2007 年，医院的妇产科总有人排队等床位，大家争着要生个"猪宝宝"！那么狗呢？狗在情感上跟人相通，而且不说话、不批评人，因此成为有狗家庭里最受喜爱和重视的成员，人养狗，狗亦养人，主人越来越像狗，狗越来越像主人。"动物园里最多的动物是人，人的住宅区里最傲慢无礼的动物是狗"。还有两种动物更令人类汗颜，一种是蚂蚁，"共同分享所有的财富，没有政府也不会混乱"；另一种是蜜蜂，"有君主统治，却能保持各自的窝和财富"。鉴于动物越来越珍贵，人类开始以动物为榜样，一大学教授这样鼓励学生："像野猪一样勇往直前，像狮子一样统帅一切，像狗一样与众协调，像鹿一样谨慎小心……总之一踏上职场，就别把自己当人！"

人和死亡的关系。“从长远看，我们都将是死人。”这是经济学界的泰斗凯恩斯的名言。但每个人的死法却各有不同，并因此构成了人生悬念。美国统计学家研究出了各种死法的比率。鉴于现代人的生活雷同，吃着大致相同的事物，坐着大同小异的汽车，每天对着差不多的电脑，又都生活在全球变暖、空气污染的大环境中，不妨对照美国人的死法，检点自己的生活。死亡比率最高的前五名依次是：心脏病20%，癌症14%，脑中风4.2%，汽车交通事故1.2%，自杀0.9%……自行车事故的死亡比率是五千分之一，跟飞机失事差不多，酒精中毒万分之一，喜欢杯中物的朋友可以稍微放松一点了，喝酒比骑自行车还安全。

2007 年的智慧

古今中外做人，都是一种智慧。2007 年做人的智慧有什么特点？东方人崇尚："若要敞开心胸，只有躺在手术台上。"法国历史学家丹纳，可作西方人的代表："当今世界上有四种人，堕入情网者、雄心勃勃的、旁观者和愚笨者，最幸福的应该是愚笨者。"

迫于竞争的需要，没有人不抱怨现在的孩子压力太大了。一位母亲的话代表了现在做父母的智慧："如果我还他一个童年，那我就要欠他一个成年。"从小就得让孩子知道，眉毛上的汗水和眉毛下的泪水，必须选择一样。越早地做出正确的选择，越容易在竞争中获得成功。

专家和成功者，也多是智者，他们是社会精英，时代骄子，请看他们的智慧。建筑大师贝聿铭说："我设计的房子好就好在将来比较容易拆。"建，是为了拆。世界上没有永恒的东西，再先进的也有落后的一天，这就叫“前后眼”。保健专家的智慧体现在一项著名的建议上：“为增强体质，建议多喝牛奶；最新研究发现，牛奶中某些激素会增加前列腺癌的发病率，建议多吃西红柿；为消除西红柿中残留农药的危害，建议口服阿托品；阿托品有生物碱中毒的可能，为稀释及中和其毒性，建议多喝牛奶……”

医生的智慧是，“先把病人收进外科，即使是不能动手术的也可以先打开来，然后告诉家属做不了啦，再给缝上。在外科赚了一轮钱之后，便把病人转到化疗科，再赚上一轮之后又转到放疗科……等到西医的科室都赚够了，就把病人扔到中医科。”

策划大师及炒家的智慧是，将开会改叫“论坛”，声明改称“宣言”，单位都称“机构”，落实改叫“执行力”，集体改叫“团队”，目录都叫“菜单”……

就是写总结材料或起草领导讲话稿，也需要一种特别的智慧。比如：“去年公司发生两起航空事故，共死亡260人。”写成材料则变成：“去年共有260名旅客，乘坐本公司的客机到天堂一游……”

任志强在凤凰卫视上讲出了开发商的智慧：“让开发商公开成本，就如同让他们公开自己老婆的胸部有多大。”

招商引资的智慧是：“在房间里放鲜花，飞进来的会是蜜蜂；房间里有腐肉，飞进来的一定是苍蝇。”

这个年头，当“苍蝇”和“腐肉”，也要有点“智慧”，2007年的一大新闻是陕西宝鸡的一些官员，拿自己的老婆贿赂市委书记庞家钰，并总结出一条经验：“舍不得媳妇套不住狼！”此招儿果然灵验，自己的媳妇舍了，庞家钰这条狼也确实被执法部门抓住了。

甚至连贪官们也在挖空心思地想提高自己的智慧。《检察日报》刊文曝光了他们伪装自己的七种技巧：“艰苦朴素、诚信守诺、照章办事、包装镀金、故作高雅、挂着专家学者或反腐斗士的头衔。”

既然活在当下干什么都需要智慧，当个平头百姓也不例外。除了缺房缺钱缺车，现在还缺氧了，如果想不缺德，没有点智慧怎么行？“每天早上起来，先看一遍富豪榜，如果上面没有自己的名字，就赶紧好好去上班。”

一位捡破烂的老汉不无骄傲地说“垃圾是人类的传记”。言下之意是他最了解人类，天天收集现代人的传记，完全可以成为人类学家，或社会学家。

一超市收款员的心态也非常好：“数着别人的钱，过着自己的日子。”见过大钱，又没有为金钱所累，未尝不是一件乐事。

幸好这个世界上还有四样最好的东西，不是有钱就能买到、或有权势就能独占的：“婴儿的笑，上天堂，逝去的青春和好女人的爱情。”

这就是生活。俗云：生容易，活容易，生活不容易。

“台球神童”丁俊晖2007年在国际大赛上频频败北。但他说了一句话，让人对他刮目相看：“人不能把钱带进坟墓，但钱可以把人带进去。”连发明万有引力的牛顿，也曾抱怨，他可以计算出天体运行的轨道，却无法计算出人性的疯狂。

这就是现代社会物质过剩，为什么有精神疾患的人越来越多的原因：“心理变，态度也变；态度变，行为也变；行为变，习惯就变；习惯变，性格就变；性格变，命运就变。”

2007年的绕口令

现在，粉丝不是食品，钢丝不是建筑材料，炒作不局限于厨房，韩流和冷空气无关……语言已经发展到和词典没有多少关系、类似猜谜和绕口令的时代，比如：“一技以博，一机以造，一寂以收，一击以得”。谁能弄得懂这是什么话吗？据说是最新发明的致富的四个步骤。但最难懂的，还是教育部（注意，是专管为民族培养栋梁之才的国家教育部）于2007年8月16日公布的171个新词汇，让举国哗然，明明是中国话，却有90%让中国人看不懂，剩下的10%也只能大概地猜测其意。不信随手抄几个出来看看：“白奴、白托、白银书；法商、废统、奔奔族；禁电、国六条、国十条、暖巢管家；三失、三手病、三限房、巫毒娃娃……”

有些话乍看绕口，知道了诀窍便不觉得绕了。比如：“爸爸！哎！中石油今天又跌了吗？是啊！咱家的钱到底哪去了？套了！我怎么割也割不了它？套得牢啊……”如果将这番话配上《吉祥三宝》

的曲谱唱出来，就会很顺了。关于股市的绕口令更多，有一则精彩的：“在交易所里，一切取决于一件事，是看傻瓜比股票多，还是股票比傻瓜多？”

另有一些话说快了觉得绕，说慢了就不绕：管理票据“票证办”，预防艾滋“防艾办”，消灭野狗“打狗办”，济贫助困“扶贫办”，下雨涨水“防洪办”，天不下雨“抗旱办”，对付坏人“治安办”，捐赠助人“爱心办”，检查落实“督察办”……这个办、那个办，真有了难事还是不知道怎么办！

这一年，绕口令（或称《三字经》）的极品，是媒体公开发表的启功先生在66岁时为自己写的《墓志铭》：“中学生，副教授。博不精，专不透。名虽扬，实不够。高不成，低不就。瘫趋左，派曾右。面微圆，皮欠厚。妻已亡，并无后。丧犹新，病照旧。六十六，非不寿。八宝山，渐相凑。计平生，谥曰陋。身与名，一起臭。”大智大慧，大明大白，诙谐且富深意，足可传世。

有些绕口令不过是隐语或隐喻。如，“三十难立”族群遍布全球，在北美被称为“归巢小孩”；在英国叫“口袋小孩”；在法国被叫做“赖巢族”；在意大利他们是“妈妈的小孩”；在日本被称做“飞特族”，中国内地则叫他们为“啃老族”。有关专家对我国青少年的体质经过测试后给出了三个字的评语：“软、硬、笨”。软，是指肌肉软；硬，是指关节硬；笨，即长期不活动造成动作不协调。

现代生活中“怨妇”不少，她们也用绕口令发泄心中的怨气：

过去，我总是要熬到半夜，他才肯离去；而现在，我总是要熬到半夜，他才肯回家。在爱情中，有人“视死如归”；在婚姻中，有人“视归如死”！而金庸大侠却敢唱反调：“我们情愿怕老婆，也不愿怕政府。”因为他生活在香港，才敢这么绕，香港人常常跟政府打官司，还常常能打赢。而跟老婆打官司就麻烦多了，即便赢了也要赔钱，输了就更别提！

另有一种绕口令其实并不绕口，绕的是一种“牛气”。名噪天下的巨人公司上市后，其总裁史玉柱说：“我们造就了21个亿万富翁，186个百万富翁”。他算的可真是精确，如此说来他是制造富翁的富翁，是扶富英雄，堪称“富翁之母”、“成功之母”。这绝对是个人物，事业起伏跌宕，富有传奇色彩，倒下得快，起来得也快，跟头摔得漂亮，几年后又是一条好汉！河南新乡的一所民办小学更能“绕”，宣称可以培养出“意念感知神童”，到目前为止已经培养出了“初级神童120人，中级神童13人，高级神童7人”。若照这个速度培养下去，未来的世界无疑将属于新乡。

不要以为只是经济界、教育界能“绕”，最讲真理的科技界也可以“绕”。中国工程院院士黄尚廉，曾这样评价时下一些科技成果鉴定会：“红包一发，嘴角一擦，就世界领先了。”媒体在这一年公布了最新医学成果：“胃的工作寿命可达476年，肺可以坚持110年。”这让国人兴奋异常，原来我们喜欢大吃大喝是有根据的，是上帝的成全。以前有段子说什么“喝坏了党风，吃坏了胃”，全是扯淡，今后可以全无顾忌地甩开腮帮子猛嚼猛灌，喜欢吞云吐雾的瘾君子们，也不用担心肺了。

性学家在广州一家大学的讲堂上讲解性文化时开导说：“现在有不少男性处于性失业状态，而在座的各位则处于性待业的状态。”难怪当今社会黄段子满天飞，娱乐场所一家接一家，性病、艾滋病蔓延猛烈，原来都是因“性失业”和“性待业”憋的！

综上所述，现代绕口令不单是绕口，还绕脑子，绕情感，绕生活，绕世道……须格外小心，不要被七绕八绕地绕进去。

2007年的无奈

人不是神仙，在生活中总会有无可奈何的时候。即便是神仙，降落于滚滚红尘，被商品大潮挟来裹去，也难免会有诸多无奈。正所谓“有钱男子汉，无钱汉子难”！

有人挺着脖子爱说大话：钱不是问题。不错，问题是没钱。金钱最容易让人哭笑不得，大连最近出了一景，两个女人站在路边为一个男人冷静地讨价还价：情妇开价是20万，你别哭别闹，与他和平离婚。老婆嫌少：你要想叫我不哭不闹，和平转让，少了50万不行！再看看我们周围，有钱的老子和儿子多得是，可当你做儿子的时候，没有有钱的老子；当你成了老子，又没有有钱的儿子……你也只有无奈。以前集体拍照时大家一起喊“茄子”、“田七”，可让嘴唇微张，做微笑状。如今流行喊“我——有——钱！”仿佛这么可劲一喊，瞬间就能得到一种有钱的感觉。据说越是没钱的人喊的嗓门越大，你说若不是快穷疯了，怎么会想得出这么绝的主意。

那么，有钱的老板是不是就没有无奈呢？钟南山院士为他们画像："吃得好，营养少；喝酒多，吃饭少；赔笑多，欢乐少；住房多，回家少；早饭不吃、中午凑合、晚上撑个饱。"这里边恐怕也有为外人所不知的无奈。

大家知道，贫困地区生活艰难，缺医少药，无可奈何的事不少。生活在城市中就会好一些，在城市中深圳更是好地方，可在深圳"不丢六七部单车会被人笑话"。按理说年轻人是国家的希望，学校请来老红军正要跟他谈谈理想，有些年轻人却忙不迭地摆手："别和我谈理想，戒了！"时下权力最好使，当权者的无奈应该比普通百姓要少得多，却有媒体披露，贵州锦屏县圭叶村的大印一分五瓣儿，五个村干部一人一瓣儿，要想行使村权力，必须五个人凑齐，而且心气还得一致。此举被媒体赞为是"创造了历史上最牛的公章"。河南一公安局长，在出庭作证时当庭为一贪官鼓掌，举座大哗。被拘留审查时道出缘由："经常听领导讲话鼓掌鼓惯了！"

每到农历大年初五，鞭炮声都格外猛烈，按风俗这一天是包饺子捏小人的日子。足见现代社会对小人的无奈。大家都对小人深恶痛绝，却又没有更好的办法，只好发泄在"狠捏"和"猛放"上。有人出主意："对付小人，就像对付没有烧透的炭，你碰它才会燃烧，晾着它自然就熄了。"这是一厢情愿，还是不了解小人，小人不是炭，是鬼火，你不碰它照样起火星子，最善自燃，无火也冒烟，有点气就能吹风撒土。鉴于此，有位高人提出了一个可行的办法："应对污言秽语的最好方法，就是对其置之不理，就好像人永远不要和猪摔跤一样，双方只会搞得一身泥，而这正是猪喜欢的结果。"

除去小人，当代社会上还有一些惹不起的，网民们总结为"四大酷"：喝酒不吃菜的，光膀子扎领带的，乳房露在外的，骑车八十迈的。老百姓一般都怕流氓，现在更怕"流氓有文化"……你想吧，怕的东西多了，无奈自然就多了。

但公平地说，现代人的有些无奈是自找的，比如一方面制造污染，一方面又怕死。健康成了每个人天大的事，没老带少全讲养生，似乎所有的人都退化成两岁孩子，需要按着别人的教导该怎么吃，怎么喝，怎么拉，怎么睡。女的恨不得全变成"植物人"：脸是瓜子，腰是杨柳，眉是柳叶，眼是桂圆，嘴是樱桃，手是莲藕。男的恨不得变成"机器人"：六分饱，四分饿；六分粗，四分精；六分熟，四分生；六分素，四分荤；六分忍，四分泄……有位医学专家实在忍无可忍，便站出来说了句大实话，立刻让养生一族全泄了气："所谓健康，只不过是死得最慢的一种状态。"哈，不管健身不健身，都是一种无奈。

"男人离开女人没法活，女人离开男人没法生气"。在婚姻里，现代人同样也有不少无奈。这是因为婚姻跟用餐正好相反，用餐是先上凉菜后上热菜，而婚姻是先上热菜后上凉菜。许多人都梦想能跟名人结婚，而著名的《夫妻剧场》主持人英达却说："羡慕名人的幸福家庭生活？我觉得绝对没有这个必要，因为我没有见过几个真正幸福的名人。”惨啦，原来风光背后竟也有这许多不被人知的无奈。

那么怎样才可以让现代夫妻白头偕老呢？当今世界上经济和文化最发达的两个国家，分别给出了两个药方。一个是美国爱荷华大学经多年研究得出结论：“妻子的权威是家庭和谐的保证，健康婚姻的一个标志就是丈夫接受来自妻子的影响。”说白了就是部分地恢复古老母系社会的传统。用现在的话说，让“妻管严”变成一条法律。德国一位女议员提出了另一种议案：鉴于现代婚姻有个过不去的“七年之痒”，结婚证书的有效期应改为七年，每一个七年结束之后，每对夫妻都必须再说一遍“我愿意”，婚姻才继续有效。

这也无奈，那也无奈，看来活着就是一件很无奈的事。但无奈也得活着。所以现代人想出许多办法排除心中的无奈。对生活有信心，寄希望于未来，就是个不错的办法。比如眼下看病难，医药费贵得邪乎，劳动保障部养老保险司有关负责人就说：“到 2020 年，所有老年居民均能享受基本的生活保障。”这就有盼了，老同志们要好好地活，千万可不能在 2020 年前走。再比如，有人对当下的社会风气看不惯，对自己的工作不满意，就大胆地发布预言：十年后，社会上将重视五种人，有道德的人、尊重别人的人、有创造性的人、善于整合的人、受过专业训练的人。现在是大话时代，话无论说多大都不上税，谁都可以提建议、发预言，绝不会受干涉。别人敢说，你干嘛不说呀？于是有人觉得看春节晚会不过瘾，就大胆推举由张艺谋执导，并保证全是“大场面、大手笔、大白腿！”

还有一个对付无奈的办法，就是将无奈进行到底。就像流行歌曲唱的：“您说我颓废？那是您抬举我，我早就报废了！”“喝醉了我谁也不服，我就扶墙”。对付家庭中的无奈就更好办了，一到紧要关头就高唱：“问世间情为何物，一物降一物。”

一旦将无奈变为无聊，也就不会再感到无奈了。

城市里的铁刺儿

现代城市里有两多：围墙多，栏杆多。谁有个地方就圈起来，市区内原本很近便的道路，变得七零八碎、东躲西绕的很不方便。我居住的大城市里有一种极其特别的栏杆，但它围护的不是私人住宅或某个神秘的单位，而是全市最大的公园和动物园。其长有三站多路，其宽有两站地，看一眼就让人毛骨悚然，很自然地会联想到监狱或军火库一类的秘密设施。

这是怎样的栏杆呢？精铁打制，两米多高，最凶恶的是上半截，有两排弯曲的尖刺，一排向里弯，一排向外弯，每根尖刺一尺多长，形似野猪的獠牙，锋利无比。在两排獠牙中间，还埋伏着笔直而尖细的箭镞，似乎是警告一切过路者：如果你胆敢碰它，纵然逃过了明枪，也难躲暗箭。用纳税人的钱修建的公用设施，围上如此险恶的铁栏杆，想对付谁呢？

自然是那些不买票也想进公园的人。此公园门票很贵，而且每到下午五点钟就关门。公园本来是供市民一早一晚来消闲的地方，春夏秋三季五点钟的时候太阳还老高哪，公园却要关门上锁。这个作息制度还真有点监狱和军火库的味道。话说回来，即便真有不买票也想进公园的人，就该被开膛破肚，甚至要一命呜呼吗？特别是有些顽皮的孩子，倘是出于对惊险的好奇而被刺破肚肠，官司会怎么打呢？人们无法不好奇，公园的管理者是出于一种什么样的心态，非要把栏杆设计得这般狠毒？

这诡异的栏杆真实地反映了一种城市意识：视人为贼。嘴上喊的是“以人为本”，到处都是“关心百姓，便利群众”的大标语，骨子里却把人——当然是别人、是群众，看得很贱、很轻，时时处处都像防贼一样提防着市民。其实，是这些人自己的心里长出了铁刺，阴冷而晦暗。他们管理什么部门，就会在什么部门都装上铁刺。他们跟群众、跟社会，很难有真正和谐正常的关系。因为一遇到具体事情，他们心里那根真实的铁刺就暴露出来，铁刺长在他们的心里，当然也会刺痛百姓的心。

一个城市能长期容忍这样的铁刺，甚至让铁刺蔓延，一窝蜂地仿制铁刺儿，这个城市的人文意识就可怕了。作为北京奥运会的协办城市，曾经下大力气整顿市容，清理路边的小摊贩、不许光膀子的人上街等等，从上到下却对公园的铁刺视而不见，任凭国内外的记者和游客，在公园的铁刺下面排照。不知这是一种连铁刺都刺不痛的迟钝，还是对铁刺的欣赏？很有可能是后者，有例为证：一家大医院在公园旁边建了一片新楼，开业后也用这种铁刺栏杆围了起来。但门前冷冷清清，或许让患者心里有障碍，怕被误解是进了精神病院。

最奇怪的是堂堂司法局，有着一座雄伟的办公大楼，四周也围了一圈这样的铁刺栏杆。你说这样一个严肃的大机关，它怕什么呢？铁刺栏杆只能防小孩子，连小偷也防不了，更别说其他犯罪或恐怖行动。即便是在旧时代，这样的铁刺栏杆也只有土财主才会装，真正的大财主都嫌它太过张狂、一副小人得势的架势，反显得没见过世面，缺少文化。

但，铁刺栏杆确实刺穿了城市的种种大话。比如天天在喊什么“跟国际接轨”、“建设国际大都市”……哪个“国际大都市”里的公园有这样的栏杆？就说世界上最大的城市纽约吧。早在1857年，美国的园林建筑师奥姆斯特德就预见到纽约人将来需要在市中心有个休息的地方，于是在寸土寸金的地段修建了阔大的中央公园。

公园建成后奥姆斯特德特意在纽约各处张贴示意图，指明去公园的路径和方向，鼓励穷人和病人到公园去，无论贫富都可以在里面游玩，公园里的草地不会让任何人有受歧视的感觉，在中央公园每个人都受欢迎，对所有人都是免费的。以后的事实也证明，每个纽约人或去纽约的人，都愿意到中央公园里去看看。奥姆斯特德成功地将风景变为城市建筑，纽约中央公园也成了城市建设的经典。

佛说世界是有情世间，城市就该有情。不要让冰冷的铁刺栏杆，将城市隔离成“无情世间”。

傻子吃香

演艺界曾有过一段佳话：一位潜质不错的演员名叫姜武，出道多年演过不少神经正常的人物，却一直未能大红大紫。由于千方百计地在电影《洗澡》中争取到一个无足轻重的角色——扮演一个傻子。想不到一炮打响，好评如潮，立即收获了一座分量不轻的“金鸡奖”奖杯。谁都知道，这是沾了傻子的光。过去老听人讲“傻人有傻福”，现在似乎真的到了应验这句话的时候了。

一个经常抱怨电视节目低劣乏味的老先生，突然打电话来向我推荐一台他认为非常之好的电视连续剧——《傻子阿甘》。由祖国大陆、台湾和香港的影视界联合拍摄。我一听这名字就感到有些熟悉，不久前好莱坞曾拍过一部轰动一时的电影《阿甘正传》，也是讲一个傻子的故事，主演汤姆·汉克斯为此获得了奥斯卡大奖。《傻子阿甘》的编导者们没有避嫌，用同一个名字公开打出傻子的旗号。

想不到这傻子的旗号还就是灵。只要你一想到傻子，立刻就会发觉现代影视已经进入了一个“傻子时代”，世界各地一窝蜂地推出一大堆傻子：香港的长篇电视连续剧《肥猫正传》，表现一个肥肥胖胖的诚实善良的傻子，比正常人还要可爱得多重要得多，据说收视率也很高；奥斯卡影帝达斯廷·霍夫曼演过一部著名的傻子电影《雨人》，获得了极高的赞誉，他演的那个傻家伙，傻得极富哲理，深刻得让正常人有被穿刺的感觉；还有好莱坞当红的女星朱迪·福斯特，也不甘落后地演过一个人见人爱的女傻子，片名是《奈尔》……

一些影视剧中傻子当道，傻子走红，傻子成了获奖的保证和票房的救星，傻子让不傻的人傻了眼……这是怎么回事？现实生活中哪有这么多多才多艺的傻子？中国的傻子阿甘是作曲家或者是活雷锋，美国的傻子阿甘是英雄、圣人……所有影视中的傻子个个都正直无私，忠诚坦荡，普施爱心，似乎凡傻子都有近于完美的人性。

人们对傻子表现出来的异乎寻常的喜欢和崇拜，反衬了对正常人的厌恶和失望。

随着人类生存竞争的越来越激烈，某些正常人对正常人的越来越工于心计，越来越精于算计感到恐惧，感到沮丧。同时，物化使某些正常人越来越庸俗，越来越浮浅，相比之下，在一些人的感觉中，倒是傻子不会伤害同类，给人以安全感，并时有惊人之语和惊人之举。所以，敏感的艺术家们便拼命制造出许多关于傻子的童话。歌颂傻子不等于自己想当傻子，某些现代人的理想好像就是除自己以外别人都是傻子，最好还是天才的傻子，只会创造不会争夺，心甘情愿地永远处于弱者的地位，不想害人也害不了人——你看看，周围都是傻子的世界多么美妙！

理想归理想，在现实生活中可爱的傻瓜毕竟是太少了，现代人往往是一个比一个精明。如果有人仔细研究一下傻子在荧屏上大受欢迎的原因，就知道聪明人是多么的讨厌聪明人了。唐代贤相张九龄早就说过："高龄逼神恶。"在现实生活中不妨经常当当傻子，有许多美妙的事情也并非不会发生。去年春季的某一天，纽约各大报纸同时登出一则广告：1美元出售豪华汽车。成千上万的人都看了，看过也就放下了。因为他们都是正常人，或者叫太聪明，一看就认定这是愚人节的把戏，或是一个无聊的家伙在耍小幽默、讲笑话。现在这个充满尔虞我诈的社会上怎么会有1美元就能买到豪华汽车的美事呢？除非你是个傻瓜才会相信这样的广告！

生活中偏偏就有这样的傻瓜，这是个男人，根据报纸上提供的地址找到登广告的人，对方竟然还是位彬彬有礼的中年女士，先带他去看汽车，果然是一辆很新的豪华型轿车，前来买车的傻瓜忽然也变得有些开窍，不敢相信了："您确实是想要1美元就出售这辆车吗？""没错，是1美元。"女士的口气非常肯定。那傻子赶紧掏出一美元交给那位女士，她果真就把车钥匙给了他，并说："先生，这车是你的了。傻瓜接过钥匙兴奋至极，却又忍不住问："我能知道这是为什么吗？"那女子说："我丈夫去世了，他在遗嘱中把这辆车赠给他的情妇，但把转赠权交给了我，所以我就以1美元出售它。”就这样，被认为是傻子的人办了件聪明事，许多自以为是正常而又聪明的人反而失去了好机会。这些人犯起傻来都是真“傻”，他们是把自己当傻子，结果非但不傻，反而大智。

有人也想找这样的便宜，而且中国有很多这种看似冒傻气的好事。诸如“一块钱的婚纱摄影”有人就信以为真地找上门去，结果是最低先要交 888 元，或高至上万元加入一个“套系”，然后才能获得一张 1 块钱的照片。如果跟商家就广告词进行理论，很容易就被当成是财迷转向的大傻瓜——这可不是影视剧中才华横溢的傻子，而是货真价实的遭人戏弄的傻子。因为，这些老板真的把别人都当成了傻子。所以，他的买卖也就砸了。

可见，在银幕上欣赏可爱的傻子是一回事，在生活中实实在在地当傻子又是一回事。许多时候，我们把事情搞糟了，错过了一次又一次的好机会，不是因为太傻，而是因为太精。就因为老把别人当成傻子，才干了许多猫盖屎的事。坑蒙拐骗、弄虚作假也屡禁不止……

莫斯科的“假牙”

上个世纪的60年代初，东西方还处于冷战状态，口水仗却打得热火朝天。资本主义世界嘲讽社会主义阵营贫穷落后，社会主义阵营怒骂资本主义腐朽没落……

说归说，骂归骂，社会主义阵营虽然口气很大，心里却真有点不那么自信。最明显的是苏联国家领导人为了表示自己并不贫穷落后，就在莫斯科市的中心地段——新阿尔巴特街上，瞄着纽约百老汇大街的样子，建造了几幢“现代化高楼”。

不想高楼建成后，怎么看怎么别扭，又觉得有点尴尬。这几幢现代化的幌子，打乱了莫斯科的建筑秩序，与俄罗斯民族的传统建筑格格不入。

莫斯科原有的建筑风格是厚重、辉煌、精致。

厚重——是历史，是时间，是民族传统文化的积淀。以前这里没有太高的建筑（像克里姆林宫等哥特式的锥体除外），楼房多在四层以下，墙壁倒有一米半至两米厚，防寒、隔音。

辉煌——是建筑的外表和轮廓。俄罗斯建筑敢于用色，金碧辉煌，如梦如幻。

精致——是建筑的局部，是细节，精雕细刻，美轮美奂。

俄国人有足够的耐心，动辄几年、几十年造一栋房子，甚至不惜花费几百年的时间建造一座城市。突然在这样的城市中麻秆般地挺立起标志着西方现代化的大板楼，连他们自己都觉得不顺眼，外人看着就是扎眼了。本来是要向外人显摆自己也先进、也新潮，等大楼建好后却又不想示人了，在前苏联和现在俄罗斯的各种画报、图片上，都还是以从前的老建筑为荣，绝不提及这些“现代化高楼”。

分明是要表明自己的现代化成就，却成了一种寒伧、一种贫乏，显得单薄而危险。为此尴尬的是决策者，老百姓只觉得滑稽可笑，不伦不类，并把那几栋现代化的幌子称为：“莫斯科假牙”。

莫斯科人的幽默真是贴切又妙绝。我听到这个称呼时却笑不出来，只觉得心中一凛。有“假牙”的又何止莫斯科，何止俄罗斯？我们的城市里就没有这样的“假牙”吗？

更可悲的是有人还把“假牙”当“金牙”来炫耀。想想我们的影视作品中，是哪些人成天呲着嘴，故意露出闪闪发光的金牙呀？

难道我们就那个水准？

俄罗斯的大和小

俄罗斯是世界上面积最大的国家，在国际舞台上也曾扮演过“超级大国”的角色。可在俄国人的生活中，却有一些“小”的现象，颇值得玩味。

如：大房子——小电梯。俄罗斯无论是住宅、办公室，或宾馆的房间，屋顶都建得很高，让住惯了矮房的人看着眼晕，但喘气则意外地敞快透亮。可楼里的电梯却非常小，空身站四五个人就很挤了。像中国那种到处都是能站十几个人的大电梯太少了，在莫斯科的中国驻俄罗斯大使馆里倒有一部大电梯，但平常基本不开，只在有重要活动，比如举办大型招待会时才会启动。我就此请教了几个人，第一反应都是没有想过这个问题，反倒显得我太少见多怪。问得多了便终于听到一种能说得过去的解释：俄罗斯人口少，而且还在继续下降，这也是令俄罗斯领导人头痛的问题。叶利钦时代俄国人的平均寿命只有60岁，现在可能略有回升。这么大个国家，五百万人口以上的城市，就只有莫斯科和圣彼得堡，而中国则有几十个。对他们来说，小电梯够用的，又何必造大的呢？

大厚墙——小窄床。俄罗斯的房屋，墙壁都奇厚，无论平房、楼房还是别墅，墙的厚度都在一米五以上。这很好解释，为了防寒、隔音。不好解释的是，屋里的床铺却很小，而且窄。我看过托尔斯泰、普希金、陀思妥耶夫斯基以及高尔基的睡床，都比中国现代的儿童床还要窄半尺。我早晨醒来喜欢先在床上活动几下再下地，在莫斯科国防宾馆的床上做仰卧起坐，一没留神身体略偏了一点，就掉到了床下，可想而知那张床有多窄巴。再举个例子，托尔斯泰本人以及他的十三个孩子，都是在卧室的沙发上出生的，我看过那张功劳巨大的沙发，就是很一般的能坐下三个人的沙发。卧室里有床，为什么到临盆时产妇要上沙发呢？还不是因为沙发比床上更舒服宽敞。

那么，俄罗斯人为什么要把床弄得那么小呢？我继续请教各色人等，但没有问出个所以，只好自己揣摩。后来还真让我想出一个理由：床的大小跟作家的成就成反比，床大作家成就小，床小作家成就大。因床铺小而不舒服，人就不会在上面睡懒觉，有利于造就大作家。有人说中国目前缺少大作家，恐怕也跟床铺太大有关系，作家们都睡得太舒服了。

大笔写小字。我第一次见到托尔斯泰的手稿时吃了一惊，字小得让我不得不竭力凑得无法再近了，方能看得清楚。这已经不是“蝇头小字”，简直就像蚂蚁爬出来的。可看托翁写字台上的蘸水钢笔却很大，比我以前见过的所有蘸水笔都要大得多，的确像个大作家的武器。于是询问讲解员：这真是托尔斯泰的原稿，还是经过缩小的复印件？回答是百分之百的手稿原件。以后又见识了高尔基、普希金等人的手稿，差不多也都是“蚁爬的小字”。于是我怀疑，俄国的大家们创作时都喜欢写小字，与他们用大笔无关，可能与眼睛有关。那么，俄罗斯人的眼睛到底有什么特别之处呢？

询问了不少人，却都不明所以。有一天因气温太低我的眼镜片被冻得掉了下来（镜片和镜框遇冷收缩不一致造成的），到圣彼得堡一家很大的眼镜店去修理，趁等候的时间我又提出俄国作家写小字的问题，得到了这样的答复：比起东方人，俄国人的眼睛确实要好一些，这得益于遗传基因和饮食结构的不同。具体说是眼睛的结构有些差异，眼球差不多，主要是在眼膜上，比黄种人要厚一些。眼膜的差异就跟脸皮的差异一样，西方人的脸皮也比东方人厚一些。脸皮厚适合做美容，西方人做完美容很漂亮，而且耐久。但脸皮厚就老得快，同等的年龄会显得更苍老。东方人脸皮薄，不显老，但不适合做美容，做了美容也难于经久。

大博物馆里的小孩子。俄罗斯的博物馆很多，几乎可以称得上是遍地博物馆。有些博物馆也非常大，比如冬宫博物馆，从头到尾走一趟是 24 公里，在每一件展品前停留一分钟，需 8 年才能看完。还有一些艺术或专门的绘画博物馆也很大，要仔细看完没有几天的时间也不行。只有一些私人博物馆或名人的故居博物馆，要相对小一些。我有时一天要看三四家博物馆，不论到哪里、参观什么样的博物馆，都少不了会碰上一队队的小孩子，由老师带领着，鸦雀无声地认真听，认真看。我曾站在旁边听到了一位老师的开场白："我敢保证，这里面的地板比你们的裤子干净，男同学坐到前面的地板上，女同学坐在后面的凳子上……"

没有凳子的展厅，就让女同学坐在前面，男同学坐后面。孩子们非常安静，非常守纪律，常常比一些成年散客看得更仔细。有些大点孩子还带着本子和笔，一边听一边记。正是博物馆里的这些孩子，令我对俄罗斯民族的未来充满敬意。原来他们建了那么多的博物馆，不单是为了记住历史、纪念文化名人，更重要的是为了教育和培养自己的后代。这些博物馆是孩子们的第二课堂，甚或是他们终生的课堂。

俄罗斯的许多"小"里，孕育着一种"大"，成就了一种"大"。

文人可曾“相亲”？

许多年来就流行一种说法：“文人相轻”是一般规律，“文人相亲”是套话，多半会在开文代会的时候被拿来做祝词。特别是当今文坛，简直像个“骂坛”。如“80后”骂“80前”，顺便捎带上整个文坛，从一个公开见诸报端的标题，可见其激烈程度：《文坛算个屁，谁都别装逼》；还有著名的“粗口事件”，骂起来也是“畜生”、“屁眼”的全上。这是国内对骂，还有国际间对骂，如德国人顾彬骂中国文学是“垃圾”，回应者骂他是吃垃圾的“屎壳郎”。因为他是汉学家，吃的恰巧就是中国文学，倘若中国文学是垃圾，他可不就成了吃垃圾的吗？来说是非者，便是是非人；挑起是非者，更是是非人。凡此种种，不胜枚举。

似乎对中国文坛是不骂白不骂，骂了还不白骂。比如顾彬，在他的“垃圾论”出笼前，有多少人知道他？作为汉学家在中国一夜间就如此声名大震，如果还以“捡破烂的”来比喻，那可算是捡着金元宝了。于是当今文坛便出现了一个怪现状：并没有因骂声多、骂声高而冷清，相反是被骂走的人微乎其微，不断进来的人很多，文坛越骂越热闹，越骂越拥挤。文坛成了一碗肉，五花三层，肥瘦全有。以前有俗语说“端起碗吃肉，放下碗骂娘”。现在是端着碗边吃肉边骂娘。这也看出，当今文坛有一种散漫的强大。松拉呱唧，老说“被边缘化了”，可谁要真想“消化掉”它，并不那么容易。这不免让一些老实巴交的人起疑：文坛有清静的时候吗？古今中外可曾真有过“文人相亲”？

其实在中国文学史上，“文人相亲”的佳话很多，古代文人雅士流行相互唱和，那是一种风雅，更是一种友谊、一种相互欣赏。如耳熟能详的李白与杜甫两位“诗仙”“诗圣”间的友谊，就被称为“中国文学史上最珍贵的一页”。李白想杜甫了就又是“寄”（《沙丘城下寄杜甫》）又是“送”（《鲁郡东石门送杜甫》：“思君若汶水，浩荡寄南征。”）杜甫则有《春日忆李白》《梦李白》《天末怀李白》等名篇：“白也诗无敌，飘然思不群”，甚至称李白的诗能“惊风雨”“泣鬼神”。后来还有苏东坡对杜牧的激赏，袁宏道对徐渭的推崇，等等。

世界文学史上也一样，如19世纪是俄罗斯文学的高峰状态，就有许多“文人相亲”的佳话。1855年深秋，托尔斯泰从塞瓦斯托波尔的现役部队来到圣彼得堡，将行囊往旅馆里一丢，立刻去拜访屠格涅夫。在这之前，他读了屠格涅夫的《猎人笔记》，并称这样的阅读是一种“智慧体操”。屠格涅夫也读了托尔斯泰的中篇小说

《童年》，由衷地称赞不已。后来托尔斯泰在给姐姐的信中这样描述那次会面："我跟他使尽全力地亲吻，他是个非常好的人。"

青年时期的托尔斯泰，在争论中容易走极端，口不择言，用词过于尖刻和激烈，常常使对方陷于窘境，为此曾激怒了《现代人》杂志的合作者隆吉诺夫，两人要决斗。多亏《现代人》的主编、当时已是大家的涅克拉索夫，从中大力斡旋，最终化解了一场死亡。若依照现代人幸灾乐祸的习性，看着火时嫌火烧得小，看打架时嫌架打得小，乐不得让那场决斗快点进行，不光有热闹好看，而且无论谁死了都少了一个争稿费的。被誉为"俄罗斯诗歌的太阳"的普希金，38 岁时死于绝斗；被寄予厚望最有可能接替普希金的天才莱蒙托夫，也是因决斗在 27 岁时就身亡了。俗话说，不怕没好事，就怕没好人。

1901 年托尔斯泰患了重病，同是大作家的契诃夫公开写道："我真害怕托尔斯泰会死去。如果他真的死了，我的生命就会变成一片空白，我从来没有爱过任何人，像爱他那样……他的活动证明，文学没有辜负人们寄予的期待和热望。"这是赤诚的敬重和友爱。同样也是优秀的文学大师的阿 · 托尔斯泰，不仅不妒忌列夫 · 托尔斯泰，反而称赞他的作品"是每一个作家必读的百科全书"。费定称他为"文学艺术中的世界性学校"。在俄国国内如此，在国际上也如此，法朗士说："作为一个史诗式的作家，托尔斯泰是我们共同的老师。"英国小说大家高尔斯华绥说："托尔斯泰最主要的特点，在于他的绝对真诚，敢于揭露被他认为是现实中真实的东西。”连狂傲不羁的海明威也承认：“我向托尔斯泰学习史诗般的叙事艺术和小说家的技巧。”理论家赫尔曼概括道：“美国文学就其根源来说，不但离不开英国文学，也离不开俄国文学。美国文学的传统是由托尔斯泰、陀思妥耶夫斯基、屠格涅夫、契诃夫所决定的。”看看现在的作家会服谁呢？即便是对托尔斯泰也不会说出让自己显得低的话。

现代人太过聪明，太会说话了，不管怎么绕来绕去，也不会说让别人觉出自己不如人的话。而表面的自傲或辞令上的虚饰，恰恰暴露了内心的一种不自信。当然，现代文坛上的好话也很多，甚至也像对骂一样多过任何一个时代。但那多是在作品研讨会上，或是在花钱购买的版面上。发出的红包和收获的好话成正比。逢到需要说好话时，可以看得出文人们煞费心思，调动聪明才智努力把好话说得像真话，既要得体，还要花样翻新。只是缺少一种由衷的喜悦或钦敬。这并不是说现代文人间没有真正的友谊，这种友谊往往被当做隐私保护，难得能成为佳话流传开来。

行文至此忽然想到，常有人抱怨当代文坛缺少“大作家”，是由于相互骂得太多，抑或还骂得不够？是在这样的风气中难以出现“大作家”，还是因为缺少大家才会有这样的骂风弥漫？而文学史上记录的，越是大作家越容易“相亲”，惺惺相惜嘛。而“文人相亲”，又往往成为文学繁荣的标志，或前兆。

生动而温暖的墓地

我们是夜里到达莫斯科的，什么都没看到只看到了大雪。好在大雪在我生活的天津也不常见。第二天上午，雪还在下，俄罗斯作家协会的朋友却领我们先来到莫斯科的新圣母公墓，并说让我们先通过死人来认识这座城市。我不免心头一惊，不远万里冒雪来到俄罗斯，竟要先看他们的坟地，难道这片坟地有什么惊人之处，是来到莫斯科所不能忽略的？

大雪中的新圣母公墓，洁白而安静，却并不觉得特别寒冷，更没有一般墓地里惯有的森森死气，飒飒阴风，甚至给人一种别样的生动和温暖。对，我斟酌再三，用“生动和温暖”来概括当时的感受，是比较准确的。

同行者很快就兴奋起来，在墓地里跑来跑去地寻找自己所熟悉的作家和名流们的墓碑。每个墓碑都有着鲜明的个性，就仿佛他们的灵魂还活着……

没有人不知道这里是埋葬死人的，可奇怪的是“百花齐放”般的墓碑传导出一种生气和活力，盖住了墓地里的死亡气息。葬在这里的人活着是什么样，死后就还是什么样，而且选其生前最精彩的瞬间凝固住，移植到这儿。让死亡自然而然地显现出生的活力、生的燃烧，当然也就有了生的温暖。使这里更像是俄罗斯现实社会的一个浓缩版。

比如赖莎，作为前苏联国家领导人戈尔巴乔夫的夫人，生前可谓风光无限，曾被评为“世界最有魅力的女人”“着装最时尚的女人”等等。新圣母公墓里的赖莎仍然风姿绰约地站在镜头或众人前，神采飞扬地在说着什么，依旧非常醒目，引人驻足。

再比如俄罗斯的“芭蕾舞女皇”乌兰诺娃，她墓碑前的雕像依然着舞衣、穿舞鞋，定型在一个最优美的舞姿上。她的死就仿佛是生的继续。

此时，耳边不由得回响起经典诗人的名句：“没有比由生带来的死更加绚丽，没有比死里孕育的生更加高贵！”卓娅墓碑上的形象是在激烈地扭动、抗争，那也应该是她生前面对敌人时最典型的神情。她之所以不朽，留给人们的记忆就该是这个样子。

而俄罗斯的前总统叶利钦的墓，却建在整个墓地中央的空场边上，使这块原本四四方方的墓地广场不再规则。陪同的一位俄罗斯作家大概不喜欢叶利钦，便发牢骚说：“他活着破坏国家的完整，死后破坏墓地的秩序。”这不也正是老叶的性格吗?

在这里，每个死者都极好地保留了生前的个性，性格张扬者还自管张扬，性格内向的就静静地看着别人张扬，各随其所好。因为每个墓碑的设计者都是死者生前亲自选定的，或死后由亲属代为选定的，而设计者又都想在墓碑上体现死者生前的特点。比如老外交家莫洛托夫的墓碑上，雕刻了他凹凸两副面孔。设计者是想揭示他职业上双面性，还是做人上的两面性？无论是哪一种，这墓碑都是获得了莫洛托夫家人认可的。

赫鲁晓夫的墓碑就更为引人注目，用黑白分明的大理石，凹凸无规则地包捧着他的大脑袋，强烈地突显了赫氏性情急躁、喜怒形于色的个性，以及大起大落的人生命运，和人们对他像黑与白般截然不同的评价。而这个设计者恰恰是痛恨赫鲁晓夫的人。赫氏在当政时曾公开批评过这个艺术家一幅作品，并挖苦他不懂艺术。后来他可能意识到自己的批评有误，在死前留下遗嘱，自己墓碑就要请这个人设计。艺术家起初不想答应，但死者的遗愿怎好违背，便提出条件：“想叫我设计也可以，那就得我设计成什么样就是什么样，政府和家属都不得改动。”

事实证明这位墓碑设计者与赫鲁晓夫是一对知音，这块墓碑设计得新颖奇特，在墓园里广受赞誉，甚至成为一段佳话在社会上流传。罗马哲人奥维德说：“人在入墓地之前，是不能宣称自己是幸福的。”一个人临终的时候从不流泪，只有出生时才会哭泣，越是生得充实，就越不怕死。赫鲁晓夫进了这样一个墓地，并有了这样一块墓碑，他可以含笑九泉，称自己是幸福的。

墓地能让人有幸福感，这是怎样一片神奇的墓地！

这也正是在大雪中我还能说它给人以温暖之感的原因。这甚至是一种在人间也少有的温暖，因为在这里不仅埋葬着大人物及各界名流，还埋葬着许多普通百姓，他们有不同的宗教信仰，属于各种不同的政治流派，有的生前是政敌、是冤家，谁曾整过谁，谁曾陷害过谁，相互曾折腾得你死我活……但死后大家共处一个墓园，完全平等了。公墓里保留了每个人的人性特点，大家都相安无事了，平和而安静。

特别是看到王明一家人的墓碑，不能不让一个中国游客在心里泛起一种特别的欣慰。不管历史怎么评价他，一家人能在这个著名的公墓里团聚，岂不是获得了一种心的满足？李白有句：生者为过客，死者为归人。王明以一种依赖的无比亲近的目光望着妻子和女儿，那娘俩也用近乎崇敬抑或是怜爱的眼光回应着他，中间隔着一条小路。

世俗的死的观念，常常会欺骗人们，让活着的人怕死，消磨生存的意志。其实达·芬奇有言：“我以为我在学习如何生存，而实际上我一直在学习如何死去。”死是有素质的，新圣母公墓里的死，素质就很高，让人感到这里是很好的最终归宿。长眠于此，便能获得一种长久的生动和温暖。

评 2006 年流行语

一年刚过，国内外便有各种版本的“流行语排行榜”出笼。但多是“政治流行语”或“灾难流行语”，有些让我印象深刻的话并未上榜，而有些上了榜的却并不觉得曾经很流行。于是我将去年积存的近二百流行语进行筛选，从中归纳出五类：名人之语、恶搞之语、草根之语、广告之语、惊人之语，每一类都选出几条，略加评点，搞了一个自己喜欢的民间流行语排行榜。看读者是否认可？

名人之语

名人多不甘寂寞，名人寂寞世界就寂寞了。这个商品消费社会之所以需要名人，是因为名人既可以视为偶像，又可以像商品一样被大众消费。那么 2006 年有哪些名人说出了哪些有味道的话语呢？

1．“我这儿不是公共厕所，不能让他们随地大小便。”

——著名性学家李银河这样解释关闭博客留言功能的缘由。这句话传达了一个确实的信息，有人到李博士的博客上排泄粪便。这还道出了一个现实，天下比马桶还多的博客确有厕所化的倾向，然而谁把博客弄成公厕，先被弄脏搞臭的是他自己。

2.“我曾在世界不同的地方遇到抗议，这正是民主的真义。”

——美国波士顿大学的师生抗议学校向美国国务卿赖斯颁授荣誉学位，而赖斯却用上面的话评论对她的抗议。好智慧，好口才，好风度。斯人不赖。

3. 美国总统布什似乎口碑不佳，以口无遮拦说话不得体、甚至说错话著称。但 2006 年说了两句大实话，颇受世人好评。一句是 7 月 6 日在庆祝他 60 岁生日的聚会上说：“你们认为我有白头发是因为我是总统？其实不是，我有白头发是因为我有两个年轻的女儿。”

——何其坦白，一层意思是说他当总统不用心，另一层意思是说他的两个女儿让他操碎了心，当个美国总统女儿的父亲要比当美国总统难多了。

他还说过一句流传很广的话：“我要告诉你们我一生中的五个转折点：信奉耶稣基督，娶老婆，养孩子，竞选州长，听我妈的话。”

——所谓“五个转折点”其实只有两步：这个公子哥的命运改变，首先得益于有了信仰，然后又有了家庭并热爱家庭，并得到家庭的支持，于是从政一路顺风，直至坐上美国总统的宝座……他道出了一种有规律性的东西。

4.“让我讲创业的故事，就像祥林嫂讲阿毛的故事一样，讲多了也没什么意思。”

——大陆首富丁磊在母校讲演时发出这样的感慨。现在的成功者大多都沾染了这种祥林嫂式的毛病，一遍又一遍地通过媒体操办的论坛、对话等节目向公众重复自己发财的故事，因为当今社会“财迷”多，“钱丝”多，媒体正可利用重复这些发财的故事赚自己的钱。

5. 香港口碑最好、成就最大的女影星大概就数张曼玉了，不仅是众多男影迷的偶像，也征服了无数女人。去年她有名言：“最让人回味的爱情就是还没有爱够，就戛然而止了。”

——这话貌似精辟，却难以成立。真正美好的爱情，正爱得死去活来的会自动戛然而止吗？除非遭到外力的摧毁，如战争、海啸等，那回味的就不再是爱情的美好，而是痛苦。

6.“另外一个应该到意大利投资的理由是，这里有美丽的秘书。”

——贝卢斯科尼在担任意大利总理时，以这样的话游说美国商人到意投资，其口吻有点像拉皮条的。不久就下台了，不知跟兜售意大利“美丽的秘书”有没有关系？

草根之语

“知屋漏者在宇下，知政失者在草野”，根据民间传得最多的话语，可了解2006年的一部分社会情态。比如，有女愁嫁人、有儿愁就业……成了不可忽视的社会现象。

1．“37度的男人正走俏。”

——现代挑剔的女人们挑来挑去挑了个37度，36度太冷，38度太热，37度属于“低烧”，比正常体温多一点温暖，又不至于太热情做作。不冷不热，不死不活，不帅不丑，平平淡淡，总之“男人无才便是德”，正好给女人以安全感。我猜测，下一步该男性机器人吃香了。

2．一方面出嫁难，一方面少女堕胎的现象越来越严重，“以前的说法是：请把你的第一次留给你的丈夫；现在的说法是：请把你的第一胎留给你的丈夫”。

——结婚生子，繁衍不息，本来是人类的本能，再自然不过的事情。谁知随着人类社会的高度发达，很容易很自然的事情变得不容易、不自然了：先是不一定结婚，结了婚不一定有孩子，有了孩子不一定是自己的，是自己的不一定能保证健康成人，健康成人了不一定能在激烈的竞争中找到适宜自己的生存位置。或许有一天人类该把回归本真、保持自然视为头等大事。

3．诸葛亮出山前，没带过兵；女性头回临盆前，也没生过孩子——为什么用人单位都要求我们有“工作经验”？

——大学生质问得有理，然而有理不等于有工作。甚至呼天抢地地质问越多的学生，越容易成为“三霸生”：“面霸、会霸、拒无霸”，即参加面试最多，参加招聘会最多，被拒绝的次数最多。用人单位不会理会大学生的质问，大学生应该去质问自己的大学，你没有工作经验可以理解，可有真才实学吗？大学教育本该与社会需求协调一致，为什么大学生会过剩？现在是社会在修理大学，大学毕业并不是真正地毕业，还要重读“社会大学”。

4. 那么有了工作的又如何呢？“一进公司，两眼无神，三更半夜，四肢无力，五脏六腑，七零八落，久而久之，十分痛苦”。

——现在讲究拿多少钱干多少事，而不讲“三老四严”“主人翁精神”，所以一方面就业难，一方面并不珍惜就业的机会，好高骛远，拈轻怕重。那就借鉴美国一家工厂大门上的标语吧：“如果你爱自己的工作，你就是它的主人；如果你恨它，它就会成为你的主人。”

5. 当下有一首《贪官是怎样出来的》民谣：群众告出来的；情妇失宠后“抖”出来的；小偷无意中“偷”出来的；有关部门根据线索“揪”出来的；其他贪官落网后“咬”出来的；收了好处费不办事被“揭”出来的；驾名车养美女住别墅“露”出来的；非正常死亡后“挖”出来的。

——近十年来花样翻新的贪污腐败，让老百姓大长了见识，成为无处不在的任何场合都可以大谈特谈的话题，为民间的口头创作提供了取之不尽的素材。或者说，这些年“顺口溜”和“黄段子”能够盛行，是得益于贪污腐败的猖獗。

6. “一张文凭，两国语言（精通英文），三房两厅，四季名牌，五官端正，六六（落落）大方，七千月薪，八面玲珑，九（酒）烟不沾，十分老实。”

——这是在上海流传的女孩子择偶标准。一方面大家都知道现在社会上“剩女”特别多，急得许多父母代替女儿去参加各种婚姻派对大会，到处替女儿相亲；另一方面女孩们又不肯降低择偶标准，对婚姻充满理想主义。而眼下的事实是，什么样的男人都剩不下，即便没有文凭，没有房子，没有名牌，没有高薪，只要是个男的就行。难怪现在生育不平衡，生男多，生女少，男的无论生多少都剩不下，谁有机会不多生呀！

7. 一项名为全球生活节奏的调查显示：“在随意情况下走过60步所需的时间，广州人平均只需要10.8秒；重庆需要12.3秒；北京需要12.6妙；上海人最慢，需要27.3秒。”

——广州人值得羡慕，目标明确，精神抖擞。以重庆和北京人所代表的是随大流，夹在中间不紧不慢。上海人最麻烦，心眼多，想得多，心事重重，左顾右盼，好像抬脚动步都得查黄历。

8. “如果在进入社会之前就只相信金钱，你差不多没有希望了；如果进入社会之后还不相信金钱，你差不多没有救了！”

——这句话被许多家长拿来教训自己的孩子，道出了所有家长的矛盾心理，希望孩子纯洁，又怕将来到社会上吃亏；从小就教孩子适应社会，又怕孩子学坏。于是设计出了这套“两段论”，但谁遵循它谁就会吃亏。上学学一套，到社会上干的是另一套，上学只要理想不谈钱，到社会上不要理想只认钱……“两段论”容易培养两面派，甚或心理失衡，性格分裂。

广告之语

1.2006年引起争议的广告多是拿人的“中间部位”做文章，刺激消费者的“性趣”，捎带着恶搞“中央”一词。如福建长乐人李振勇抢注安全套商标“中央一套”，紧跟着有网友为其设计了这样的广告词：“中央一套，你套，我套，大家套！想事事去忧，就用中央一套！”一内衣产品的商标叫“中央三套”；一药厂为自己的壮阳药取名“中央抬”；一丰胸产品的广告语是：“一穿就大，一戴就挺！”

——这些人拿自己的产品恶搞，等于拿自己糟改，打着为“中央”的旗号，走的却是邪门歪道，想起哄赚热闹是可以的，想把企业做大、发财是断不可能的。越容易引起人们的性联想，越要严肃正经，美国辉瑞公司生产的“伟哥”，也是为“中间部位”服务的，走的却是正道，所以发了大财。

2. 利用谐音拿名人或严肃的国家机关取乐，哗众取宠。有两种猪饲料的商标分别是“猪食茂”（朱时茂）、“催永圆”（崔永元）；一化妆品叫“张一摩”（张艺谋）；甚至拿最高法院开涮，将理发店取名“最高发院”；一咖喱鸡店的广告是：“看超女决赛，吃咖喱鸡腿”；火锅店的广告语更邪乎：“吃了咱火锅，能防禽流感”……

——据闻还有叫“爱伦坡”“林语堂”的楼盘正在兜售。这是一个嬉皮赖脸、全无顾及、缺少尊重和神圣感的时代，讲究的是“逗你没商量”。不管转什么脑筋，只要能显摆一下，逗得大家哈哈一笑，就是本事，就算过了一把瘾。倘还能赚点钱，就会更加不择手段。

3. 海口一民营企业主将其生产的老鼠药和杀虫剂注册为“双轨”，并广为宣传：“当‘双轨’老鼠药进入千家万户时，必将对贪官产生巨大的心理压力，使他们收敛腐败行为。”——好家伙，这俨然像是中央纪律检查委员会的直属企业！

还有专在腐败上做文章的广告，南京生产的“至尊南京牌”卷烟的广告是：“至尊南京，厅局级的享受。”——为什么不往上说成是“省部级”的享受，而把消费对象瞄准在“厅局级”呢？因为“厅局级”中落马的贪官最多，在“厅局级”划线就等于将“省部级”以下的干部都囊括进来了。“厅局级”自身要吸这种烟自不必说，羡慕和想当“厅局级”的人，以及向“厅局级”行贿的人也都会买这种烟……想得多好。

——这就叫拿当官的说事。过去有一种理论，社会是由官场、市场和情场三大块构成。而现在的官场中就有个大市场、大情场，能打进官场，把官场搞活，还愁不能发财吗？只是要格外当心，刀尖上舔血的买卖危险性很大。

4.2006年最肉麻的广告，当属蒋雯丽为一化妆品代言，利用孩子的口吻说："妈妈，长大了我要娶你做老婆。"

——有人指责有乱伦之嫌，有人赞赏其用心良苦。蒋雯丽是个出众的演员，成名后人缘不错，戏缘不佳，没有拍过给人印象深刻的好戏，广告倒拍了不少。

5.2006年最神经质的广告是："有许多人希望配偶与自己亲近，但又不希望过于亲近。于是抱着笔记本电脑与配偶依偎在一起，既可以感觉有交流，又可以确保不会有四目相对的亲密。"

——这是什么广告大家想必一目了然。但，感情正常的男女是不会买这种"第三者笔记本"的，它是专门为那些想甩掉对方又不愿意明说的人预备的。

6.2006年最莫名其妙的，是英国国家安全局为了招募女性加盟，公开打出的广告："她一个月花30英镑用于化妆，喜欢蜷在沙发上看好的言情小说。她喜欢在自己中意的意大利餐馆享用浪漫晚餐。她开车执行许多任务，常常很长一段时间内只是坐着，一旦需要却能立即全力投入。她有只叫霍格的猫……"

——中国人无法理解这样的广告，真有这样的好事还不得挤破头！值得玩味的是英国国家安全局招人还要做广告，显然是由于女人们不愿意去，即便条件如此优越。

7. 我认为2006年最精彩的，是英格兰足球队的广告：“一个球队，一个国家，十一头狮子。”

——这是英格兰队的精神和信仰，所以博得人们的喜欢和热爱。现在没有精神和信仰的球队以及球员太多了。

8. 去年最能打动人的征婚广告有两则：“女，35岁。疲惫的女人，热衷充满艺术品位的事物，同样也对愚笨、怪异的东西感兴趣，期盼缠绵的亲吻和拥抱。”“男，38岁。虚伪的男人，反对成双成对，热爱写作、绘画、修理汽车，拥有乡间别墅，目前与小猫小狗同住。”

——胜过言情小说，给人以极大的想象空间，调动起人们的好奇心和同情心。婚姻是一种艺术，征婚更是艺术。

惊人之语

在一个热衷炒作的商业社会，谁不喜欢一鸣惊人？或有惊人之举，或有惊人之语，爆冷门，展奇思，“语不惊人死不休”。

1.2006年英国一科学机构公布了一项最新研究成果：“工作是人们的健康快乐之源。如失业达6个月以上就将面临严重的健康威胁，相当于一天抽烟20包，也就是400根。”

——失业就等于多抽烟，这种换算让没有参与这一研究的人匪夷所思，无疑是对下岗者雪上加霜。其实让人信服无须吓唬，也用不着这么绕弯子，只要直接拿出两组有根据的数字就行：世界上吸烟者的平均寿命是多少，不吸烟者的平均寿命是多少？失业者的平均寿命是多少，正常退休的人平均寿命是多少？

2. 还有更邪乎的，研究生殖健康的人发布：“化学合成物正在攻击 Y 性染色体，要不了 5000 年，这个星球上将不再有男人了。”

——这话看似很吓人，其实吓唬不了任何人，5000 年太长了，我们的文明史才不过 5000 年，谁会为那么多年以后的事操心？

于是，关心地球升温的人把恐怖大大地提前：“下个世纪，全球 90% 的人类将死亡！”

——这可够吓人的，还有 90 多年人类就要完了，至少生活在沿海发达地区和大城市的人会消失，剩下的那 10% 的幸运者不知是生活在哪个大山深处的犄角旮旯里。也就是说到现代人的孙子一辈就将灭绝。可看看周围有多少人在为此忧虑呢？现代人被吓唬油了，“抗震力”极大地增强，你吓唬你的，他活他的，只要不是马上就天塌地陷。

3. 北京师范大学体育与运动学院院长毛振明说：“现在中国青少年体质可以概括为‘硬、软、笨’。硬，即关节硬；软，即肌肉软；笨，即长期不活动造成的动作不协调。”

——中华民族一直以勤劳勇敢自豪，只要勤劳勇敢就不会“硬软笨”。而如果“硬软笨”，就无法勤劳勇敢。中国还曾是世界上拥有最瘦人口最多的国家，而今“全球五分之一的胖人在中国”。(《英国医学杂志》) 在中国的习俗文化中，胖是一种“福态”，“富”起来的标志就是得先“胖”起来，而瘦是“尖嘴猴腮”，有时为逞能还不得不“打肿脸充胖子”。

4.2006年在长沙市民中流传着一个笑话：“拿张北京地图用针插三下，可能点中一个厅局级单位；拿张上海地图用针插三下，可能点中一个世界前五百强在沪的分公司；而拿张长沙地图用针插三下，居然戳中了三个洗脚城。”

——这说明什么？说明长沙是个注重保健的平民城市，人们活得健康快乐。不是还有笑话说，只有健康才是自己的吗，只有快乐最重要吗！

5. 现代科学研究证明：“你家中的多数尘埃，都是你的死皮。”

——这么说，美容店里的尘埃最多。

恶搞之语

2006年“恶搞”成风，因此“恶毒的话”也就少不了。

1.“在此乱抛垃圾者将遭厄运缠身，行街摔死，赌钱输光，生意失败，百病缠身，老婆走佬，老公失踪，家宅不宁，人畜不安！”

——此是深圳皇岗上围二村屋墙上的标语。国人随时随地制造垃圾的能力，以及随时随地乱抛垃圾的习惯，已经激怒另一部分国人，觉得怎么咒骂都不解气。然而骂归骂，情况却未见有多少好转，这是得益于一种颇为皮实的“垃圾性格”，垃圾不怕脏，难道还怕骂吗?

类似的还有:“宁添十座坟,不添一个人!”“该扎不扎,房倒屋塌;该流不流,扒房牵牛!”(摘自《检察风云》)这是强制计划生育的标语,能用这种手段对付生孩子,可想而知那个地方的生育率一定很高,而且生出来的孩子生命力极强,即所谓“恶向胆边生,一报还一报”。

2.“把山西挖空了,就到北京当富翁。”

——这更像是一种恐怖。北京流传着这样的新闻,80多个山西煤老板,提着满箱的现钞进京,看到哪座大楼好,就抬手一比划,这个洞眼儿从下到顶我都要了!暴富的人,富了必暴。暴发户进京的多了,让首都这座历史文化名城见识了更多的“财富故事”。

3.“账单要写得清楚些,而药方不妨写得潦草些。”

——中年医生向新来的青年医生传授经验,本该治病救人的医生,反成了高额医疗费坑害患者的帮凶,实属可恶。这确是一句恶语。难怪关于治病难的顺口溜特别多,“救护车一响,两头猪白养”;“割个阑尾炎,白耕一年田”。于是有人就只好“小病拖,大病扛,重病等着见阎王……”

4. 为了2008年的奥运会,北京完成了《菜单英文译法》讨论稿,各饭店纷纷中译英,什么驴唇不对马嘴的令人恶心的乃至吓人的菜名都出来了:“四喜丸子”成了“四个高兴的肉团(Four Glad meat-balls);“宫保鸡”成了“政府虐待鸡”(Government abuse

chicken)；“生鱼块”成了“砍那陌生的鱼”(Chop the strange fish)；“童子鸡”成了“还没有性生活的鸡”；“红烧狮子头”成了“烧红了的狮子脑袋”；“麻婆豆腐”成了“有满脸麻子的女人制作的豆腐”……

——奥运会的比赛只有一个月，而北京奥运会的好戏早已经开场了，关心奥运的人们可不要错过哟。

5.“养一个儿子是养一个豺狼，养一个孙子是养一条蚂蟥，养一个媳妇是养一个娘娘。”

——这是流行于武汉的一个说法，我之所以把它列为第五大恶语，是因为这句话表达了当下社会一种较为普遍的老人与子女的矛盾。传统习俗是“养儿防老”，“有子万事足”，而现在却倒过来竟有了“啃老族”：“一直无业，二老啃光，三餐饱食，四肢无力，五官端正，六亲不认，七分任性，八方逍遥，九（久）坐不动，十分无用。”什么叫“转型期”？阴阳转换，老幼转换，贫富转换，伦理道德转换……

劳动节与断手

“五一”快到了，你首先想到的是什么？电视主持人这样发问，现场观众的回答都跟放长假有关，很少有人把这个节日跟“劳动”这个词联系起来。

现在的“五一劳动节”，已经变成了“五一黄金周”。我在电视机前忽然脑子走神儿，想到了前不久给我以强烈刺激的另一个数字：“五千只断手”！

《羊城晚报》引用中央电视台记者的发现：“仅浙江乐清市的柳市和虹桥两个镇的私营企业的劣质冲床，每年就要弄残5000多只手，有的大拇指被切断，有的四个手指被切断，有的手掌被切断，有的手与上臂被断开……而且，出了工伤断手事故之后，想要让企业主承担责任那是难上加难。记者在采访中，没有遇到一个因工伤住院的病人得到了赔偿。”

当然并不是只有浙江才有这种现象，曾记得有个 19 岁的湖北工人赵明洲，在广东汕头市新亚塑胶珠厂上班时，右手的食指和中指一并被机器切掉。厂方不仅不服从汕头市劳动仲裁委员会做出的赔偿裁决，反而提起诉讼，要求赵明洲赔偿因断指事故给厂方造成的 4 万多元的损失。理由是，你的手指断了不算什么事，但你的断指硌坏了他的机器、耽误了他赚钱那可不行！

还有些私人作坊主非法招工，非法经营，像对待犯人一样地管制着工人。有的 30 多个男女工人混住在一间潮湿阴暗的库房里，吃饭不管饱，常有人饿昏在工作台上。即便如此，工人每天也只能挣到 9 至 15 元，加班一小时多给 1 元。

还有一个接一个的矿难：煤窑爆炸、矿井透水……恍惚间社会如同倒退了一个世纪，像是又要从疯狂的原始资本积累阶段重新开始。看来人们得重新评价劳动的意义，许多事实逼得人们不敢再笼统地赞美劳动。

自由的劳动自然是美好而愉快的。但，世界上有一种被逼无奈且没有人身安全保证的劳动，则是丑恶的。眼下毕竟不是“万恶的旧社会”了，乐清市每年几千例的断手断指事故成全了两种人：一种是当地的医生，精湛的断手断指再接技术广为人知，因为他们实践的机会太多了；另一种人是律师，人称“打工律师”，多来自外地，专门替因工致残的打工仔打官司，而且采取主动上门服务的方式，先不收钱，等官司打赢了，除去跟伤残者事先说定的最低赔偿金额，多余的部分都归律师。

这类苛待工人的事件，在正规的现代企业里已经很少发生。企业可以按着法规处罚犯了错误的员工，在不景气的时候也可以裁员，不必为员工的生活提供终生保证。但绝不在身体上压榨乃至伤害员工，因为弄伤了一个人，可比毁坏一台机器要麻烦得多，损失也大得多。

同样也是从外省来广东打工的徐某，在深圳赤湾海洋石油设备修造公司当电焊工，去年 12 月 18 日出海作业，在菲利普斯驻惠州的 XJ302 平台烧焊时不慎砸断了右小指。当时作业平台距离陆地 300 多海里，而断指活体的保存时间不能超过 12 个小时，坐船显然赶不及了。中国菲利普斯石油公司立即与深圳直升机机场联系，花 6000 美元租用一架直升机，为手指成功再植争取了时间。现在，美国人连打仗都尽量多花钱少死人。何况军事斗争、政治斗争就是你死我活，而现代经济行为的原则，是我赚也让你赚，只有让你也有赚头，我才能赚得更多。

现在劳动力过剩是不假，人口膨胀也是真的，可不等于生命就不值钱了、老板们也可以不拿工人当人了。既跟工人对立起来，又想从他们身上多赚钱，这样的老板还会有省心的日子过吗？尊重和热爱劳动，不能只热爱赚钱多的体面风光的脑力劳动，须先从尊重和热爱所有劳动者做起。“劳动人民站起来了”，不等于就不劳动了，劳动也不标志还没有“站起来”。但，在当今这个重脑轻体的信息社会，确实应该全面思索关于“劳动”的意义了。

人富心穷

时下有两句话颇为流行，一句是“穷的光剩下钱了！”另一句是“端起碗吃肉，放下碗骂娘。”这并不完全是有钱人的显摆，两句话的意思几近相悖，却印证了同一种社会心理现象——心穷！也因此有相当多的人在抱怨，中国有钱的人逐年增加，社会慈善意识却极其淡泊，公务员的收入在增加，贪污腐败却难以禁止……贪婪者不是因为没有钱，而是缘于心穷。

不是有这样的贪官嘛，受贿数千万元，外表却仍旧省吃俭用，将贪污来的钱全部藏匿于家中的冰柜、衣柜、床下、煤堆、鞋窝……一切他们认为别人看不到的地方都塞满了现钞。可见他们要钱并不是为了使用它，而是满足于一种有钱的感觉，这是典型的心里穷。是骨子里的穷，一种病态的穷。

心穷是真正的穷，穷到了底却穷不到头，穷此一生还会遗传给后代。在我们的周围时常会听到一片片的哭穷声：现在赚钱难呀，贷款太难了，资金缺口太大呀，就快维持不下去啦，工资发不出来啦……缺钱，缺钱，缺钱！有些单位缺钱确实因为无法抗拒的客观原因，但也不能不承认有些成天嘴上喊穷的单位，自己活得并不穷。这些贫穷的心如饿狼，前狼尚未吃饱就被调走，再上来一只更饿的狼，那只吃了半饱的狼到别处又变成一只新的饿狼，于是有些单位老是摆脱不了狼的血盆大口。他们一边喊着穷，一边吃穷，穷糟!

哭穷哭得最凶的人不一定就是穷人。这叫心穷吃穷人，在制造新的贫穷。其实谁的家里也没有穷到揭不开锅的地步，倘若是看中国人买房子的劲头，供孩子上好学校的劲头，谁都会感到中国人有钱的太多了！到想花钱的时候真有钱，并不影响一转头就感到真穷。盖因心穷，便不论在什么场合，是一些什么人物的聚会，不出十分钟准保要谈到钱，而且有个冠冕堂皇的理由，关心经济问题。这究竟是活跃的商业气氛，还是表达了心对金钱的饥渴？

正是这种心穷的饥渴，使金钱很容易就操纵了一场场倒钱的骗局，如造假、五花八门的欺诈……过去有一本书叫《骗术大全》，现在已经无法将骗术编“全”，层出不穷，不断翻新。戚戚于贫贱，汲汲于富贵，虎视眈眈，其欲逐逐，“争名于朝，争利于市”。急于求富、羡富、谀富，贫而谄，富而骄，或夸大贫穷，或夸耀富有，同样都是心穷的标志。古人讲“不患贫而患不安”，穷得紧张兮兮、坑蒙拐骗，穷得丢了格失了度、失了自尊和自信，什么事也不敢信，什么人都敢怀疑。现代人真的穷到了这步田地吗？

时下的“心穷现象”使整个社会都染上了一股穷气，这对发展经济并无好处。当今世界弱肉强食，哪个发达国家有耐性倾听一个穷国申诉自己的不幸？富人跟穷人打交道或做买卖的时候总会心存戒备，格外小心，即所谓“富在深山有远亲，穷在大街无人问”。人们喜欢说“本钱”“本事”，有本才能赚钱，有钱才能做事。你成天穷兮兮的，心如饿鬼，谁敢招惹你？

当然也不可像“大跃进”“洋冒进”那样打肿脸充胖子，装富作态，那也是心穷的一种表现。比如各地所谓的“面子工程”，据国务院发展中心估计，各地总计欠债达一万亿以上。不是有句民谚叫：“死要面子活受罪！”心理不够健康自然，也就是说心穷或有一颗穷心的，才会死要面子，不惜受罪甚至犯罪。

谁也不能否认中国人的生活水平和富裕程度已经有了相当大的提高，但许多人却处在一种身富心穷的怪异情态之中。这不是改革开放非要经历的阶段，更不是我们民族的传统心理，我们的传统是守得住贫，耐得住富。贫而不拙，富而不贪；达不足贵，穷不足悲。

欧阳修讲：唐之诗人类多穷士，少达而多穷。然而不论当时还是后代人，都觉得唐代的诗人们很富，即便他们身上钱不多心里都很富。富有的心灵放射出辉煌灿烂的光芒，李白固然可以豪唱“千金散尽还复来”，几乎在穷困潦倒中度过了一生的杜甫对金钱也有一种平静的情致和幽默："糁径杨花铺白毡，点溪荷叶叠青钱。"岑参甚至在囊中羞涩，欲饮无钱的情况下，仍可以拿自己和酒家开玩笑："道劳榆荚青似钱，摘来沽酒君肯否？"哪有现代文人的钱包这么充盈而又活得这么戚戚不安、心浮气躁？以至于弄出一个作家富豪榜炫耀于市，满足心穷。

"心穷现象"并非是商品经济的必然产物。在一些经济发达的国家，也有相当多的穷人终生都要背着买房买车的债务生活，甚至连睡在地铁站里的流浪汉，眉宇间也有一种人的自尊，别人是不能对他们轻蔑的。不犯愁，不哭穷，不容别人轻侮，可见心态极端重要。心里不穷，便会乐观自信，守财变成了美德，节约变成了大方。心里有鬼，即便一掷千金，也让人感到穷变态，小家子气。

足寒伤心，心穷则伤气损志。经济上的短期行为，文化上的媚俗倾向，社会对道德对见义勇为者的呼唤，都可以从"心穷现象"上去寻找深层次答案。惟愿在经济上已经脱贫的人们，赶快进行心灵"脱贫"。

如此霸道

“霸道”——辞典里多解释为王道的对立面。根据字面也可以理解为霸占道路，称霸于街道。本文要讲的正是这样的霸道。许多年来，我每天清晨都要骑着自行车去游泳，对现代城市里的种种霸道看得多，体会也颇真切。归纳起来大致有以下几类：

钱霸。当下恐怕没有不塞车的城市了，出事最多的是两种车：“有钱的车”和“为钱的车”。为什么会通衢不通，大道变成了小路甚至是死路呢？因为有钱的人多了，有些当官的也可以算作是有钱的，这是不言而喻的。他们大多是近年发起来以后才开始摸车，驾车技术大多还处在“二把刀”的境界，自我感觉却已经是老刀、宝刀了，各人身上都有一股霸气。人有霸气，车就霸道。如果再有情人、小蜜和二奶之类的人物坐在旁边，难免要逞能、玩帅，那怎能不玩悬，甚至是玩命？这些车上了道一望而知，追尾的、撞头的、画龙的、翻跟头的…… 钱霸的另一类是“为钱的车”——出租车和小公共。现代人一沾钱胆就大，开出租来钱快，因此什么人都敢开出租，花钱买个执照就上街了。而且上了路心里想的是钱，眼睛四处踅摸乘客，只要看见有像打车的，就凑上去搭讪。真要瞄上招手的，眼珠子一瞪，“噌”一下就拐上去，不管前不顾后，碰上什么算什么，有一个算一个，挣到钱才是真格的！

权霸。公路是经济的动脉，也是国家和社会的动脉，可我们的动脉，说截断就截断。即便是行驶在高速公路上，也说不定什么时候就被警察拦住，莫名其妙地在一个停满了车的服务区苦等好半天，直到有个威风八面的车队过去之后，一大片被扣住的车辆才允许上路。高速公路尚且如此，在市内戒严就更是家常便饭了。国人不是喜欢攀比嘛，我访美期间就这个问题曾多方打听，想看看这个世界上最霸道的国家的掌权者，在国内是如何霸道的。得到的结论却是一致的：从未见过因什么人通过而封闭高速公路，只有美国总统的车前面可以有开道车，但不得响警铃，更不能戒严封路。路不是党派的，不是官员的，也不是政府的，而是大家的，公路公路嘛！

天霸。中国的高速公路渐渐网络化，人们越来越依赖它，可它偏偏无比娇气，夏天雨大了要关，风大了要关。到冬天就更受不了啦，有雾不开，有雪不开，有冰不开，有沙尘暴当然就更不能开了……北方的冬天除了这几样东西还有什么呢？而且没有统一的科学标准，你明明看到只有一点小雾，他非说是大雾；地面刚刚见白，他说是大雪……标准由他掌握，情绪在他身上，想关就关，说停就停。这下可把人们坑惨了，大家习惯于按高速公路上的行进速度计算出行时间，于是，误航班的，误车次的，误事的，错过机会的……我一直想不明白，天气不好并不是汽车都不出来，该有多少汽车还是多少汽车，你把高速公路一封，把所有车辆都挤到原来的小道上，再加上人人都窝着一肚子邪火，气人开汽车，事故就出得更多了。

喜霸。每逢周六、周日，倘若再碰巧赶上阴历和阳历又都是双日子，平时嘈杂烦乱的城市一下子就平添了许多喜气。一辆加长的林肯或凯迪拉克，率领着一个豪华的大型车队，披红挂彩，车笛高鸣，边走边抛撒喜糖，施放气球。前面的开道车上架着摄像机，后面压阵的车上喜乐喧天……这样的车队经过哪里，哪里的交通就陷于瘫痪。人们在道边驻足观瞧，这是大家最愿意看到的一种霸道。

丧霸。国家人一多，有些事听起来就有些邪了：生育有高峰，结婚有高峰，死人也有高峰，“春天秋后冬仨月”！大城市里几乎天天都有送葬的车队占道，灵车打头，后面是大轿车、各种等级的面包车、小轿车、吉普车，根据死者及其家人的权势和钱势，车的档次以及车辆的多少会有所区别。但最后一定是一辆或几辆卡车，上面拉着花圈、花篮、纸糊的各种高档人间消费品，并沿途抛撒纸钱……不管马路上多么拥挤，这样的车队一过来，所有的人和车都得赶紧让道。按中国的习俗死者为大，人死如虎，碰上这个晦气，躲之唯恐不及。

穷霸。有钱的能霸，有权的敢霸，婚丧嫁娶也可一霸，那么平头百姓为什么就不能趁热闹也霸上一霸？俗话说：“光脚的不怕穿鞋的”！于是，小贩把货摊快摆到了马路中间，我看你开汽车的敢碰？只要你一碰就算卖给你了！汽车走得好好的，突然就有人向你车上撞来，反说是你撞了他……这叫“碰瓷儿”！常骑车还可以看到另外一种景观：有一个人或一队什么组织的人，赤裸着上身，身下一辆破自行车蹬得飞快，有缝就钻，而且嘴里大喊大叫。马路上行人止步，车辆闪躲，连官车也减速为其让路。谁也不知道他嘴里喊的是什么意思？他骑那么快是要去干什么？看来只要你敢发疯，便也可以霸道一回。

说了半天，这个也敢霸道，那个也能霸道，当今社会还有什么人不想霸道一下呢？

文人何以称“穷酸”？

相当长的时间来，媒体一直兴趣不减地关注着文人们的“酸事”：重庆富姐作家红艳，以每月不超过一万元的费用包养湖南落魄诗人黄辉，被包养者答应在一年内写出传世之作；另有一作家为吸引消费者，制造点市场轰动效应，竟牵着一头毛驴进书店签名售书；几位诗人在北京一酒吧脱光衣服开朗诵会，被警察及时制止；沈阳一曾经很先锋的作家在火车站设摊讨饭，意在臭一臭停发他工资的单位；趁个千八百万在一般富翁看来也许不算什么，但在文人眼里就是了不得的财富啦，于是便搞出个作家富豪榜……

这些事若不是出在文人身上，媒体可能没有这么多话好说，即便有人想评点一番，也会就事论事，给一个具体而恰当的说法。天下包养的事情多了，讨饭的人就更是数不胜数，现代人为了推销，什么招儿不能使？别说牵着驴进店，就是赶着羊群进城、现挤现卖羊奶的不都有了吗？动不动就脱光衣服的人就更多了……却没有人拿他们跟“穷酸”两个字挂钩，唯独文人，一干这种事，这个老祖宗留下的现成词儿早就等在那儿了。

为什么文人总是难以摆脱，鬼魅般的“穷酸”呢？

《现代汉语词典》堂而皇之地解释这个词，就是专用来“讥讽文人”的“穷而迂腐”。范成大的《次韵和宗伟阅番乐》中也有这样的话：“洗净书生气味酸。”陈继儒在《李公子传》里说：“如欲了此君心事，但恐酸秀才正自不堪。”你看看，古人们只要一提到文人，就离不开一个“酸”字。韩愈在《赴江陵途中》说得更狠：“酸寒何足道，随事生疮疣。”文人们的“穷酸”，还是他们惹是生非或遭人非议的根源。

为什么“穷酸”的都是文人，而文人又确实多“穷酸”呢？看《名人轶事》，朱自清当年也曾查找过这个词的来历，可惜未果。某晚我闲翻《世说新语》，却发现一些跟“穷酸”有关的知识。原来这个词最早是先在江南流行开来，古代读书的学子要到外地求师，需自带饭钵，而江南鱼多，读书人的饭钵中除了鱼再无其他奢华之物。鱼的做法又多是醋烧，简单、便宜又去腥——这就是“穷”而“酸”。因穷就不能不酸，酸还能解点穷，穷出点味道。用好了谁都得承认，“酸”也是一种有益的健康的味道。

其实这就是拿着穷书生寻开心，富人做鱼就不放醋吗？为什么不叫“富酸”？说不定“穷酸”这个词还就是文人们自己把它叫响的，而且越传越广。它毕竟比较准确而生动地概括了旧时读书人在未发迹前的境况。

有一贫困书生，需不得不向别人送礼，却又送不起好礼，怕被人家瞧不起，于是“酸”劲儿就又上来了，在礼盒里再加上一副对联，算是白饶的。好在写对联是书生的长项，“秀才人情纸半张”，反正也费不了多大事：

醋泡曹公一坛

汤烧右军两只

当年曹操曾“望梅止渴”，也够“酸”的吧？而“书圣”王羲之落魄时养过鹅，也算够“穷”的了。如此看来，“穷”和“酸”并不是什么丢人的事，我的礼物虽然不重，但把曹操和王羲之也一并都捎带上，谁还敢说轻？

时下“传统文化”正热，许多旧习气反成时髦，文人们一窝蜂地“穷酸”起来，也就不足为奇了。

细节令口号尴尬

眼下城市里最常见的大标语是“以人为本”，凡施工工地大多都竖着这么一块大牌子，再加上一句“因施工给您带来不便请谅解”，一切就算完事大吉。而实际干起来往往是“目中无人”的。比如在我们这一大片住宅区外面修路，施工者在大标语牌的下面却只给汽车留出一条通道，将步行道和自行车道统统挖掉并用护板隔离起来。你修路纵使有一万个理由，也不能把数千户居民的路给堵死？人活着最基本的需求是衣、食、住、行，这些人只要出门就得冒生命危险跟汽车轱辘抢道。由于这是一条连接城乡结合部的主干道，汽车格外多，而且开的贼快，人们夹裹在汽车中间，胆战心惊，气喘吁吁，每次一进一出都像拣了一条命。

其实，要留出一条小道供行人通过非常简单，也非常自然，不必打什么“以人为本”的旗号也应该做到。所以人们有理由怀疑，高唱“以人为本”的人，脑子里真的有“人”吗？在城市经常见到的细节恰好相反，比如将公园四周的高墙，和一些有碍观瞻乃至产生污染的建筑物统统拆掉，换成栏杆，让公园的绿色透出来，让外面的人透过栏杆可以看到公园里的绿……这就是城市的“透绿工程”，无疑是一件好事。可是，当我看到一些公园的栏杆时，却一阵毛骨悚然，立刻联想到这栏杆里面或许不是什么公园，而是监狱以及军火库一类的秘密设施。这栏杆粗看还比较漂亮，细看却极其凶险，在栏杆的顶部有两排弯曲的尖刺，一排向里弯，一排向外弯，每根半尺多长，如野猪的獠牙一般锋利。在两排獠牙的中间还埋伏着无数笔直而尖细的箭镞，纵然逃过了明枪还有暗箭……这些东西用来对付谁呢？

自然是个别极淘气的孩子和更个别的一些不买票就想进公园的人，翻越公园的栏杆固然不对，难道就该开膛破肚，甚至被扎死？公园的主人出于一种什么样的心态要把栏杆设计得这般狠毒？倘真有顽皮的孩子出于对惊险的好奇而被误伤怎么办？真打起官司来，栏杆的主人恐怕得输。这诡异的栏杆却真实地反映了当下的一种城市意识：看着是在为群众做好事，骨子里却把人看得很贱、很轻，以至于连公园都像防贼一样的防着游客和市民，却天天在喊什么“跟国际接轨”、“建设国际大都市”……哪个“国际大都市”里的公园还有这么凶恶的栏杆？因为人家的公园不像我们要卖这么贵的门票，有些大公园甚至任何人都可以随意出入，如纽约的中央公园，伦敦的海德公园等。

我不知道“以人为本”的口号是怎么流行起来的，也不清楚它的真实涵义，却想起前年在英国遇到的一件事：当时伦敦市民正讨论和表决关于伦佐 · 皮亚诺大厦该不该建，最后持反对意见的人占多数，致使建筑商一直未能拿到大厦的建筑许可证。这是一座 300 米高的尖形建筑物，建成后将给伦敦的天空中增加一个“漂亮的锥体”，成为又一座标志性建筑。但伦敦人认为，伦敦的天空不属于政府或某个开发商，它属于伦敦的历史和文化，以及伦敦的市民。尽管大厦的开发商一再许诺，这座大厦“绝对符合环保要求，建成后将直接用泵从地下抽水，利用太阳能光板为楼内供暖，还要修建一些花园改善自然通风……”但不获得伦敦民意测验的赞同，就甭想动工。这是对市民的尊重，也是对城市的尊重。有了这种尊重，才会有珍惜和呵护，才会小心翼翼地规划和建设城市。

是建筑的理性和社会性，决定了城市建筑需全民参与。所以只要看到一个城市的建筑水平，大体就能了解这个城市以及它的决策者的水平。好建筑最基本的一条就是能在老百姓的心里活起来。比如过去的天津劝业场，外地进津的人必须得逛逛劝业场，不逛劝业场等于没来天津，不住在市中心的天津人，隔一段时间也得来逛逛劝业场，好像长时间不去劝业场就会跟不上时尚，容易被天津市的主流社会所抛弃。劝业场只是一座建筑，却成了一种标志、一种文化，强似许多连提出者自己也不执行的口号。

老百姓是生活在细节里的，正是城市里的许多细节，让一些大而空的口号变得尴尬。

现代鲁迅

记得上中学的时候第一次读一本赵朴初写的关于佛教的书，作者开篇第一句话就是："释迦牟尼是人不是神。"书里其他的内容记不得了，却清清楚楚地记住了这一句。

人一生要读许多书，每一本书能让人记住一两句话就算不错了。恐怕有些书连一句让人记住的话都没有。我所以能记住这句话，是当时受到了震动，感到新奇，在此之前，我尽管对佛教一无所知，却从小就受到社会上烧香拜佛的影响，朦朦胧胧地以为佛就是神，神就是佛，他们是无所不能的，跟凡人不是一回事。却原来，出家的和未出家的众多信徒，一年到头顶礼膜拜的佛陀竟然也是人！

后来渐渐地理解了一个事实：神是人创造的。也许人类社会需要有神。

尤其是一个伟大的人物或被民众喜爱的人物，更容易被自己伟大的民众神化。不是他们想当神，而是后人喜欢把他们神化。甚至连历史都无法离开神话，许多英明的帝王将相就被后人神化了，连一介武夫关羽不也成了“关圣大帝”和“武财神”吗！《圣经》是西方人的神话大全，我们则有堂堂正正的《封神榜》《西游记》，还有无以计数的各种各样的神话、仙话。

在“造神运动”的历史上也有一些文化人被神化。如老子李耳成了“太上老君”，庄周成了“南华真人”，就连一旦赶上革命风暴，还有可能沦为被砸烂、被批判对象的孔子，也成了“圣人”！成了“圣人”也不一定就保险，中国历史上已经不止一次地兴起过“砸烂孔家店”“打倒孔老二”的运动，但风头一过他老人家照样当自己的“圣人”，甚至会比以前更为红火。

这使我想起前两年有人对鲁迅的发难，鲁迅已经到了“伤害达不到”的境界，再这样折腾下去，很有可能也会把他推到神的座位上去。因为鲁迅曾被誉为“民族魂”——这应该算是一种至高无上的推崇和敬仰了，已经很靠近神的境界，但他终于没有成神，仍然生活在人间，管着人间的事……

这大概跟他太真实，对中国人和中国社会认识得太深刻有关。他的作品“直面惨淡的人生，正视淋漓的鲜血”，涉人间世太深，超脱不起来，也就影响了人的飞升。他曾说，在我国国民性的祖传病态中，有一种掩饰缺陷的“十景病”，各地区差不多都要弄成“十大景观”，点心有“十样锦”，菜有“十碗”，音乐有“十番”，阎罗有“十殿”，药有“十全大补”……什么事不凑够了“十”好像不完满。发展到今天，订规划要有十条，写总结要有十大成绩，做好事要凑足十件、评选先进人物要不多不少正十位……

“……中国人向来因为不敢正视人生，只好瞒和骗，由此也生出瞒和骗的文艺来，由这文艺，更令中国人更深地陷入瞒和骗的大泽中，甚而至于已经自己不觉得。世界日日改变，我们的作家取下假面，真诚地，深入地，大胆地看取人生并且写出他的血和肉来的时候早到了；早就应该有一片崭新的文场，早就应该有几个凶猛的闯将！”（《论睁了眼看》）而当今社会时尚是追求贵族化，当今文坛便也怀上了贵族情结，即使不能为自己找到点贵族血统，也要千方百计跟贵族的姨太太或军阀、恶棍之类的人物挂上点关系。或者索性游戏人间，游戏文字，游戏的目的还不是哗众取宠，为了突出和标榜自己？甚至把作家们也搞了个财富排行榜……

鲁迅有著名的四不看：一、自称“铁血”、“侠魂”、“古狂”、“怪侠”、“亚雄”之类的不看。二、自称“鰈栖”、“鸳精”、“茅依”、“花怜”、“秋瘦”、“春愁”之类的又不看。三、自命为“一分子”，自谦为“小百姓”，自鄙为“一笑”之类的又不看。四、自号为“愤世生”、“厌世主人”、“救世居士”之类又不看。鲁迅真是可爱而又博大！不论什么时候阅读他，随便翻开一页，都能感受到强烈的现实感和强大的生命力。比他晚几十年的大量的作家和作品都过时了，他是非常注重现实的，其作品却反而超越了现实。是他立足于现实的深刻使他突破了现实的局限，还是现实的不断重复，无法逃过他的剖析？

什么事能瞒得过他的眼，能逃得过他的笔呢？面对鲁迅，当代文坛不仅缺少他那种为文和为人的正气和勇气，也缺少他那种批评的犀利和勇气。甚至可以说鲁迅带走了一个批评的时代，在他走后的半个多世纪里，我们搞了许多次政治运动，有斗争，有批判，有打棍子，有扣帽子，惟独没有鲁迅式的文学批评。

难怪郭沫若称《鲁迅全集》是“现代文化上的金字塔”。鲁迅的思想和知识结构是百科全书式的，在他以后的中国人，还有哪一个不读鲁迅，没有受到过他的影响？读他的书就不是只记住一两句话，而是记住了他整个的人，他的风骨，他的精神，他炽热的冷，他冰冷的热，他激烈鲜明的深刻，以及他深刻的讥讽。他一方面对后人在提示着什么，在警诫着什么，一方面又像一条文化大河，浇灌着文化的品格和文化的精神。

鲁迅在《战士和苍蝇》里，曾引用叔本华的话：“要估定人的伟大，则精神上的大和体格上的大，那法则完全相反。后者距离愈远即愈小，前者却见得愈大。”

看鲁迅又何尝不是如此呢？

小的吃香

过去人们喜欢追求大，老婆要当大的，头发要大波浪，浓眉大眼有神，大耳垂有福，屁股大能生孩子……“做小”是很容易被人鄙视的。

但，时尚像风，总是刮过来刮过去，十年河东十年河西。且看社会学家怎样描述今天的时尚：这是一个小头小脑、小声小气的时代，林忆莲的小眼、细眉、小嘴成为人们的至爱。粗声大气的北京腔不再正宗，语调阴柔的南方腔调最为时髦。表要小的，手袋要小的，“大哥大”变成小手机，连“小西红柿”、“小西瓜”都正在走俏市场……

远不止这些，还有小蜜、小姐、小保姆、小金库……甚至连小偷的年龄也越来越小，商场里抓住过六岁的扒手，公安局逮住过8岁的惯偷。成都一名叫“小操哥”的8岁男孩，几乎天天晚上到“迪吧”泡吧，而且抽烟、喝酒、泡妞、划拳、蹦迪样样都来。还有12岁的未婚少女生孩子。

现代家庭越变越小，一个人的家庭已司空见惯。

作家们也不甘落后，推出了“小女子散文”、“小男人散文”……

世界真的成了“小小寰球”，无处不小，满眼是小。

爱“小”是一种什么现象呢？非常值得玩味。人的心态就是反反复复经常变化的，大了想小，小了想大。住小房子的时候想住高楼大厦，住上高楼大厦又想要小别墅。坐大公共汽车的时候想坐小汽车，坐上小汽车了又想要大一号的小汽车！

“小”是相对“大”而言，“小”的走俏是对“大”的反动。

现代人生活压力大，被谁压着？被“大”压着——财大的、权大的、气大的、力大的……甚至连老婆太大了都受不了。美国芝加哥大学社会学教授斯托尔斯贝格经过研究得出结论：“那些女强人的丈夫们大都是病秧子，其健康程度每年以25%的速度递减！”天哪，摊上这样的老婆谁能不怕？

因此，现代人在自己能做主的空间里，就尽可能的也要当一回老大。自己要想“大”起来，最方便的办法就是让周围“小”起来，放眼都是“小”的，精神上就轻松多了。凡欣赏“小”的人，都必须先把自己置于“大”的位置上，“小”的走红，是叫“大”给捧起来的。不信就细想想吧，凡“小”的东西都有相对应的“大”，如小蜜对大老板、“二奶”住大房子……

社会上流行“小”还有一个原因，大凡“小”的东西至少有三个好处：好使、好换、好丢。经济界有句流传很广的话，叫“船小好掉头”。民间顺口溜里也有一句说“大”论“小”的话：“大老婆一出面，小蜜就滚蛋。”

但是，世界上也还有另一种以“小”取胜的情况。美国有个吊莱斯特的小镇，镇上只有一名叫墨非的居民，正因其小，而今成了名镇。在意大利的首都罗马附近的福卡诺村，有一家世界上最小的餐厅，里面只有一张餐桌，仅能供两人用餐。但环境优美，饭菜鲜美可口，且能为顾客提供有特色的服务。餐厅老板的最大麻烦就是用餐的订单太多，要想到这家小餐厅用餐一般要提前半年预订。

大有大的好处，也有大的难处。小有小的难处，也有小的好处。世界永远都是小中有大，大里有小，就看人能不能把自己的优势发挥到极致。

等待车祸

你出过车祸吗？云南一位朋友和我详细讲述了前不久他出车祸的情况：

晚上10点多钟，从玉溪到昆明的高速公路上车辆已经大为减少，我的桑塔纳车速保持在140迈左右，突然左边的前轱辘飞走，前车盘擦地，发出刺耳的怪叫……幸好我死命把住舵轮，保持车身的平衡，没有让它大翻斗。但还是离流歪斜地跌进路边的浅沟，撞上土坡才停了下来。我呼叫自己的名字，摸摸头和脸，活动活动腿脚，证明自己还活着，而且没有特别疼痛的地方，这就是说没有受大伤。

当我庆幸地转头向车外看，突然一阵寒颤袭来，从脊椎直升到头顶。刚才车子出事的时候倒没觉得害怕，也许是来不及害怕，现在却感到了恐怖：车窗外全是人头，这些人是从哪儿来的，怎么会来得这么快？按理说在前不着村后不着店的地方出车祸希望能碰上人，碰上人就有希望得到帮助和救援。但这些人的表情让我感到危险还没有过去，甚至比翻车更可怕。他们的眼光中没有同情，没有暖意，显然不是来救我的。有的是幸灾乐祸、贪婪和冷漠，我仿佛陷入了狼阵。如果我受了重伤，如果我昏迷了，他们会怎样呢？最大的可能是见死不救，甚至还会把我洗劫一空，把车大卸八块后拿着能拿得动的东西扬长而去。

我定了定神，把车窗摇开一条缝，用昆明话向外喊："听着，我没有受伤，你们把我的车子抬到公路上去，我会付给你们报酬。谁也别想跟我玩邪的，这一带我熟得不能再熟了。"

我的车果真被抬了起来。在他们大呼小叫抬车的过程中，我把钱准备好，全是10元一张的，厚厚的一打。我仍旧坐在车里，悠悠荡荡被抬上了公路，在路边上放好。

我还是坐在车里，把车窗摇开一点缝，一张张地往外送钱。待到把手中的一打钱快发完了，发现外面争着领钱的人还很多。我收起钱，对着车窗外喊起来："喂，刚才你领过了，又来领第二次，把我当傻大头了？伸一把手就赚了10块，行啦，够便宜的啦，快回家吧。或者看看别处还有没有车祸……"

有的人走了，还有相当多的人不走，仍旧围着车，拼命往里瞧，大概是不相信我没有受伤，如果是我伤得在车里动不了啦，谁留下来，谁就还有捞钱的机会。我装好钥匙走出了车门，对他们说：“我要选两个人替我看车，看到明天早晨我的人来，如果我的车不再被损坏，不丢东西，每人 50 块钱。”他们都争着要给我看车，我挑选了两个年纪比较大的人，对其他人说：“你们还年轻，以后还有机会，快走吧。”

又嘱咐那两个看车的人：“如果我的车在夜里又发生什么问题，你们两个就吃不了兜着走，躲到哪里我也会找到你们。”我掏出 25 元给了其中的一个人，对他们说：“剩下的一半和你的 50 元，到明天早晨再给，这是按规矩办事。”

我这样做是经过考虑的，如果两个人都给了钱，我一走他们也会跑掉。这样即使拿到钱的人想走，没有拿到钱的那个人也不会让他走。而那个已经拿到一半钱的人是绝不会把已经到手的钱再分给别人的……

当晚我搭车回到昆明。第二天早晨让公司的人先去修车，到中午的时候我才回到现场，那个没有拿到钱的看车人还没有走，并帮我找到了昨晚丢失的一支钢笔。我除去给了他应得的 50 元外，又多付给他 20 元。

我这位朋友非常机敏，也很幸运。应该说他遇到的那些“等待车祸”的人也还比较善良朴实。听完这个故事不久，《新民晚报》上也登过类似的消息：某日凌晨，在浙江桐乡地段发生车祸，两辆卡车相撞，一个人被夹在驾驶室里生命垂危，还有两人受重伤跌到路边的田沟里。路两旁站满看热闹的人，却无一人出手救援。不久，四方集团公司的蒋向驾车经过，想先把相撞的卡车拉开，救出里面的司机，但拉断了绳子，车头相咬的卡车却纹丝未动。蒋向只得先救另外两个人，救活一个算一个，他一个人却难以抱着伤者翻过高坎儿，于是请围观的人帮忙。围观者立刻高叫："出多少钱？"

蒋向说："你们开个价！""每人40元！"于是他花160元雇了四个"民工"把伤者抬上汽车。飞车开到桐乡城郊，不知医院在何方，停车向路边一打问，那人说，"给20元钱，我给你带路。"蒋向为争取时间二话不说就甩给那人20元。到了医院，医生要每人先交1000元急救费，蒋向口袋里已没有那么多钱了，只好对医生说："我的货车价值10万可作抵押，请救人要紧！"

随后他又雇人把伤者从一楼移动到三楼手术室。至此，从车祸现场到医院不过几公里路程，蒋向为雇人、问路已花去400多元……花400多元救活两个人的性命是非常值得的。如果蒋向口袋里没带那么多钱呢？难道那两个受伤者就该死吗？

死的是围观者的道德意识，也许还有他们的灵魂。

靠山吃山，靠水吃水，靠路吃路。有路就有车，有车就难免会出事故，这些吃车祸、发车祸财的人难道就不想想有一天自己或亲属出了事怎么办？也许他们立志终生不出门，但也不要忘了人有旦夕祸福，即使关门家中坐，也可能祸从天降。如果他们也要外出，请不要忘了多带钱。

恨郎不狼

某一天在医院门口看到一辆被铁板包裹得严严实实的运钞车，旁边站着两个荷枪实弹的武装人员，心想这医院发了什么大财，值当用运钞车拉钱？

就此向当医生的朋友请教，他说运钞车里装的并不是钱，而是药——伟哥。

啊？！不就是壮阳药吗？难道还会有人抢这玩艺儿？中国人都好面子，你即便拿着“伟哥”想白送给人家，人家说不定还不好意思要哪。

朋友翻翻眼皮教训说，你居然还有这种思想，又怎么能跟得上时代呢？上个星期天的早晨，有一家生产壮阳药的企业在百货大楼前面召开产品发布会，向到会的人赠送一盒土造“伟哥”。你猜怎么样，从头一天晚上就有人排队，第二天天不亮百货大楼前面就已经是人山人海了，从十七八岁的年轻人到七八十岁的老人一拥而上，更新鲜的是还有相当数量的年轻女士。发药一开始，“阳痿大军”就疯了，呼喊着一起往前拥挤，如海啸暴发、山洪倾泻，挤破了脑袋，撕破了衣服，踩坏了厂家的货柜……

我想象着那种场面，真是令人头晕。怎么会有这么多阳痿者？不发壮阳药还看不出来，一个个都打扮得花里胡哨，原来是银样镴枪头。天津人还算是文明的，报纸上说泼辣的成都人在一次壮阳药的促销会上愣是踩伤了人……

人一阳痿就急了。阳痿的人又这么多，大家一块儿急，阵势自然就可观了。

阳痿者一成了气候，就不用再藏着掖着，壮阳也便成了堂而皇之的“壮举”。不光男的时刻想着“壮”，女的也惟恐自己的男人不“壮”，一块加入壮阳的行列。

《今晚报》载文，一位年仅 25 岁的女士，刚结婚一个多月便发现丈夫精神倦怠，她听人说过吃什么就补什么，羊肾最壮，便上街买了六串烤羊肾，让丈夫一气都吃下去。那小伙子心里有愧，再加上壮阳心切，哪还敢拂逆新婚妻子的美意？

真是恨郎不狼啊！

岂料羊肾吃下去以后，该壮的地方没有壮起来，倒把大肠头给壮起来了，顺着肛门窜稀不止……写到这儿忽然想起要向读者诸公提醒一句，千万不要以为就是中国男人阳痿的多，男人阳痿是“世界潮流”。“伟哥”是美国人发明的，他们有需要才会搞出这种目前世界上最猛烈的壮阳药物。

目前泰国的大象正遭厄运，因为传言象肉可壮阳。可想而知，阳痿大军一红了眼，有多少大象能经得住吃呀？！美国前总统克林顿堪称是当代世界第一大“情种”，出了那样大的丑闻为什么不臭？仍旧风风光光，活得有滋有味？有人说就因为丑闻帮了他一个大忙，证明他不阳痿。澳大利亚悉尼蜡像馆的工作人员抱怨，每次检查克林顿的蜡像时，都发现他裤子的拉链是开着的。原来有许多参观者，其中包括不少大姑娘小媳妇，硬要蹲在克林顿蜡像的前面照相，还要把他的裤子拉链拉开，看看它到底生猛到什么程度？可见一些西方人骨子里是羡慕克林顿的那个东西，至少也是怀有某种好奇。

这就是现实，就是男人们的现状。既然不行，补一补壮一壮也无可厚非。社会毕竟是进步了，要不怎么会满大街地撒壮阳药呢？

男人之变

现在的男人问题不少。“问题”——就是病。

比如：精神压力过大，经常被自我怀疑而深深困扰；男人习惯于压抑自己的感情，更容易疲劳并患上心理疾病，很容易产生自杀的念头；男人最脆弱，遭遇严重意外事故的概率更高；男人的健康状况也江河日下，血液循环容易发生障碍，易得冠心病、糖尿病、溃疡病，患色盲症的男人是女人的 80 倍；现在的男人手头紧张，自尊心差，形容萎缩；男人招致批评最多的竟是缺乏男人气，性功能退化，阳刚之气荡然无存，等等。

据报载：抱怨丈夫性欲太强的女人日益减少，而对丈夫性能力低下不满的女人却日益增多。2002 年秋天，中国吉林省首开先河，用地方法规的形式保障单身女子的合法生育权利，女人不结婚，也就是说不需要男人，照样可以生孩子。当然，还需要男人的精子，男人的概念就等同于那种蝌蚪状的小东西了……

据传再过些年，连男人的精子也可以省去，“科学家在女性体内发现可以让卵子受精的物质，女人完全可以像雌雄同株的树木一样繁衍生息”。本来，男人再怎么不是东西，还可以保留让女人受孕这样一个特权，现在竟连这最后一点特点也丧失殆尽！

男人不能尽男道，就成了男人最大的又最难以说出口的羞辱，也最为女人所瞧不起。于是，嘲弄和声讨男人便成了现代社会的一种时髦。女人嘲骂男人，男人也在自嘲自骂，这说明什么呢？说明现代社会仍然以男权为中心，男人不怕骂，也骂不垮。

在以追求利益最大化为准则的今天，男人挣扎在一种特殊艰难的环境里，经常要面对关于选择、关于命运的严峻考验。天道无常，人道也无常，世界上的许多生物都消亡了，没有消亡的物种也在变化。人也一样，特别是男人。其实现代社会之所以对男人这么看不惯，恰恰是因为男人正在变化，变得有点不伦不类，面目全非，甚至不男不女。

现在被称为“高级灰”的高职而高薪的男人们，一年会分时段地往自己身上喷洒各种牌子的男用香水，经常做防晒面膜和果酸护肤，跟写字楼里的女人越来越坚强正好相反，他们却轻声细气，表现得柔情似水……

这些“新男人”的口号是：“温柔就是力量。”其理论根据是，人类的心是没有性别的，世界上没有人是纯粹的男性或纯粹的女性，都是你中有我，我中有你，阳里藏阴，阴里含阳。最需要解放的是每个男人身上的女人，以及每个女人身上的男人。美国学者小哈德罗 · 莱昂开出的药方是：体恤自己，对自己温柔，信仰自我，自我崇拜。

最能说明问题的就是英国球星贝克汉姆，成了全世界的女人崇拜的性感偶像，甚至连男人也喜欢他那张轮廓精致的脸。这是因为他剽悍强蛮、阳刚之气十足吗？显然不是。甚至恰恰相反，他那变来变去的怪异发型，一身花里胡哨的装扮，不是典型的男人女气、“温柔就是力量”吗？竞技场上最能体现男人变化的新潮，你看那些最能表现男人力量的竞赛项目，诸如足球、篮球、拳击、摔跤等等，满眼都是神头鬼脸、歪瓜裂枣、半阴半阳、不三不四。男人一变成这样，就刀枪不入，不怕伤害了。

自我迷恋，不阴不阳，还在乎别人说什么吗？

事实是男人越这样，女人反而越喜欢，以至于形成一条现代男女恋爱规律：“美女配丑男”。心理学家管这种现象叫“求偶从众心理”，是由于女性的好胜心理所致。

所以，诡异、怪癖、破格、浮夸、坏品味现已达到无可救药的地步，甚至连伤风败俗都成了时尚。靠多年经营迪斯科舞厅发财的72岁的德国“老花花公子”埃恩，最近公布了他“最后一项交易”：让一位极具吸引力的20多岁女郎跟他做爱，可令他在交欢时因过度亢奋而心脏病发，最后在达到高潮的刹那间魂归天国，为自己风流的一生画上句号。那女郎则可获得25万美元的馈赠。这种种的小不正经和老不正经都标志着，在当今的世界范围内进入了一个“男色时代”！

“男”的也靠“色”、卖“色”了，难怪人类学家说：“男人无须向什么人企求温柔，温柔的就是自己！”亲爱的可怜的男人们，变吧，快点变吧。早变早沾光，晚了可赶不上。不是有句大实话叫：“一步赶不上，步步赶不上”吗！

难得一笑

一位年轻的摄影师，别出心裁地把相机放在肩膀上，让镜头对着后面，在天津市最繁华的劝业场一带转悠。一边走一边摁动快门，不看镜头，不选景物，就这么一路胡拍乱照下去。

他认为这样的照片排斥了摄影者的主观选择和被拍摄者的有意做作，排斥了一切人为的痕迹，具备最原始的自然和真实，因而也最有价值。权当试验，他一次就拍了五卷胶片。冲洗出来之后，却被自己的“杰作”惊呆了……

然后拿给我看，我见到这些所谓“最自然不过”的照片时，也感到一阵触目惊心。

照片有特写，有大场面，加在一起有几百张面孔和各种各样的表情：有晦暗的、猥琐的、迟钝的，有的眼睛盯着地下随时准备捡钱包，有的斜眼看人，有拉拉扯扯的、你拥我挤的、怒目而视的、勾肩揽臂的、张嘴大叫或大骂的，或孩子大哭大人顿足的……

就是没有一张笑的，那种温柔的、慈和友善的、自信的笑，抑或是畅怀大笑，礼貌微笑。虽然这是在没有任何人的参与下由相机自然拍摄的最自然不过的景物，却没有那份平和、宁谧、欣然、无所得失的自然，而是紧张、嘈杂、不安。

应该说中国人最懂得笑的好处，最崇尚笑：“尘世难逢开口笑，菊花须插满头归”，“一笑解千愁”，“笑一笑十年少”，“笑是两个人之间最短的距离”……人们愈是大讲笑的好处，鼓励大家多笑，愈是证明笑是多么难，几乎成了一个问题。

于是，聪明人想出了各种让人发笑的办法，分“技巧派”和“心理派”。

“技巧派”主张用技巧使人发笑，有缘有故可以笑，无缘无故也可以笑。比如 1946 年在上海的诗人节上，郭沫若上台发表演说，开口时没有说话，却像“天真的孩子似地狂笑不止”，“竟笑得前俯后仰，放浪形骸”，带动大家一齐开怀畅笑，连笑三次，每次“足有五六分钟”，于是传为佳话。这是感染别人和为别人感染而笑，不放过任何笑的机会。但要分场合，分面对什么人，不要闹误会让人觉得你有病或发疯。

因此“技巧派”还给人们出了个能笑得安全的主意：平时多照镜子，镜子仁慈，允许所有的人都对自己有美好的评价，所以照镜子会引起自己发笑。还可以把各种人物大笑的画片收集起来经常欣赏，也会令你发笑。至于多听相声、多看喜剧节目，那是谁都知道的。

“心理派”的主张就比较复杂了。大笑是全人格的展现，人们要想笑就必须开启欢喜无量心。没有自信就没有笑，人们要想笑就须对自己和生活充满信心。常笑者幸福，人们生活得幸福轻松，自然会笑。也正因为人类有痛苦，才又发明了笑。人在动物界是唯一具备笑的机能的动物，不充分的笑实在是辜负了人生。

为了让人多笑，美国的威廉·格朗特教授通过研究得出结论：“一般人如每周哭泣超过三次，每次以五分钟计算，那会对身体十分有害。”万不得已非哭不可，每周只哭一两次，每次哭几声就赶紧打住。总之，哭不如不哭，不哭不如笑。

当然不是奸笑、阴笑、冷笑、皮笑肉不笑……

生命中的软和硬

去年一位朋友掉了牙齿，换上一口假牙，洁白而整齐，他却经常抱怨感觉不对了，一下子觉得自己老了。我对此不甚理解，看上去他的假牙比以前的真齿还要漂亮坚硬，只会使他变得年轻了，怎会发出老之已至的感叹？

前不久我从外面回到家里，有点渴也有点饿，见桌上摆着一盘洗好的名叫红富士的苹果，拿起一个就咬。这种苹果肉质紧密，被我咬下了一大块，却感到自己的嘴里有点不对劲儿，赶紧吐出苹果，才知自己的门牙少了一颗，那颗牙还插在苹果肉里。

这对我打击可不小，对照镜子仔细端详自己的嘴，果然变了——掉了一颗牙不仅使整张脸都变了，甚至连气质也变了，我把双唇噘起来像老大爷，把嘴瘪进去则如老太太。我对着镜子反复演示，一番感慨，一番痛悔，一番愤怒，是谁搞出的这种鬼苹果，还起了这么个怪名字，我对他有“没齿之恨”！

说来也怪，牙齿是人身上最坚硬的东西，到老的时候很少有牙齿不坏的。舌头是软的，且运动量比牙齿还要大；吃东西的时候用牙齿也要用舌头，而说话的时候只用舌头不用牙齿。人活一生，说话的时间肯定要比吃饭的时间长，不要说人到老了，即便是人到死的时候，也很少有坏舌头的。用牙齿把人咬死太难了，而“舌头底下却能压死人”。

原来世间有许多硬的东西最终都要被软的东西所战胜。水是软的能穿透硬的石头，能锈蚀硬的钢铁。硬接受软的保护才能经久耐用，骨头是硬的包在软的肉里才安全，到老了硬的骨头就会变疏松，易断易碎，而软的肉老了则变粗变韧，蒸不热煮不烂嚼不动，硬的轮毂要配上软的轮胎才转得轻快而又耐磨，即便是火车的轮子，轴上也要垫软的弹簧。硬的枪炮要受软的政治的操纵，等等，难怪比尔·盖茨靠“微软”能成为世界首富。

为什么软比硬会更强大呢？

也许世界本来是由软物质构成的，生命不可缺少的三样东西：阳光、空气、水，都是软的。构成地球的“三山六水一分田”，水和田都是软的，山又怎知不是由软变化来的？硬的钢铁其实是把各种元素烧软后炼成的，硬的陶瓷也是由软的水和土烧成的。把任何物质无限地分解，追到老根上去恐怕都是软的……

由此想到生活，想到男女：人类一直认为男性应该是阳刚之势，雄壮，强硬；女性应该有阴柔之美，温良，娇弱。事实果真如此吗？即便从生理上讲，男性的所谓硬，所谓强大，是短暂的，是靠一种软性的荷尔蒙物质支撑。一旦这种物质泄出，立刻就蔫就软，若非要以软硬论成败，任何男人最终都要败给女人，没有这种失败就没有人类生息的繁衍。

真正强大的是阴柔，是女性。

物质社会发展到今天，男性想维持表面的短暂的强大都遇到了麻烦：目前发达国家已有20%以上的夫妇没有子女，有人预言到了2000年，50%的美国男子将没有生育能力（引自1994年11月18日俄罗斯《共青团真理报》）。这当然是环境污染的结果。照此下去，有一天男性将会从地球上消失。

为什么环境污染最先受到伤害和受伤害最重的是男性呢？不正说明了阳刚不刚、硬的脆弱吗？妇女们曾焦急地呼唤过男子汉，千呼万唤的结果，严格意义上的男子汉不仅没有增多，反而越来越少。有些男子对此感到不好意思。开始借助于手术隆胸，练肌肉，一有机会就脱掉衣服炫耀自己的肌肉，西方人称其为：可悲可叹的“花花硬汉”。这正是男性的一种失败，已经不能通过内涵使女人感兴趣，只能靠外形去加以引诱。

经过这样一番打击，作为一个男人失去了一些自以为是的优势，可以冷静地思索自己的人生经历了：哪些时候硬，哪些时候软，硬的后果如何，软的结果怎样……发现凡是由着性子硬拼、硬碰，都容易惹起麻烦，对自己的伤害也大；凡是软中有硬、外软内硬，效果都不错。软硬相互依存，相互转化，如同烧瓷器一样，是一种水火功夫，一种品质的提升。

到掉牙的时候才开始思考这些问题，虽然有点晚，但总比“死硬到底”好。人到中年以后骨质开始疏松，恐怕更应该重视软功的威力。以柔克刚或以柔养刚、以柔抚万物，但又不同于“老滑头”、“老油条”、“老奸巨猾”，才是人生最后一个也是最高的境界。

现代“屁颂”

前两年，河南省作家协会的会员钱诗金，在北京的路边“卖话”曾轰动一时。大群大学生每人出10元听了他两句话：“数风流人物还看真招”、“把人当赢看”。而“事业是天，把天做大”一句被20多家企业买走。如今企业难干，老板们“有病乱投医”，哪怕是只言片语的智慧也是好的，好在花钱不多。再加上现在下岗的、离婚的、被骗的、心情压抑的倒霉蛋儿不少，一两句开心的话也有市场。一位会说汉语的外国人花8美元买走了他的“活出好心情，快乐总是你”。有了这样的祝福，那老外想必会快乐上一阵子。

钱诗金能卖出去的显然都是好话，用他自己的话说是一些“窍门话、抓心话、震撼话、刺激话、点子话、新潮话、乖乖话……”至少要让人听着舒服，甚或受到启发和激励。否则人家怎么会掏钱呢？愿意到大街上花钱买骂的人毕竟不多。无独有偶，日本新兴起的一种职业，也是在大街上“卖话”。所不同的是专门向买主拍马屁——公开打出的旗号则叫“奉承服务”。他们身穿鲜红的汗衫，表示他们是“职业奉承者”，用中国话说就是“马屁精”。在东京繁华的街头一坐，旁边立一个大广告牌，上写：“奉承屋，每分钟 100 日元。”

有人往他们眼前一凑合，他们便立即搭讪：“你最近被人奉承恭维过吗？感觉一下你潜藏的魅力吧，放纵一下自己……”如果买主是年轻女子，他们就会赞美她有非凡的时尚感，让人着迷，然后把她和某个著名的歌星或影星拉扯到一块儿大吹一通。如果客户是男的也会有另外一套词儿，反正是要把你吹得脸红心热、浑身无比舒坦了才算达到目的。据说所有接受过这项拍马服务的人，都被拍得心旷神怡，笑得合不拢嘴。一位曾被拍过的人说：“感觉好极了，我一向不自信，在日本人们很少相互赞美，无论你有多么出色，也没有人夸你一下，生活在这样环境中真是让人恐怖。”

原来不光当官的喜欢马屁精，普通人也喜欢隔三差五地被人拍上那么两三下。所以从古到今，从东到西，拍马之风就从未断绝过。人人都是肉体凡胎，喜欢被拍可以理解，何以也有人愿意拍人呢？答案很简单：有所图。有的图钱，像日本的那些小马屁精们。有的图官，有的图色，有的图命……《赵南星小品》里讲过一个故事，一个秀才寿数尽，去见阎王，恰巧赶上阎王放屁，秀才即献《屁颂》一篇，曰：“高竦金臀，弘宣宝气，依稀乎丝竹之音，仿佛乎麝兰之味，臣立下风，不胜馨香之至。”阎王闻之大喜，立即给那该死的秀才增寿十年。看看，连阴曹地府的阎王爷都喜欢被拍马屁，阳世间的活人还有救吗？那张口就能做出《屁颂》的秀才，可算是马屁精的祖师爷了。

但是，也有因拍马而被杀头的。明初翰林学士解缙，19 岁中进士，后来主持编纂《永乐大典》，不愧为一代雄才。同时也因会拍皇帝的马屁而闻名，民间流传着不少有关他拍马的故事。一次他和明太祖朱元璋一块儿钓鱼，他不断地上鱼，朱元璋却一条没钓着，皇帝自然满心不高兴，他即刻吟诗一首，哄得龙颜大悦："数尺丝纶入水中，金钩一抛荡无踪。凡鱼不敢朝天子，万岁君王只钓龙。"有一回朱元璋故意难为他："昨天宫里出了喜事，你吟首诗吧。"解缙一听是皇帝得了儿子，马屁张嘴而出："君王昨夜降金龙，"朱元璋一转口："是个女孩儿。"解缙也立即改口："化作嫦娥下九重。"朱元璋又说："生下来就死了。"这真是难解，解缙却话锋一转："料是世间留不住，"朱元璋再逼一步："已经把她扔到水里去了！"解缙接着吟道："翻身跳入水晶宫。"

这马屁拍得多地道，既回避了"死"字，又把坏事说成了好事。这样一个大才子，在 47 岁的时候却被皇帝的锦衣卫用酒灌醉，埋在积雪中活活冻死了。因为他老拍皇帝的马屁拍烦了，拍完了老皇帝不想再拍小皇帝了，自己也功成名就，应该享受别人来拍自己了，于是开罪了皇帝的弟弟。凡拍马屁都会遇到这个问题，你不可能见人就拍，那么多人累死你也拍不过来，拍了张三丢了李四，就会埋下祸患。即使再高明的马屁精也有拍不上点子的时候，拍对了九次有一次拍错就前功尽弃。再加上拍马屁既是力气活儿还得动脑子，一年到头地老拍总会有烦的一天，而拍马屁有一条死规矩，被拍的可以烦，拍马的不能烦，马屁精自己一烦，离着完蛋就不远了。

现代多恋症

现代社会注重民意。西方发达国家钻冷门儿的多，稀奇古怪的事情多，对世间万事万物都可以进行民意测验，包括对一些社会最敏感的、个人最隐秘的问题进行开卷测试。我们也重视调查研究，当然是那些值得调查研究的事物，对有些事情则不能正经八百地进行调查，只能靠自己去观察、揣摩、感受。比如：

“现在中国到底有多少情人（不包括那些合理合法的等待时机结婚的有情人）？这支情人大军主要是由哪些人员组成？他们在中青年人口中占多大比例？”

“下面列出的两个男人，你更喜欢哪一个：

A 君：有铁血男儿的气质和体魄，冷峻睿智，孤傲坚毅，不喜交际，正派体面，除自己妻子以外不接近其他女人。

B 君：擅辞令，会交际，风流大方，有情有趣，来者不拒，绯闻不断，到处留情，快乐自信。”

要想回答这些问题，还会遇到一些概念上的麻烦。生活在不断变化，人们要经常创造出许多新名词，老概念在更新、丰富，一些科学的规范化的概念，正在被一种约定俗成的模糊多义又便于意会的东西所替代。比如：何谓“情人”？词典上解释为“相爱中的男女的一方”。这定义下得很绝，没有任何限制语和附加条件。也就是说年龄、婚姻、道德，法律等感情以外的东西都对其无碍，只要相爱就算情人。那么，现在有一句很流行、含义又很广泛的话，叫“泡妞”，多指在有闲有钱的时候临时搭班子，又跟一般的舞伴不一样。这“泡”者和被“泡”者算不算情人？还有，未到“一见钟情”的地步，却可以“一见就碰”，这又算不算情人？说他们“相爱”吧，显然还没到那个火候……打住！何谓爱？每个人都有不同的理解，至少可以举出一千种关于爱的解释……乱了乱了，越说越说不清楚，还是不要陷入这种概念的游戏吧。

在多变的现代社会里，从一而终的爱情，以及像萨特和波伏娃那样用一辈子的时间去证明的爱情，是伟大的少数。谁碰上了都是幸运的，保护它也许很困难，但很值得为它付出代价。

李昂在《1990年后的爱情》里说得很粗率：“现代人很重大的特性是不只没有常性，连耐性也没有了。在快速变迁的社会中，男女之间可能在一星期之中，把过去情人谈了二三年的恋爱才做的事，如拉手、接吻、生理上的接触——一下子都做完了。之后，就要面临到人生的喜新厌旧、喜欢新奇的天性……”

情人多，并不说明社会上爱情多。也许正好相反，爱越少的社会，感情的乞儿多，情人就会越多。

相对来说，西方发达国家比较重视男女之爱，轻天伦和责任。即便如此，他们也不推崇一个人可同时有几个情人，或走马灯似的换情人。往往是有了情人，就会立刻排斥原有的夫妻关系或老情人，很难“共存共荣”。宁选择离婚，不选择欺骗，好像忍受不忠实的男女关系，比被骂作喜新厌旧、道德败坏的耻辱更大。

中国的道德传统是重天伦和责任的，喜欢男女之爱，幸福和谐，能充实生活。更希望能白头偕老。现在却出现了多情人现象，一个男子可以有几个女情人，一个女子也可有几个男情人。

所以，人们在理论上或在心里也许更尊重 A 君。女人找丈夫或许愿选择他，因为他代表了女人（包括现代女人）所向往的一种真正男子的品质：正直可靠，自尊自信，有自制力，能从严峻的现实出发考虑问题。而不是随心所欲又不负责任，小家子气，自私脆弱，玩世不恭闯红灯，闯了红灯又装孙子，任凭围观者嘲讽唾骂，往他身上泼脏水。因为小男人太多，就衬出了 A 君的可敬之处。

但在生活里，现代人们（尤其女人们）肯定更喜欢 B 君。因为在现代社会里像 A 君那样的人未免活得沉重，活得太累，那张拒人于千里之外的面孔太枯燥乏味，在社交场合会显得格格不入。人们毕竟不需要经常挑选安全可靠的丈夫！找情人、交朋友谁不愿意选个有情有趣的？

有一位朋友颇似 B 君类型的人，几乎无人不知他的风流。但没有人厌恶他。相反，在公众场合数他最容易受到大家的关注和包围。他聪明、随和，也相当坦诚。当朋友们用他的风流艳事取笑时，他不恼怒，也不用谎言推说遮掩，堂而皇之地风流，大大方方地追求，坦然自得地接受追求。当然也有情场失败的时候，胜败乃兵家常事，处之泰然。

他不是莫泊桑笔下的“漂亮朋友”，他不吃女人，不坑害女人，也没听说他拆散过什么家庭或为此吃过什么官司。他曾这样解释自己的“业余爱好”：“所谓风流，并不都像人们所想象的那样，单纯去追求什么‘生理接触’，当代社会最缺少的是真诚的情感、心的沟通和理解。有一些很好的女人，有知识，有专长，甚至也有一定的成就，但活得很苦，很孤独。是她们造就了我，而不是我造成了她们的痛苦和孤独。”

不言而喻，多恋现象当然是现代社会的产物，这位老兄的多恋似乎成了一种善举，至少不能算是“缺德”。因为这种多恋不同于封建帝王的三宫六院，是在双方自愿的基础上进行的，有需要才能一拍即合。一些人的痛苦和孤独得到暂时的排解和慰藉，对命运的不公，获得了一种报复性的快感。

B 君者流其实也成了一种工具，一种短期效应。也许还会引起饮鸩止渴般的后果。多恋就是分恋。一个人倘不是感情贩子，有多少真情能够同时分配给众多的情人呢？大凡多恋症患者，不论其素质优劣，层次高低，必不能跟每个人都全始全终，总有一天会周旋不下去，或无力再运转沉重的多恋机器。受伤害的是情人中的多数。

即便多情如B君者，感情取之不尽，用之不竭，可以同时分配给许多情人，这种分配也不可能是公道而平均的。他和其中任何一人的爱恋都不可能成为“伟大辉煌的爱情”，因为那种爱情的起码前提是“专一”。许多多恋症患者会对此大不以为然：谁会羡慕“伟大辉煌”呢？现代人重视的是眼前，一朝欢会胜百年，追求辉煌的一瞬，而不是平淡的永恒。可怕的是，总有人身不由己地陷得太深，过于痴情，把多恋硬拔高到“伟大辉煌”的境界。到头来当然会失望，白误了“卿卿性命”。

任何艳遇都有其自身的盛衰规律。待热情消退或人老色衰，都有个回头看的问题。怎样把握自己的人生，到回头看时仍然无愧、无悔、无恨，实在是一门很大的学问。

一位过来人说，人生在某一个阶段对浪漫的爱情看得很重要，认为相爱比相处重要。其实男女简单地相爱，比能够长期地相处要容易得多。随着年龄的增大，还会有一个阶段认为相处比相爱更重要。倘是在相爱中又能长久地相处，那就是很大的幸运、圆满的人生了。

现代多恋现象，究其实质是暴露了现代家庭的缺陷。在法律保护下的相处中忽视了相爱。所以才造成夫妻相守，与情人相爱。但它既然是社会现象，社会本身也会不断地做出调整。社会在改革前进过程中也是分成许多阶段的，某一阶段很可能会出现某种副产品，无须大惊小怪。随着人们生活质量和生命品位的提高，人们相爱的质量和品位也会相应地提高。

能够指出现代社会上存在着“多恋症”，也足以证明现代人的清醒。至于在感情问题上太清醒是好是坏，那就难说了。不是还有一句很时髦的老话，叫“难得糊涂”吗！

装糊涂者不糊涂。“难得糊涂”就是有难得的精明，至少保护自己不受到伤害是不成问题的。

现代人的牙齿问题

在美国，一个优秀的牙科医生，年薪会高过美国总统。

——这说明现代人格外重视牙齿。而牙齿偏偏又最爱出毛病。最近，英国公布了一项研究成果："由于金融业的竞争异常激烈，在这一行就业的人要长年咬牙拼搏、背负沉重的精神压力，渐渐养成了咬牙切齿的习惯。有些人不仅白天咬牙切齿成癖，连夜里睡觉的时候也将牙齿磨得吱吱嘎嘎，响声刺耳，以至于造成不少配偶离他们而去，或分房而睡。可想而知，这些人的牙齿磨损严重，提前松动或脱落，结果使得牙医生意兴隆。"

难怪金融一条街上都有牙科诊所呢！

其实，白天需要咬牙切齿，夜里暗自磨牙的又岂止是金融行业的人呢？眼下哪个行业竞争不激烈？哪个人的精神负担不重？所以，现代人天天叫喊要补钙、补钙……因为牙齿就是一种高钙质的东西，补钙也等于补牙。

到下个世纪，会不会人人都有一副“铁嘴钢牙”？

比较起来还是中国人更厉害，为了适应新形势，为自己生存得更好，干脆多长几颗牙或在不该长牙的地方也长牙。据报载：沈阳一30多岁男子，一侧鼻腔长期不通气且伴以出血，以为得了鼻窦炎，到医院一查才知鼻子里长出了一颗牙！

——医生称其为“多生牙”。

好，现代人仅仅嘴里有牙是不够的，有那么多好吃的东西需要咀嚼，有那么多可恨的事情想用嘴去咬扯，最好连眼睛里、耳朵里也长出牙齿。

人们常常挂在嘴边的“老掉牙”三个字，描绘出人老了以后的惨景就是掉牙。没有牙就失去了战斗力、失去了竞争力，也象征着生命力已经衰颓。现代人强大的标志就是要有一口好牙，或一身好牙——过去人们用“武装到牙齿”来形容最凶恶的人，现代人则希望用牙齿武装到全身。

向动物学习

1. 龙——是中国人的图腾。

龙的优势在于腰。腾、转、挪、闪，全靠腰的功力。掌握和支撑庞大的身躯也仰仗腰。

人断了双腿，有轮椅代步。断了双臂用脚写字。腰椎一断，灵魂顿失，不死也废。

腰支撑的不仅是人的躯体，还有人的精神和尊严。

2. 龟——动作缓慢，且经常露着眼睛缩着脖子，有东西一碰立刻将头闪电般地缩进自己的硬壳。它是进慢缩快，慢是为了缩，动作太快就会缩不及。此物却被人类奉为智慧和长寿的象征。它的智慧在于缩，能长寿的原因也是因为会缩。

缩是防，是养，是暗笑，是“无为而无不为”。

狂躁的寿命只有几十年的人，却骂它为“缩头乌龟”——岂知它这一缩，就缩成了“千年的王八万年的龟”。而文明人类的历史才不过几千年。

龟才是历史的吉祥物。

3. 鹤——吃得很少，从不吃饱，经常是空腹。正因为它永远空腹，才飞得起，飞得高，能以高空为家，人云：天是鹤家乡。野鹤如闲云。

空腹，头脑就清醒，不忘追求。

人的拖累就是肚囊，一辈子为肚子忙乎，肚子塞饱了又会犯困。待到大腹便便，方知肚囊的累赘。甚至到人死了，肚子还是个垃圾筒，鼓胀得很高，惨不忍睹。

空腹诞生的时候那么可爱，满腹告别世界的时候那么丑陋。

4. 西安华山厂16街坊有一姓王的人，养着一只母京巴狗。有一次此狗陪主人外出受到一只公狗的非礼，回家后便足不出窝，拒绝进食，三天后饮恨含羞而死。

人类常以“母狗”诟骂淫荡的女人，看来是冤枉了母狗。“你这个狗娘养的”也许成了一句褒奖的话。

报纸在发表这一狗新闻的旁边配了一条人的新闻：新疆精河县82团基建公司周某夫妇进城采购，周某发现小偷拉开了妻子的挎包拉链正欲行窃，他不敢阻止小偷却打了妻子一巴掌，以提醒她看好自己的包。周妻为丈夫的软弱、窝囊行为感到无地自容，很快就办妥了离婚手续。

5. 天津宝坻县王卜镇一王姓农民，养了两只下蛋很勤的母鸡，有一天，其中的一只因下蛋脱肛，主人便把它杀掉炖着吃了。另一只母鸡为同伴愤愤不平，以绝食抗争，并“咯咯咯”地悲鸣不已，数日后气绝身亡。

动物越来越有廉耻、越有志气，人却越来越卑鄙无耻。人类咒骂同类有一句很恶毒的话叫做“你这个畜生！”当为自己开脱时，则喜欢说“大家都是人嘛”。言下之意因为是人，无论干了什么缺德的事、龌龊的事都是可以理解、可以原谅的。今后再把人骂成畜生，实在是抬举人类了。骂动物中的败类，倒可以用这样的话：“你这个人！”

6. 四川野生动物专家发现母猴也搞同性恋。

——如此看来猴子真是人的祖宗！

7. 俄罗斯大马戏团的驯虎员贝尔纳排练了一个“老虎和人相

爱”的节目，久而久之，忠诚而单纯的雌虎苏尔塔娜真的爱上了男主人。每当这个节目一开始，贝尔纳无须用鞭子，雌虎就表现得缠绵妩媚，柔情万种，激动得观众掌声不断，如痴如醉。

男主人却利用雌虎的痴情大赚其钱，大抬自己的身价。一次在斯德哥尔摩表演“人虎相恋”时，惹得体重 320 公斤、曾咬死过驯兽员的雄虎雷克斯醋意大发，怒不可遏地扑倒贝尔纳，正要把他撕碎的时候，雌虎苏尔塔娜扑过来营救自己的恋人，和身躯庞大凶猛的雄虎打在一起，最后终因不敌被活活咬死。

她不惜以性命救护下来的恋人安然无恙，继续和别的雌虎表演假相恋。

当今社会，骗婚骗色的事情几乎天天都有，人类不仅骗同类，又开始骗取动物的情感。动物保护协会应该赶快制定禁止人类对动物进行性骚扰的措施。

8. 居住在美国阿拉巴马州的斯图尔迪夫妇，收留了一只在他们花园里吃浆果的雌鸸鹋鸟。此鸟身高 1.80 米，可能是对他们表示感谢，每天亦步亦趋地追随着他们，并从喉头发出怪异的声音，像是歌唱，又像是求偶，令斯图尔迪夫妇惊慌不已。他们向天鸣枪，希图吓走鸟小姐，但雌鸸鹋不为所动，照样追随着他们歌唱不已。

斯图尔迪只得打电话向动物管理部门求助，据动物管理部门的人讲，这只雌鸟显然是喜欢上了男主人。

——这只是人类的解释，是人类的一面之词。而且是典型的“叶公好龙”，向大鸟表示友好在前，当大鸟回报他们的好意时又惊恐万状。

怎知雌鸸鹋就是爱上了男主人，而不是向他表示友好？人类一听到雌的就很容易联想到性，联想到爱，可谓以小人之心度大鸟之腹。

还说明，人类家庭已经脆弱到怕一只雌鸟来插足！

9. 墨西哥库拉若州的选民，对无能且生活腐败的议员恺撒·门多萨深恶痛绝，为了赶走他竟投票选举一头 28 岁的驴为库拉若的新“议员”。

无独有偶，作家张长著文，中国某地人民代表大会换届，群众投票时将三名“人大代表”候选人画“×”，改选化肥、农药、柴油。

前者体现了墨西哥人的幽默和舆论的无畏，后者体现了中国人的老实和无奈。民以食为本，国以民为本，人民代表不为民办事，不如变作化肥更实惠。

10. 瑞典向科威特出口大批狼尿，撒在公路上吓跑麋鹿、骆驼等动物，以免它们影响交通。

哎呀，连狼的尿都这么厉害！

人们常说“狗屁不通”，狼尿却可大“通”。瑞典又是怎样采集“大批”的狼尿呢？莫非瑞典野狼都懂得定时定点地往准备好的容器里撒尿？

11. 英国威尔特郡撒菲拉动物园，绞尽脑汁想让两只害羞的猩猩交配，好制造出下一代。根据它们喜欢看赛马和其他动物生活录像带的经验，管理员给它们播放色情录像带，希望能刺激起两只雌雄猩猩的性欲。结果它们频频打呵欠，毫无反应。

这才叫“以小人之心度君子之腹”哪。人类喜欢观看同类或其他动物的交配，以为动物也会像人一样。岂料，动物对人类喜欢干的勾当竟全无兴趣。

12. 美国33岁的银行家泰勒·戈斯莫，性格内向，找不到女友，娶母马为妻。又一美国人哈克尼斯，厌倦了与女人闹别扭，最后悟出他一生中真正爱的是自己的车，于是和卡迪拉克结为夫妇。还是美国人汤森，经历多次恋情后嫁给了自己。还有娶羊为妻的，与机器人、电脑、母牛、蟒蛇结婚的……这都不算什么，最绝的是哈尔滨的葛某，娶断气的姑娘为妻，敢与死人结婚。

他们争奇斗怪，热闹了半天，还是跳不开结婚这个俗套子，还得要这个形式和这份名义。这却给正常人带来麻烦，我奉劝诸君，当你看到一个人和一件东西在一起，或一个人和一个动物在一起，千万别乱打招呼，自以为是地乱下定义，没准人家是一对夫妻。

小人效应

何谓小人？《现代汉语词典》里解释为：“品格卑鄙的人。如，‘小人得志’。”可悲的是小人多“得志”。

“小人得志”成了一种社会现象，形成一种很大的破坏力。

小人能量大。一个很好的单位，有一两个小人泼命一搅，或到上级部门告恶状，或在下面公开捣乱，轻者使有功的变为有过，使好人变为灰溜溜心冷意懒的人，使好单位变为坏单位，人心涣散，效率大滑坡，由盈变亏，陷于不死不活。这还是轻的，重者能把一个好端端的人或企业毁掉……谁没见过或听过这种小人魔术？又有多少优秀分子没有被这种小人魔术伤害过？

不管人们喜不喜欢“人治”，都无法否认领导者的个人因素对一个单位的决定性影响。换上一个好头头就可能使一个坏单位“起死回生”，撤掉一个好头头就可能使一个好单位“落花流水”。连美国人约翰·奈斯比特都认为，个人的时代已经到来，承认个人的作用是“21 世纪大趋势”的主线，“个人可以更加卓有成效地左右社会的改革”。

既然能靠“人治”，也就可以靠“人乱”。小人攻击的目标常常是那些对单位有“决定性影响”力的人物。对治理企业有方的人整治一下，企业还能不乱吗？

小人真有这么厉害？

是的，一个小人的破坏力往往能胜过成百上千个好人的建设力。挨过整的人都有过这样的感慨，到关键的时候，那些众多的他曾信赖的，同时也曾信任过他、支持过他、从他身上得到过好处的人，都帮不上他，听任一两个小人闹得天翻地覆。好人能背后着急，偷着说几句同情的话，就不错了。

好人怕惹事。而软弱会助长邪恶，使当代社会有形无形有意无意地纵容破坏力，不保护建设力。不仅一般老百姓怕惹事，相当多的领导干部也怕惹事。一出了事，不先怀疑告状的，不先责怪闹事的，总是先埋怨被告，一腔怒火先对老实人发。即便查清老实人是被冤枉的，也还是要说：“你惹他干什么？终究是无火不冒烟，他抓不着你一点影子也不敢乱告嘛！”真所谓“宁得罪君子，不得罪小人”。

先告状就沾光，所以恶人先告状。俗云神鬼怕恶，何况人乎？怕惹事就是怕小人。小人深知这一点，闹事之前先把领导困在自己的效应场里。早在许多年前，群众就为小人总结出一句话：“花上八分钱，够你忙半年。”现在打小报告的手法更先进了，意欲牵着领导鼻子走，先激怒领导，让他发脾气、讲话、做批示、成立调查组，闹得满城风雨，先祭起舆论的大刀砍杀一阵。不论将来调查结果如何，小人先胜了一招。

领导也好，舆论也好，总是对好人严，对小人宽。制度往往是整治那些遵守制度的人，而好人多不善于利用正确，小人却善于制造“运动”，利用“运动”。他们“没有运动盼运动，不搞运动不会动”。他们相信，要使自己发达，最容易的办法就是让另外一些人倒霉。

不损害别人的人会经常受到损害，经常损害别人的人自己安全。正如癌细胞不怕好肉，好肉惧怕癌细胞一样。

小人效应对人们的精神构成了最大的毒害。说真话并不容易，说假话却并不困难，十个人叙说同一件事会说成十种样子。于是社会上真诚少了，歪理多了。一件事有多少人参与就有多少道理，听谁的话都有理，唯独真诚没有理。小人正是利用社会的复杂，利用人们对坏事的好奇心，不断制造“轰动效应”。

好人说话做事讲究人格，自尊自重，受社会的约束，也受自己的约束。小人没有格儿，更没有自尊自重的负担，所以无拘无束，享受更多的自由，在以好人为主的社会上，小人无形中成了特殊的享受“优惠政策”的人。长此下去，不能不让人担忧，小人的队伍会逐渐扩大。

何况，小人还不一定就是小人物。

各个阶层都有小人——这也许就是为了维持人类的“生态平衡”。明眼人一看便懂，本文并不是在有意制造“小人恐怖”。

选美和四环素牙

1991 年天津市举办第一届“月季小姐”评比，请我做评委，我坚决拒绝了。1993 年 3 月，《特区文学》的主编请我去深圳做“东方小姐”评选的评委，我又拒绝了。理由很简单，窃以为这些如火如荼的选美活动大多出于经济目的，属于商业活动，劳民伤财。我又何必去凑这份热闹，甚至还会挨骂。

美是一种审视角度，一种感觉，一种自然，一种清静。热热闹闹地在大庭广众之下选而出之的美，必定要有技巧，有表演，有运气，还有声、光、电及诸多因素的成全。这本身似乎就不太美了，至少美得不够纯粹。自知这观念失于偏颇，几近迂腐。好在选美对我来说就像我对选美一样无足轻重，随便想想，未加深究，一闪而过。

1993 年 5 月，天津市举办第三届月季花节，同时评选“月季小姐”，搞得轰轰烈烈，我仍能保持听而不闻，视而不见，选美与自己相距十万八千里，对其本质所知甚少，何必操闲心，说闲话。后来不知是月季花戏弄我，还是命运戏弄参加选美的小姐，当“月季小姐”的评选进入决赛的时候，由于一条无法拒绝的原因，即组织此项活动的是一个朋友，几乎是不由分说就把我拉到现场，推到评委席上。理由是这次选美“要增加艺术性和权威性”，于是便请来了一些有“艺术性和权威性”的评委，其中还有另一个蒋家人，即美国中文电视台总裁蒋天龙，电影导演凌子风，美籍华人靳羽西等。

我这样被迫亲身参与一番选美，感慨自是不一样。

被选出的“月季小姐”，可能是参赛选手中比较美的。但绝不是天津市最美的小姐，当你近距离观瞧这些小姐的时候，其中一些优秀者给你的最好印象也只是“还不错”，绝没有那种美得迫人、美得能剥夺你的想象力的魅力。也许在日常生活中，作为一个普通姑娘被周围的人认为是很美的，但站在选美的舞台上，人们品评的眼光和标准就不一样了，要在大庭广众之下征服千千万万个各式各样的怀有各种不同审美情趣的人，这就难多了。

由此推论，所谓“东方小姐”，并非是整个东方最美的小姐，“美国小姐”也不一定就是全美国最美的姑娘，“环球小姐”更不等于是世界第一美人。但这称号的产生又是公平的。谁如不服气都可以报名参赛，一决高低。

站在选美台上，以美比美，美中选美，难有完美。每个小姐的缺陷都被人看得非常清楚，选美实际是很残酷的。参加选美必须先学会笑，而笑是不可能不露齿的，对女人来说，牙齿是很重要的，古人形容美女是“齿如含贝”，“樱桃红绽，玉粳白露”。而我们这些 20 岁上下的小姐，大多是一口四环素牙——此药现已淘汰，在她们幼年的时候，此药正流行，发烧或有炎症，都用此药救急。此药的其他副作用自不必说，对牙齿的腐蚀却是有目共睹了。脸可以用高级化妆品涂白，唇可以抹红，牙怎么办？既不能化妆，又不能掩藏，一张嘴，红唇黄牙，血唇污牙。

天呀，大煞风景，令人不忍多看。因此，对这些小姐只可远观，不可近瞧。近瞧那明显的外表和内在的缺陷，会让你产生一种怜悯，一种同情。

选美有一道必不可少的程序，就是选手们泳装亮相，展现形体的美。形体很重要，一般的年轻姑娘也不缺乏这方面的优势。但这些小姐的形体只能算得上匀称，漂亮，没有个性，千篇一律。更没有构成形体文化，缺乏内涵，一览无余，因之就没有魅力。正如中国的许多男性影视演员，一脱衣服就惨了，没有肌肉，松松垮垮，再加上不会运用形体语言，缺少形体文化。

尽管如此，展示形体或穿上各式各样漂亮的衣服表演，是选手们乐意干的，大体上也都能应付下来，不会出太大的纰漏。最惨的是当场回答问题，这要表现选手的精神气质、文化修养、应变能力。没有太难、太怪、太偏的题目，却仍有人说蠢话、说错话，半天答不上来，或吞吞吐吐、语言无味、东拉西扯、言不及义。更莫提简练、准确、机智的幽默了。

文化素质太差，由于金钱的力量在幕后导演选美活动，可谓商业搭台，美女唱戏，主题是钱，是商业竞争。在色彩缤纷，烟雾腾腾，以及音响的狂轰滥炸中，选美很容易变为选“绣花枕头”，重外表轻气质，重泼俏轻优雅。而这次选美由于有了我这样一位苛刻的评委，恰恰使两位内在素质不错的姑娘沾了光——这件事只有我最清楚，却只能说到这个程度。

这场马拉松式的选美到夜里12时才结束，小姐们有的高兴，有的沮丧。我相信她们中的成功者也未必很清楚自己为什么能成功，失败者也不一定知道自己败在哪里。商界的大亨们以及领导人上台为获胜的小姐发奖，大厅里却已空空荡荡，只有他们自己的笑容相互陪衬。

我已经不胜其苦，不胜其烦，逃跑似的离开体育馆。回家后记下这篇短文。此文发表后就不会再有人请我当选美的评委了，惟愿如此，谢谢。

寻找悍妇

几个朋友难得聚在一起，商量怎样帮一个人的忙。这位仁兄在大学教哲学，刚过五十岁，一副落魄的夫子相。皮瘦发长，懦弱有余而精气神不足，妻子去世两年多了，看上去他活得蛮艰难。当务之急是为他找一个伴儿，以他的这份书卷气大家一致认为配一个温柔贤淑的女人最合适。

他却断然反对：不，我要找一个疯狂而又强悍的女人！

大家哄堂一笑，以为他是开玩笑，于是也开玩笑地说：凭咱这身子骨，弄个疯狂的女人驾驭得了吗？

殊料他是认真的：我不想驾驭疯狂，只想受到疯狂的保护。社会变得强悍了，强胜弱汰，一个文弱书生活得已经相当困难了，再配上一个温柔贤淑的女人，岂不活受罪？我需要的是一个强人，是河东狮子吼！你们想，人活着离不开“衣食住行”，“衣食”要去买，买要去市场，市场上漫天要价，你要讨价还价，砍价杀价，甚至还得争扯吵骂，弄个温良贤淑的行吗？倘是泼妇悍妇，那就应付裕如，你不必担心她会吃亏，不沾点光就算谦虚了。再说“住”，我的马桶坏了半年啦，每逢下雨房顶漏水，自来水龙头也裂了，我往房管站跑过不知多少次了，人家或者不理不睬，或者三言两语借口没钱没人就把我打发回来了。这本来是他们应该干的，倒变成了我去求人家，偏我一不能争二不会吵三不会送烟送笑送好话，这叫人善有人欺，马善有人骑。我生性懦弱，从来没有想过要欺负人，可也不能老被人欺侮。世上所有不公正都因胆怯而生，倘我身边有一个恶妻，这些事不用我出头，她自会找到房管站去理论，勇悍所到之处就有希望，必能讨回公道，争得自尊。还有关于“行”的问题，我的经济条件不允许我外出时坐出租汽车，乘公共汽车就要敢冲敢抢能挤，这又是我的弱项。倘身边再带一个温良恭俭让的伴侣，岂不是要我的好看？以上谈的还都是生活琐事，人活着还有一些更重要的事情，比如又要评职称了，需要有人替我去疏通关系，我有两部书稿放在柜子里因为没有钱而不能出版……

大家终于听明白了，这位仁兄哪里是想找老婆，纯粹是想找一个女老板、保护神，至少是想找一个能当保镖的管家，或者是能当管家的保镖。我问：找一个这样的女人你自己就不怕受她的气？

他说：只要她肯嫁给我就是我的人，或者说我是她的人，受老婆的气总比受外人的气要好，两害相权取其轻。何况我在生活中常处于逆境，只能先解决主要矛盾，而女人的勇气是逆境中的光明，能帮我抵御世情的险恶，摆脱困境。

我自告奋勇可以承揽这件事，因为我认识一个公安局的人，他肯定知道到哪里能找到凶悍而又单身的女人。朋友们立刻向我使眼色，责怪我不认真，拿朋友的感情大事取笑。我们这位哲学副教授想找一强悍的女人做伴则是非常认真的，并非怄气发牢骚。但女流氓、女强盗、女疯子不在考虑之列。这个女人应该比他强大，里里外外一把手，能够照顾他，保护他。说得再明白一点，我们要给这位朋友找一位年龄比他小的母亲或姐姐。

这使我想起一位女哲人的话，她说男人永远是孩子，真正强大的是女人。女人之所以强大，因为是母亲，做母亲是个具体、细致、漫长的过程。而男人做父亲则要简单得多，抽象得多。现代工业文明尤其把男人雕琢包装得太精致，太做作，看上去油光水滑、白白嫩嫩，但男人的本质正在丢失，原始的力度在蜕化，骨子里不得不渴求女性的爱护。

我不免对朋友按自己的想法续弦多了一些理解和信心，我经常从报刊上见到呼唤女性温柔、抱怨家有恶妻的文章，如今有人专门想寻找一位“恶妻”还不容易吗？

遂写此文，替友征婚。有意者请跟我联系。地址：天津新华路237号，邮编：300040，请在信封上注明“应征”字样，以免延误，无论成败，信件概不退还，并谢绝登门面访，相互面试时间另行通知。

以鼻取人

只要稍微留意一下每天的报纸和电视新闻，就会发现全球到处都充斥着谎言和欺骗，各种诈骗案层出不穷，花样翻新。现代科技那么发达，现代人那么精明，难道就找不出识破谎言、杜绝诈骗的办法吗?

回答是：有了。

对什么都爱研究一番的西方人，已经找出了现代人说谎的规律，知道了是哪些人爱撒谎，他们撒谎的时候有什么样的特征。结论是惊人的：原来学历越高的人越爱吹牛撒谎。

美国，又是美国的弗吉尼亚大学的研究人员，对3000名来自不同阶层的人士进行分析，受教育程度越高的人，撒谎的频率也比平常人高。普通人每对话十分钟，会有五分之一的人说谎，但拥有大学以上文化程度的中产阶级人士，说谎的比例达到三分之一。因为良好的教育丰富了这些人的词汇并增加了他们的自信，令他们说谎的机会大大提高。当然，他们在大多数情况下是扯一些无伤大雅的“白色小谎”。

还有就是受过良好教育的现代女性，吹牛讲假话的能力正在渐渐超过男性。她们不再像从前那样只在不得已的情况下才扯些小谎，而是开始向男性看齐，特别是涉及金钱和性的话题上也会自吹自擂一番。据调查发现，“美国有 68%的男性在面试时扯谎。女性为 62%。在办公室，越来越多的女强人学会了讲大话，为了利益撒谎。在以前，这原本是男人的专利。”

不管他们多么的有文化和充满自信，在撒谎的时候也不能做到完全地镇静如常。科学家们找出了撒谎者的 23 种特征，学术名词叫“撒谎时语言和非语言的客观指标”，比如：“擦鼻子、口吃、清喉咙、避免凝视、较少眨眼睛、喝水多、咽唾液多、讲话爱出错以及否认自己说谎等等。”

美国最高法院的大陪审团在审定克林顿绯闻案时认为他说谎，根据之一就是克林顿在作证时，一分钟之内竟摸了 26 次鼻子。芝加哥“嗅味与味觉医疗研究基金会”的专家艾伦 · 赫希作出了令人信服的论证：“人讲假话，鼻子的勃起肌便会充血肿胀，肿胀后的鼻子跟着就会发痒，迫使撒谎者搔痒、擦鼻子或摸鼻子。”

难怪西方人的鼻子长，原来是撒谎所致，经常地摸、拉、揉、擦，时间长了鼻子焉有不长之理。正好他们的文明程度高，受的教育多，经济发达，完全具备他们自己的科学家考证出来的撒谎资格。

如此说来根据鼻子论人，还是鼻子小一号的东方人更老实一些。这一科研新成就还提醒现代人在谈恋爱、交朋友、招工或选上司的时候，要注意观察对方的鼻子，要挑选那些瘪鼻子、塌鼻子和小鼻子的人。对那些高鼻子、鹰钩鼻子、蒜头鼻子、酒糟鼻子要格外当心了。

自从我知道了现代科学关于撒谎的最新研究成果之后，再走进任何一个会场都格外注意周围人的鼻子，发现克林顿尽管口才极佳且以撒谎闻名于世，但跟东方的撒谎者相比，还是小巫见大巫。我见过的撒谎者大都正襟危坐、道貌岸然，鼻子不长，却言不由衷，嘴不应心，大谎一撒几十分钟甚至几个小时，从来不摸一下鼻子。你说高不高？哪能像克林顿那么笨，一分钟摸 26 次，平均两秒钟摸一次，折腾得人心烦，还不如就摸着别动了！

但是，科学就是科学，只要你观察得认真，就会发现东方撒谎者的其他特点，比如“清喉咙”，在我们的会场上这太普遍了，呵咔啊呵，毛病可多了，貌似威严，实际是在掩盖撒谎。“喝水多”，一出场或一上台手里必端个大茶杯，有人自己不端，由服务人员给端，中间还要不断地往茶杯里加水。“较少眨眼睛”，紧紧盯着手里的讲稿哪还敢眨眼睛，要不就是看着空中，眼睛无神，目光散淡……

我猜，不善撒谎的人读了这篇短文，根据科学家列出的特征判断撒谎者，使自己少上当。而惯于撒谎者读了这篇短文之后，一定会在暗地里加紧练习，希望能在撒谎时克服那些被科学家总结出来的“语言和非语言的客观指标”，做到不动声色地撒谎，撒了谎又不带出一丝痕迹，让人无从查考。最可悲的是逼迫性撒谎、职业性撒谎和习惯性撒谎，不撒谎不行，堂而皇之。听的人明知他在撒谎，不听不信还不行。

有位诗人发过这样的感叹：人啊——人，叫我说你什么好呢？

那就什么也别说。

拥抱的技巧

拥抱——是人类为了表达亲密、亲热、亲爱等等美妙情感的妙不可言的一种举动。不，不止是人类，动物也会拥抱，也有拥抱，在一些美妙的时刻也离不开拥抱。

心理学家早就论证过了，拥抱对调节精神，增进情感，加深交流，改变心理状态乃至促进人的微循环，都有莫大的好处。尽人皆知的例证是运动员在出场比赛前，被教练或亲人拥抱一下，就会缓解紧张情绪，在比赛中能正常发挥，甚至犹如神助，有超水平的发挥。

亲人们久别重逢，战友出征或大难不死凯旋而回，运动员得胜归来或悲壮地失败，朋友历尽劫难后相聚，无论是喜极，还是悲极，都需要拥抱，没有那紧紧地一抱，就不能表达那份特殊浓烈的感情。处于爱恋中的情人们就更不要提了，没有拥抱爱情就不知道该怎么办?

人类需要拥抱是天性，是遗传下来的，每个人都是被抱大的。在幼儿阶段，不会坐，不能站，更不会走的时候，是不能离开母亲和其他人的怀抱的。人在告别这个世界的时候，倘若不幸久病在床，生活不能自理，再一次经历回到亲人的怀抱的阶段，那已经不是心理的需要，而是生存的必需了。哪个人不希望死在自己最亲爱的人的怀抱里呢？

拥抱的方式多种多样，拥抱的技巧层出不穷，拥抱的目的千差万别，影视作品里常可以看到这样的镜头：黑道人物，间谍或一些被坑害苦了的人，在拥抱中悄悄腾出一只手，掏出刀子、手枪或其他武器，给正陶醉在拥抱中的对方以致命的一击!

拥抱用来对付敌手同样有奇效。至少有两大妙用：其一，瓦解对方的斗志，让他产生幻想，还以为你真的对他好或想跟他亲热哪！其二，紧紧地抱住对方就等于捆住了他的手脚，这时候你想出拳脚或动刀子，就便利得多了!

希特勒在挑动起第二次世界大战的前期，就曾和英、俄等国签订了友好和互不侵犯条约，在条约签字的时候双方首脑难免要相互拥抱一番。这是多么阴险的拥抱!

在生活中受了伤害的人，很少是因为公开打斗被打得鼻青脸肿的，往往是吃了被拥抱的亏。即所谓“笑面虎”，“笑里藏刀”，以你的哥们、姐们、好朋友的面目出现，这些人不仅会拥抱你的头，你的脖子，你的臂膀，必要时还会拥抱你的腿，你的脚，那样你就更容易被摔倒了。鲁迅就曾提醒人们要横着站，横着站不仅能看到来自前后左右、四面八方的攻击，还能防备拥抱下的暗算。现代的腐化堕落也往往是在拥抱中发生和演进的，人情、爱情、亲情或金钱，都可铸造成手臂，把人拥抱得舒舒服服，晕晕乎乎，以至不知所以。

但是，出神入化地利用拥抱取胜的高手，是美国拳手霍利菲尔德。还记得那场让他一抱成名的比赛吗？他比泰森年长四岁，体重也比泰森轻，风传心脏不太好，且屡屡败给里迪克·鲍。而里迪克·鲍又是泰森的手下败将。美国赌博公司、拳击界的权威以及绝大多数看热闹的观众，公认霍利菲尔德对泰森只有 1∶7 的胜率。因为泰森出狱后仿佛经过再造一般，横扫世界拳坛，如疾风吹落叶，有的用几秒钟，有的用几分钟，便把对手打倒在地。然而就在他史无前例、登峰造极地创造了自己是不可战胜的神话的时候，却生生被一个大家都不看好的老“病夫”给抱输了。

霍氏打败泰森的诀窍就是：拥抱！

泰森的特长是快攻、强攻，近攻，一上来就猛攻。然而从第一个回合的第一招儿开始，泰森一扑上去就被霍氏抱住，使泰森的铁拳变成了空拳、死拳。泰森不停地攻，霍氏不停地抱，死抱、强抱、硬抱，缠缠绵绵，难舍难分，每一个回合都需要裁判一次次强行把他们拆开，一次次向他们发出要出拳不要拥抱的警告。然而霍利菲尔德照抱不误。在拥抱的过程中，瞅冷给泰森来两下。

泰森大概什么都想到了，比如一场恶战，一场近身战，一场速战速决的快战，或者是一场艰苦的持久战，等等，就是没有想到霍利菲尔德会这么亲热地、熟练地、死皮赖脸地、心怀叵测地、反反复复地，有耐性有毅力地不断拥抱他。他先是被抱烦了，想冲开霍氏的拥抱，由于冲得太急被对方一闪一推来了个屁股墩。泰森一跌倒，方寸大乱，渐渐被霍氏的拥抱把性子给磨没了，给抱傻了，不知如何对付对方的两只长胳膊，而不是拳头。这时候主动权就由善于进攻的一方转移到善于拥抱的霍利菲尔德手里，想抱在他，不想抱也在他，一旦他看准机会就松开胳膊改用拳头狠揍泰森。泰森先被抱得手足无措，而后是被打得蒙头转向，焉有不败之理？

泰森 30 年人生受过两次重大的打击，都跟拥抱有关。第一次是强行拥抱华盛顿小姐，以强奸罪被判入狱 4 年。第二次就是被霍利菲尔德的拥抱抱掉了头上的光环，其损失不亚于前面的 4 年牢狱之灾。

西方有句格言：不要轻易松开拥抱着的双臂。还应该再加上一句东方式的格言：小心被拥抱。特别是在不该拥抱的地方被拥抱。

运动生涯

你知道徐福生吗？球迷们大概还不至于太健忘，上个世纪50年代的国家队队员。2003年10月15日，他骑着自行车在北京大街上与一辆轿车发生了轻微的接触，轿车司机在口角当中挥出一拳，打中徐福生的左耳根子上，随即倒地而亡。

在这儿没有篇幅评论这场事故，我只想说它让人看到了竞技人生的脆弱。一个当年在球场上头顶脚踢，闪转腾挪，能够在急速奔跑中进行拼抢和对抗的人，就这么在大街上被人一拳毙命了？能踢足球的人身体当然要格外好，耐力、速度、强壮、敏捷、柔韧……到他不能踢球了，也就是说这些优势全都用完了，光剩下劣势了：身心疲惫，布满伤痛，有的甚至成为残疾，多者可收获三四项残疾证书。

人们平时看到的往往是运动员最风光的一面：我后横怒起，意气凌神仙，身轻一鸟过，球急万人呼。因此很有些女人认为当今世界最性感的男人都在绿茵场上，贝克汉姆就曾多次被评为全世界的“性感偶像”。可有谁知道，还有一部分球员刚刚40多岁就失去了性能力……你真的知道什么是运动吗?

滚圆的足球是由好几块并不滚圆的皮子缝制而成，它有接口，有缝隙，有里有外，外面被踢磨得精光，里面和接口处却藏着泥垢和被血汗浸泡的痕迹。它充足了气可风靡世界，然而世间所有充气的东西总有泄气的时候，比赛是短暂的，生活是漫长的，更别提伤痛还会放大漫长。这就是足球人生。一旦和足球结缘，就像中了魔力，足球和人生，球运和命运就再难分辩清楚。球就是人的命，人就是球的魂儿。其他竞技运动又何尝不是如此?

天津有一足球运动员，因伤痛折磨英年早逝，生前曾留下遗愿，请家属和队友趁黑夜将其骨灰偷埋于球场之下，让自己的魂魄永远熔铸于绿茵场上，为后来的球员加油、助威。生不能看到中国足球扬威于世，死了化成灰也要给中国足球壮胆、保驾。

这是典型的运动人生。赛场上是养小不养老的，它给体育命运添加了一种悲壮美。

赛场上的人生最是酣畅淋漓，波澜壮阔。但也残酷激烈，风云难测，胜败转于一瞬，忽而大喜，忽而大悲。而运动生涯的全部魅力，也正在这里。运动员的命运是由信仰和忍耐构成。可谓运动造人，人生如运动。迈开两条腿，上边顶着个脑袋——这就是“人”字。这个字其实也包容了运动的全部涵义：必须奔跑，连续不断地奔跑，被绊倒了爬起来再跑，如同只要有生命就必须活下去一样。

人的生命本身正是如此，无时无刻不处于运动之中，绝对静止就是死亡。

因此运动着的生命充满渴望，如饿虎扑食，鹰击奔兔。唯运动才能最生动地体现了人类生命本质中的这种渴望。有了渴望就会有动力，有感觉，凝聚、爆发、拼抢，发机如惊焱，往纵从风旋。人生突然变成瞬间的事情，输赢往往取决于最后的一秒或百分之一秒、最后的一枪、最后的一箭、最后的一个球……球飞进对方大门就是生，旋进自家网底就是死。

鸟儿有巢，蜘蛛有网，人类有门，有各种各样的门。竞技场上的大门是天堂和地狱的入口处。别看赛场有限，运动生涯却极其广阔。世界上的大多数人终其一生不过是活在自己出生的地区，而运动的生命舞台至少是以整个国家为背景，而他们的视野则必须是整个世界。生命苦短，人生几何，运动使其凝练、精彩，可发挥到极致，瞬间辉煌。有生如此，夫复何求？

人类创造了体育，体育又创造了人类。

赛场是地球的缩小，赛场上映照出现代世界的影像。现代社会的所有元素赛场上都包括了，现代人类的本质也蕴涵在体育运动里。比如足球界有着各种详细的规则，而现实的足坛却纷扰混乱，让球迷几乎不知该抱怨谁？这和庞大的地球现状几乎毫无二致。地球上有多复杂，赛场上就有多热闹。

可见人类既非天使，亦非野兽，不过是个运动员。人类的各种品行体育运动里都包括了。人类所有跟外界接触的部位都是球形的：头顶、眼珠、鼻头、嘴唇、手指肚、膝盖、脚后跟、脚趾肚、屁股……只有圆的东西才能强韧，圆滑，不怕碰撞，且能钻能挤能飞能转。因此足球所代表的体育人生最大的优势就是永不绝望，拒绝胆怯。足球滚圆，滚来滚去，今天败了明天照样滚，气瘪了可以再充气。

你只要一看到足球又在滚动飞旋，立刻就会抛弃所有绝望，重新恢复希望和感动。有时即便是最轻率蛮勇的拼争，却会导致意想不到的成功，随即便让人恢复了希望和感动。

体育运动喜欢铤而走险，在创造中显示力量。因此运动生涯是夸张的，有夸张才有激情，这一场激情的消失便孕育了下一场激情的爆发。有激情热爱运动的人，一般都热爱生活，一阵失望过后随即又燃起一种新的希望，永远都对体育运动怀有特殊的希望和感动。

体育就是人生，就是每个人自己，所以才能成为世界性的拥有最多信众的宗教。而宗教就需在感动中提升。如果你不希望，又怎么会感动？没有感动，生命就会荒芜，变得平庸和倦怠。只有希望才是四通八达的路，路路通向感动，体育运动恰好就刺激了现代人这种感动和希望。

来自林阿香们的恫吓

福建一农民，捡到了一个名为林阿香的身份证，他端详着这个年轻女人的照片，不免想入非非：阿香，好香，好艳，好靓……脑袋灵光一闪，随即冒出一个发财的主意。

他想办法搞到了一份官员名单，再到泉州建设银行开了一个账号，然后以林阿香的口吻写了一封信："大哥：您好！我曾在贵地一家酒楼上班，真名林阿香，您一定还记得吧！您还经常应酬吗？因取缔三陪我失业了，前几天家里又出了大事，急需用钱。走投无路我想起了您，您曾跟我说过遇到困难时会帮我的……希望您收到信后五天内，往下面这个账号汇 3000 元钱来。如果这么一个小小要求您都做不到，我是什么都可能去做的……"

他将信打印后寄出，很快就有 148 个官员上钩，陆续汇来 37 万元之多！（见《明鉴》）这个家伙真是把某些官员的心思摸透了：

凡吃腥的大多都不是张一次嘴，嫖的多了对小姐们姓字名谁难免记不清楚，只要是被阿香、阿妹的咬上，自会乖乖地掏钱，以求“破财免灾”。恐惧没有极限，比危险更可怕。

难怪眼下有些官员会对“小姐”两字过敏，一听到有小姐找便胆战心惊。如曾引起传媒广泛关注的广西防城港市港口区政法委书记冯同杰，一年多以前迷上了一个叫阿玲的小姐。不想在他尝到放荡滋味的同时，放荡便已不再是快乐，而成了梦魇。那个女人是无底洞，不停地要这要那，一得不到满足就扬言要揭发、要告状。冯同杰被恐惧追赶，由当初的挖空心思找小姐，变成想方设法躲小姐，最终忍无可忍，恶向胆边生，在自己的警车上杀死了那个女人。

应该说，时下的许多官员最是小辫子上拴秤砣——打（搭）腰！他们有权有势，在商品社会权势是可以兑换一切的。可偏偏就是这些有权有势的官员却成了被敲诈勒索的对象。黑龙江纪检委和监察厅合办的《明鉴》，去年发表过一个调查：《为什么遭遇敲诈的总是你？》这个“你”就是指官员。有的在办公室被绑架，有的找到家被恐吓勒索，有的骗子竟假藉中纪委的名义送达“廉政通知书”以讹钱……如浙江瑞安市农民陈仕松，绰号阿太，采用蹲坑、盯梢的办法搜集领导干部嫖娼、受贿的证据，然后一一要挟，让当地官员都要对他惟命是从，连市委书记叶会巨也不例外。就这样，无赖阿太竟成了当地的太上皇。

掌权的领导干部阶层，成了被恐吓和敲诈的重灾区，听起来有点匪夷所思，像黑色幽默。其实道理很简单，谁做了亏心事，半夜自然怕鬼敲门。这或许预示着社会的一种畸变，说明官员阶层存在着明显的“软肋”，明显到人人都看得见抓得着，武侠小说里管这叫“死穴”。而社会上就有那么一些人，认为只要点住了官员的“死穴”，就是自己发财的机会。

已经出事的官员们基本上都是因两大爱好：爱财和好色。《法制日报》最近统计：“时下被查处的贪官污吏中，95% 的有情妇，行为腐败的领导干部中 60% 以上的人包二奶。”至于“一夜情”、嫖完就散的还不知有多少。贪官们的色情腐败已经疯狂到了令人发指的程度，且愈演愈烈。当年江西省副省长胡长清，从广东空运一妓女到南昌淫乐。浙江省供销社主任、党组书记朱承岭（正厅级），在北京学习期间，竟以生活枯燥为由，从杭州空运三名“绝色美女”到北京“床上伺候”，创造了糜烂的新纪录。

任何邪恶都有它的诱惑性，惟淫欲最炽盛，恶人从欲，如奴仆主。而且一旦惹上火，就再难罢手，只会愈淫愈乱。因为纵火的手，扑不灭火，最终必导致灾难性的后果。著名的“淫棍书记”张二江，连嫖带包搞了 108 个女人，“那边常委们正等着他开会，这边他还在办公室里搞女人，然后提上裤子就去大讲反腐败”。显得他是多么地会见缝插针，争分夺秒。其实他要的就是这股劲，这副派头。这是一种性表演，性炫耀，表示我行，我敢干，也能干！

许多年来人们不是一直在讨论“腐败的土壤”吗？什么权力绝对呀，缺乏监督呀，计划和市场的双轨制呀，收入低呀等等。还有很重要的一点不知是被忽视了，还是大家有意回避，那就是社会上淫风大盛。这体现在文化上是褒女贬男，美女广告、美女包装、美女大赛、美女主持、美女影视、美女经济、美女文化……另一方面壮阳的东西铺天盖地，好像天下的男人离开补药全不行了，无男不痿，无男不衰。于是便男女老幼一起大讲荤段子，网络上、手机里充斥着黄故事和黄笑话，刺激性欲，给男人们壮胆打气。甚至连糖果也做成女人的形状，据说很受男人的欢迎，他们在吃糖果时臆想着是把一个个的美女吃进肚里。有一种酒瓶子做成女人样，蜂腰肥臀，曲线玲珑，让酒酣耳热的男人们握在手里，想入非非，喝了一瓶又一瓶……

在这种社会风气下，男人最怕戴的帽子就是“阳痿”，你说他放荡、乱搞，那是抬举他。故张二江之类的贪官，都有相同的心态：我是头，我行，大头行，小头也行。可以腐败，不可以阳痿！所以有人奇怪，反腐败反了这么多年，且不说成效如何，就腐败本身为什么不像想象的那么臭？皆因一个“淫”字托着，以淫为能，以淫为乐，以淫为荣。此风不肃，腐败难除。但官能享受，终究是灵魂的墓地。那些淫棍们从淫乱中追求的并不是快乐，而是刺激。久而久之，刺激变成麻痹、报复，最后会孤注一掷。海南省纺织工业总公司的副总经理李庆普（副厅级），要打破张二江的纪录，先后搞了 236 个女人，曾在公务车上嫖宿不满 14 周岁的幼女，同时还写下 95 本“性事日记”，搜集收藏了所有和他淫乱过的女人的体毛、内裤、卫生巾等物。很显然，这已经是不折不扣的变态了。

所谓放荡是什么？西方社会学家下的定义是：“肉欲快乐的利己主义追求，构成它的是利己之心。”贪财跟贪色在本质上是一样的。古人讲骄奢必淫逸，皆因宠禄太过。这些贪官们的心里都有一匹脱缰野马，那便是色欲，一旦失控就会被一个“色”字牵着鼻子走，他手中的权力也随之变为国家和民众的祸害。如刚被逮捕的贵州省委书记刘方仁，到发廊推个头就跟发廊妹腻乎上了。堂堂一个“封疆大吏”，怎会这么容易就被一个“烂妹”拿下？

越是轻浮，越会热烈。人类的弱点之一，就是喜欢表露情感，滥情是无情的表现。再加上刘方仁借权势催情，无时无刻不处在发情期，势如色中饿鬼，见诱饵焉有不吞之理？那个发廊的郑小姐有丈夫，还有姘夫，贵为一省书记的刘方仁不过是成了这个荡妇的又一个姘夫。排在他前面的那个姘夫还给他送钱送物，忙前忙后地为他安排跟这个女人鬼混的地方。你看看，省委书记成了一个“下三烂”。然后就大笔给那些姘夫姘妇们批贷款、批工程，这看似刘方仁帮了那些流氓的大忙，实际是把流氓们给害了，没有刘方仁，他们小得溜地偷点情，偷点税，或许还不至于弄到现在这般淫情大曝光，倾家荡产，还得到监狱蹲几年！

孔丘说，君子成人之美，不成人之恶。每一个贪官周围都有一批专门“成人之恶”的家伙，而贪官也成全了他们的“恶”，以相互帮忙始，至相互坑害终。所谓“拔出萝卜带出泥”，哪个贪官出事后不都带出一大串？可这“一大串现象”，却尚未引起社会的重视和思索。有泥在，老“萝卜”拔走还可以再长新“萝卜”，倘若清理干净污泥，“萝卜”又缘何而生？这就是腐败的“土壤”问题。

老话说人贪财色如双斧伐孤树。何况贪官们大都把“酒色财气”四个字占全了，业已构成社会公害，那斧子自然也会越来越多。一个林阿香不就让一百多个“嫖官”曝光了吗？

马路游击队

电影《铁道游击队》中有一首著名的插曲，里面有这样几句歌词："我们活跃在铁道线上，扒火车，炸桥梁……"生动地反映了60多年前那场抗日战争的一个侧面。现代大都市里，似乎也有一支类似的队伍，可以称之为"马路游击队"。

他们活跃在大马路上，挖马路，设路障……这不是小说中的虚构，也不是电影里镜头，是确确实实地存在于当今的现实生活之中，凡城里人都感受过他们的威力。

十多年来，只要不外出，我每天早晨都要骑自行车去游泳馆或水上公园，因此三天两头地要遭遇"马路游击队"，对他们的战绩也体会格外深刻。比如，水上南路，爆土扬场一年多，终于修好了，又宽又直，像足球场一样豁亮，看着很痛快。谁知刚痛快了还没有一个星期，就被"马路游击队"瞄上了，立马横着凿开一道钩，电钻打，铁锹挖，好好一条崭新的大道被开膛破肚，狼藉一片。

我看着都心痛，便下了自行车，向站在沟边有点像游击队队长的人询问：你们这是干什么？

看不见吗？下管子。

为什么不在修路的时候就下好了？

现在下还晚吗？

……你不觉得这是在糟蹋钱吗？

钱是政府的又不是你的，操这份心干吗！

政府哪来的钱？人民政府用的是人民纳税的钱，你怎么知道这里就没有我的份儿？

行啊，你把钱交给谁了就去找谁，我们只管挖路，不挖就挣不到钱。

话不投机，再跟他理论下去就可能会找不自在。这不是我的本意，我的本意是想长点见识，弄清楚城市的马路为什么非得前边修后边挖，总也不得消停？有什么管子不能在铺柏油之前一块埋下去？这是个老问题，几十年前相声里就挖苦过，应该马路安上拉锁。可老问题为什么老不解决？

好在“马路游击队”很多，跟这支队伍谈不拢，还可以找别的队伍打听。他们并不像“铁道游击队”那样神出鬼没，“马路游击队”是大张旗鼓地招摇于市，理直气壮地阻断交通，你只要上街，想不碰到他们都难。

果然，我骑车不到十分钟，来到水上北门，门前一条直通中环线的南北大道还算幸运，修好后已经有好几个月没招惹“马路游击队”了，原来他们是想在这儿打一场大仗。既然让你囫囵了几个月，那现在就不是仅仅挖几条沟的问题，而是全面彻底地挖开重修，动用了掘土机、钻井机、风钻、电镐……给人的感觉是这条马路上发现了大油田。现在油价上涨，即使是马路底下有油，也值得一挖。

只见各种车辆纷纷掉头、绕弯，迎面又碰上源源不断的车流不知情地冲过来，于是便挤成一团，大清早的司机们就开骂了……我看见一个衣着干净，很像是游击队指导员一类的角色。指导员一般都善于做思想工作，或许乐意回答我的问题，便将自行车推到边上放好，凑过去以一种最和蔼的语气搭讪：辛苦，又挖开了。

不辛苦，我们挖马路挖熟了，很容易。再说我们挣的就是这碗饭，不挖马路吃什么？

又是下管子？

不，是换管子。

反正是管子，不是下管子就是换管子，要不还有修管子、加管子……这马路底下到底有多少管子？

那可多了去啦，我告诉你，你站好了，千万别吓着：咱们这马路底下要埋设22种管道。听我慢慢给你数，地沟排脏水的大管子、专门排放雨水的管子、煤气管子、供热的管子、自来水的管子、装电缆的管子、包电话线的管子、包宽带网的管子——光是这类的管作就有好几种，网通、联通、电通等等这个通那个通的，每个通都要埋下自己的管子……说白了你们的马路底下比重伤员身上插的管子还要多。

管子再多也可以在修路的时候一次性都埋好哇。

不是还有个计划赶不上变化嘛，一个头头一个主意，同是一个头头又一会儿一个主意，一个老板一个干法，比如宽带网、电话线，公司不一样，有几个公司就得有几条线，谁给钱了就先给谁挖。谁的头大，叫我们怎么挖，我们就得怎么挖。再加上现在的管子质量太好了，刚埋下去说不定就坏了，又得挖开重新换管子。马路底下有这么多管子，你想能消停得了吗？有点毛病就得把路面刨开，所以马路上不能没有我们，得三天两头地挖……

难怪马路从来就没有干净的时候，我总以为是计划的问题，越是计划经济越不会计划。原来你们还是市场经济，把马路当市场，专门吃马路。

对呀，修马路的挣钱，他们在前面修好了我们在后面挖，照样挣钱。马路消停了，你们走着舒服了，我们可吃什么呢？

明白啦，汽车族最怕马路上“碰瓷儿”的，原来“碰瓷儿”的跟你们“马路游击队”相比，还是小巫见大巫。“指导员”的话还让我想起在最近一期《瞭望新闻周刊》上看到的一则消息：

在我国平原地区，地下并行埋设六七趟光缆线路的情况十分普遍。以陇海铁路沿线为例，布设了电信、网通、移动、联通、铁通、广电等企业的光缆至少在 7 条以上，可这些光缆的利用率又极低，目前仅达到 10%。也就是说，只要有一家的光缆就完全可以满足其他所有企业的需要。只是由于各企业间互不信任，各自为政，加上没有办法制定出一个合理的租用价格，于是就各干各的。其结果是大量占用耕地，浪费金钱，举世闻名的三峡工程，到目前才累计完成投资 1116 亿元，而这些被重复埋到地下又闲置不用的光缆，却已经丢进去 1168 亿元。

如此看来，“城市游击队”并不是孤立的，在中国辽阔的大地上还活跃着他们的大部队。

当下在中国人的嘴里使用频率最高的一个词汇就是“和谐”，而“马路游击队”，却敢在一片提倡和谐的声浪中制造不和谐，且有恃无恐，正呈现出不断壮大的趋势。因此，使马路成了目前城市里最不和谐的地方，挖挖填填，这儿堵那儿拦，尘土飞扬，又脏又乱，以至于经常塞车，事故频繁，打架骂街，平生事端……“马路游击队”怎么能脱得了干系。

“铁道游击队”以抗日战争的彻底胜利而宣告完成历史使命，转而跟全国人民一道开始“修铁道，架桥梁”。现代大城市里的“马路游击队”，什么时候也能够转业，或少出来活动一些？就是说我们的马路何时能有真正修好的一天？多了不敢奢望，哪怕就消停个三年五载也行啊。

遍地飞机场

最早我对发达的印象是来自公路：美国的车队如长长的游龙，开着大声量的音响，在高速公路上风驰电掣；金发女郎驾着敞篷跑车，有时会探出半个身子嬉笑、喊叫，长发和裙裾随着汽车一同飞扬……

据说在二战时期，欧洲的许多机场被炸毁，记不得是哪一方曾利用高速公路起降战斗机。这令我无法不羡慕发达国家的公路，在那么多年以前就宽阔得足以能够当飞机场用。

后来我有机会可以去欧、美看看，便抱着很大的兴趣要看他们的公路飞机场。一见之下倒并不如想象的那么宽阔，比如欧洲，出了城市大多也只有双车道，中间一条白线，有些非干线甚至只有一个车道。但车速很快，也很少塞车或发生交通事故。

与他们相比，我们的通天大道可以说是飞机场连着飞机场，穿过这条飞机跑道又登上另一条飞机跑道，可谓遍地飞机场。以在我国最先拥有高速公路的天津为例，从市区到塘沽不过百八十里的路程，除去原有的可双行的铁路外，还有两条高速公路、一条跟高速公路同样宽阔的一级公路、一条轻轨火车道……让有汽车的人感到太痛快了，只要有钱买油就可劲地跑吧。

即便是步行者或骑自行车的人，看着一条条飞机场般的大跑道心里也痛快，只觉得眼前一片空阔、敞亮。因为路两旁没有碍眼的东西了，原先的老树在修路的时候只有很少一部分被移走，更多的是砍掉了，清一色都是刚刚栽上的小树苗或花草。这种看着痛快的飞机场，走起来却有点麻烦，绕个路口就得半里地。有些飞机场还没有自行车道，缺乏“碰瓷”勇气的自行车族，如今上路就要多留点神了。

可话又说回来，现在是汽车社会，谁能拉动经济，自然就要优先照顾谁的方便。

高速公路网络化的巨大作用是无须怀疑的，“要想富，先修路”嘛，这个道理连农村的小孩子都倒背如流。现代人眼界大了，心胸大了，志向大了，于是需要大的空间施展大的抱负。城市要大，楼房要大，轿车要大，广场和停车要大，道路更要宽大，而且越宽越不嫌宽。所以，当下任何一个城市都正在跟路玩儿命，像打地道战，横截竖挡，尘土飞扬……

这我就不懂了，西方发达国家的高速公路经历了半个多世纪，也不再加宽绷直，怎么能载得动如此发达的经济需求呢？现在的飞机也都变大了，万一战争需要还能再拿它当跑道使用吗？有一年在剑桥，我有机会去拜望我的英文小说集的主编白霞（Patricia Wilson），她的先生詹姆斯·莫里斯（James A. Mirrlees）是1996年的诺贝尔经济学奖的得主，多次来中国讲学，从南到北、从东到西跑过不少地方，对中国的情况相当熟悉，于是我就向他提出了上面那些关于公路的疑问。他反问我乘车从英格兰到苏格兰，兜了这么一大圈感觉如何？

我承认印象最深刻的不是公路，说实话他们的公路跟我们比差了一个档次。倒是他们的田野，看上去太漂亮了，既无太高的山，也没有太平的地，略呈起伏，绿野开阔，色泽油油。或一大块四四方方的墨绿中镶嵌着一片整整齐齐的金黄，或一片墨绿连接着一片金黄，金黄的是菜花，墨绿的是草场，难得看见庄稼。英国人像是用植物在编织地毯，打扮自己的田野，真不知道他们不种粮食吃什么？那些钱又是从哪儿来的？

莫里斯说，英国的工业确曾长期居世界首位，进入20世纪开始衰落，特别是第二次世界大战之后，造船、煤炭、棉纺等工业急剧萎缩。近几十年，在汽车、飞机、化学、电子、石油精炼等工业项目上，又遭到来自美国、日本和其他西欧国家的竞争，发展艰难而缓慢。目前在国际上能打得响的是汽车和飞机的发动机，还有一部分高科技产业，如光电子技术等，大约占到国家总产值的30%左右。但现代英国的主要经济收入是服务业，特别是金融服务业。伦敦是欧洲的金融中心，伦敦的证券交易市场在世界上也是举足轻重的……

听着英国权威经济学家的讲解，我似有所悟，现在发达国家赚钱就像变魔术一样，你看着他们成天像什么事都不干，却把大钱赚到手了。已经远远地超越了“要想富，先修路”的阶段，不再靠汽车载着集装箱在公路上多拉快跑，把挺好的路面轧个稀巴烂。其实，这个道理中国古人也早就说过，靠卖大力气只能挣小钱，靠技术只能挣中等的钱，靠钱挣钱才能发大财。“靠钱挣钱”——不就是“金融服务”、“证券交易”吗？因此他们公路的负担也相对比较轻，当然也跟管理有序不无关系。

如今在中国大地上行进，给人印象最强烈的就是高速公路，傻大黑粗，纵横交错，高出地面一大块，横躺竖卧地带着一股霸气。这经常让人怀念过去的乡间小路，那同样也完全网络化了，像毛细血管一样铺遍中国大地，土地利用率极高。那时人们下地、贩货都推着独轮车，轻便实用，没有污染。小农经济时代的农具，自然适应不了现在的大生产，所以都改成了汽车和拖拉机，这就不能不大量地毁地修道。像川西平原，有着世界上最好的土地，也正在被混凝土覆盖……

问题是我们该怎样掌握这个度，尽量毁最少的地也能达到同等的效果。我忘不了，去年在报纸上读到国土资源部发布的通报时，所受到的震动和冲击，或许因为我是农村人的缘故，对土地过于敏感。通报说，中国人均占有耕地在世界上排位本来就很靠后，总的耕地面积已经降至专家们公认的 18 亿亩的警戒线。可在近年来的城市化和公路化运动中，却仍旧毫无节制地大量侵占耕地，致使全国的耕地面积仍在急剧减少：

1999 年全国耕地面积减少 650 万亩；

2000 年减少 1500 万亩；

2002 年这个数字变成 2500 万亩；

2003 年是 3806.61 万亩。

这个数字不知到什么时候能够停止或缩小？若是按这样的速度继续递减下去，我看爱赶时髦的中国人就无须再人为地减肥了。我们耳熟能详的治国方略是，“手里有粮，心中不慌”。因为我们有 13 亿人口，如果我们自己不能养活自己，世界就再也没有别的国家能让我们填饱肚子。在眼前的利益驱动下，不能不警惕某些进步中所包含着的危险，不能走极端和一窝蜂。

其实，中国古人修路是有经验的，好像从舜帝开始建城就要四四方方，东西南北各有一门，开四方之门，纳八方来客，广阔视野，便利进出。秦始皇统一中国后，打开城门是笔直的大道，能容得下 100 名骑兵并排着跑下去，可以跑三天不变队形……但现代城市至少有一个问题是显而易见的，那就是路越修越多、越修越宽，塞车的问题却并未彻底解决，有时还更严重了。因为大家都以为路修宽了，可以随便跑了，没想到前边修后边坏，或前边铺后边挖，修路的只管修路，在路上挖沟的还只管挖沟，大家都是吃路的，你修路有钱赚，我挖路照样也赚钱……谁能真正说得清城市的效率到底提高了多少？

有些是管理的问题。如果城市继续无节制地膨胀，汽车继续无节制地膨胀，而交通管理又跟不上，光靠修路就能万事大吉吗？总不能把城市都变成路吧？眼下在上下班的时候，许多城市从高空看下去，就很像停车场。

美国游戏战争

人有一种本性，喜欢从危险中获得刺激。极度的危险，反而能演绎出游戏的效果。因为危险和游戏在本质上有相通之处：追求惊险、刺激、出人意料。危险里包含着游戏因素，游戏可以刺激人去追求惊险，并缓解惊险带给人的恐惧。

当今世界上的游戏高手非美国人莫属，对战争都要游戏一番。像灭掉一个国家，推翻一个政权，通缉战争要犯，是何等重大、严肃和带有机密色彩的事情？而美国竟让辛辛那提的游戏纸牌公司，将通缉名单设计制作成55张扑克牌。在他们眼中的暴君、独裁者变成了“黑桃A”、“方片7”……将森冷的肃杀通俗化，流行化，娱乐化。纸牌除去发给战士，还公开销售，在纸牌问世的前10天就销出去70万副。据该公司的销售负责人阿莫鲁索估计，很快就可卖出100万副。他说消费者会觉得这副纸牌是历史的一小部分，上面的面孔和文字都相当有趣，有收藏价值。美国人的奇思妙想能经常让世界惊奇。

无独有偶，前伊拉克驻联合国代表杜里，看到自己的国家被颠覆之后，面对记者说出的第一句话竟是："游戏结束了！"记者问他"游戏"指的是什么？他回答是伊拉克战争！

你看看，战争本是一种大规模的杀戮，可在战胜者和失败者眼里都成了游戏！这倒显得那些游行集会、义愤填膺地反对战争的人是咸吃萝卜淡操心，皇帝不急太监急。

那么，美国人为什么能以游戏包装战争，给血腥的杀戮加进游戏成分？这无疑与世界进入传媒时代有关，可以将一场大规模的真杀实砍，变成一场电视里的战争。在电视里看打仗，自然要追求收视率，编辑得惊险、刺激、引人，便越看越像游戏。战争一打响，英国的传媒老大 BBC 的老记们就激动地说："这是多么难得的契机啊！"于是他们便"活生生把战争变成了 24 小时的实况娱乐节目，让大家轻松得仿佛在电影院看连场电影，一边吃着炸薯条、爆米花，一边看电视里飞机扔炸弹"。

无怪乎台湾作家罗兰写文章抱怨，孩子们一放学就兴奋地往家跑，说要赶快看美国打败坏人的电影。甚至这场战争的策划者之一、美国国防部长拉姆斯菲尔德禁不住夸赞说："媒体带着我们坐云霄飞车，忽上忽下，甚至 24 小时内就上下好几次。"

伊拉克战争确实被传媒剪辑得太像一部精彩的娱乐大片了，大投资，大制作，气势恢宏，阵容强大，全是国际大牌明星出阵，且都有上乘的表演。敌对双方的两个一号人物，性格鲜明，生动饱满。布什在扔炸弹的同时，周末不忘到戴维营度假。而且有了快感他就喊：“感觉很好！”“我们正在慢慢剥萨达姆的皮！”萨达姆在挨炸的同时也频频出镜，忽而在室内给将军们打气，忽而上街到群众中走走。当然，有危险的动作，还是要让替身演员完成，并让手下人散布关于他不死的神话，说“他的手臂里植入一种特殊宝石，可保刀枪不入。他乃九命怪猫，其母是巫师，用咒语就可保护他的安全……”你还别说，战争都结束快两个月了，萨达姆硬是活不见人，死不见尸，偶尔还会弄些录像和书信出来，游戏美国佬。

最富喜剧天分的还数伊拉克新闻部长萨哈夫，铁嘴钢牙，肉烂皮不烂，美国的坦克快顶上他的屁股了，还在死不改口：“我可以百分之三百地向你们保证，巴格达城里没有美国士兵，永远都不会有！”他坚信此时在他的国家说什么远比做什么更重要。澳大利亚的媒体赞许道：“他用精神抖擞的贝雷帽、厚颜无耻的笑和更加厚颜无耻的否认，为我们的日子增添亮点。”他还被许多国家评为“否认先生”、“滑稽阿里”。甚至连布什都很欣赏他：“他是我的人，他很棒。有人指控我们雇佣了他，让他在那里开讲，他是一个经典。”

这是多大的玩笑，堪称经典游戏。不仅戏弄了伊拉克，也戏弄了世界舆论。

要论这部大片的剧情，就更称得上是紧张激烈，悬念迭生。一上来就是“斩首行动”，吊足人的胃口。紧跟着就是“震慑和畏惧”。美国要“震慑”谁，让谁感到“畏惧”呢？许多人看不明白，想当然地理解为是震慑伊拉克。错，伊拉克是消灭的对象。美国通过这场战争真正想要震慑的是当今世界。他说打就打，把联合国完全晾在了一边，使其颜面丧尽，变成了一个只会争吵不休的团体。而联合国也确实一点办法都没有，现行的国际规则不得不屈从于美国的实力政治。就连其他反战的发达国家也没有一个敢拍案而起，登高一呼：你打他我就打你！相反，大家只是一味地强调人道主义救援和战后重建……显得无奈而无力。这就等于说你炸吧，炸吧，你在前边炸，我在后边给你收拾，等你炸完了我再帮着建……

这不是很滑稽、很荒诞吗？然而竟没有人觉得它滑稽。正儿八经的滑稽，道貌岸然的荒诞，就更可笑。这样一台大戏你还能说不深刻？这样的战争你还能说不是游戏？真是舞台小世界，世界大舞台。美国前任中央情报局长詹姆斯·伍尔西，在伊拉克战争最激烈的时候到加州大学演讲，称世界一战和二战之后延续了40年的冷战是第三次世界大战，而这次伊拉克战争是第四次世界大战。他认为当今世界正处于摧毁各种交织在一起的联盟的过程中，一切都有待攫取，如同进入另一个创造过程。美国的媒体更是直言不讳：12年前发动海湾战争的老布什只想恢复世界秩序，而现在的小布什是想改变世界。

有了这样一群角色，战争的细节自然就更像电影一样好看了：有心理战、蒙骗术、误会法，让自己的导弹打自己的飞机。为增加惊险性，设计了英雄救美、单骑突进，为了凑趣还要有动物表演，美国兵训练了9条大西洋宽吻海豚，帮助水下排雷；迫使100万只迁徙中的候鸟改道，给美国轰炸机让路。对方则表演步枪打飞机，举着白旗打黑枪，假装欢迎搞伏击，还有地道战、地雷战、游击战……一部戏要想卖座，还需迎合潮流加进一些煽情和带色儿的东西，如：美国有 20 名女兵火线怀孕，在萨达姆长子乌代的豪宅里发现大量情书和美女照片，而且还有交战方总统布什两位千金的玉照……

军事专家们称这次战争是人类历史上第一次大规模的真正意义上的信息化战争。信息化就是电子化、网络化。3 月 30 日的《纽约时报》道出了其中的秘密：玩具源于战争，武器出自玩具，美国的玩具商和军方互相学习，互相启发，共同提高。五角大楼的发言人格伦 · 弗勒德说，M—16 步枪就是在美泰公司生产的一种玩具的基础上研制的。他们从玩具和电子游戏中寻找原型和创意，用来开发战场武器。无人驾驶侦察机是从模型飞机中受到启发，快装弹药的突击武器的灵感来自超级水枪，无人驾驶遥控车得益于电子游戏控制板……还有，游戏和娱乐业提供的战争场面和故事情节，帮助军方了解在战场上或反恐战争中可能遇到的情况。“如今的新一代士兵，从小是玩着电子玩具和电子游戏长大的，二者的密切关系与生俱来，也就是说美国军人从孩提时代就接受了信息战争（或曰游戏战争）的基本训练。”

原来美国大兵的本事是从小在游戏和娱乐中锻炼出来的。他们不是故意给战争涂抹游戏色彩，而是真正地在游戏战争，把战争当成游戏。所以他们的背上都驮着一个小山般的大背包，里面有各种现代通讯设备、巧克力糖果、纸箱子马桶等等。可以在巴格达街头伴着枪声跳踢踏舞，看着满城的大哄抢当儿戏……伊拉克战争真称得上是游戏打败了萨达姆的虚张声势。在美国的游戏战争面前，那些传统正规的战争理念，都成了堂·吉诃德式的思维。

大家之所以没黑没白地观看这场电视里的战争，跟现代人喜欢游戏的本性不无关系。游戏人生，游戏文字，游戏官场，游戏情场……成天把一个玩字挂在嘴边，上网是玩，泡吧是玩，外出是玩，在家是玩，恋爱是玩，离婚是玩，犯罪是玩，杀人是玩，吃喝玩乐，寻欢作乐。孩子闹着玩就把老师或家长给杀了，老板们不管做多大，有人问起总是潇洒地说不过是玩玩罢了……

由于大家都这么爱“玩”，自然就对游戏入迷。这是因为现代人的生存压力太大了，社会学家总结出现代人的十大压力：来自个人财务上的压力、职业上的压力、责任太多造成的压力、婚姻上的压力、性方面的压力、健康方面的问题、孩子的问题、孤独、亲戚、邻居等等。真是活着就有压力，只要喘气就是压力。

在这样一个游戏时代，最苦的就是那些老实巴交的人，老想按正义和非正义的公式给战争定性……可看着看着就被人家的游戏给弄糊涂了，你说打人的闹着玩儿可以理解，怎么挨打的也像闹着玩儿？平时牛皮吹得震天响，这个师，那个队，号称十万精锐，到真打起来狗屎不如，眨眼间就作鸟兽散。这倒正应了萨达姆公开宣布过的信条：“政治是什么？政治是口说做一套，心想做另一套。然后既不做口说做的，也不做心想做的。”原来他也是在做游戏，是游戏自己，游戏了自己的国家、军队和人民。

在这个痞子时代，有些事情正儿八经地讲效果不一定好，嘻嘻哈哈地游戏一番，说不准事半功倍。美国游戏战争，却成了现代战争的地地道道的教师爷，每隔几年就打一仗给你看看，拿着导弹当教鞭，以战场为课堂，教给你应该怎样打仗。人们看着像游戏，学起来却是非常认真的。从古到今，人们对战争就没有产生过这么大的兴趣，前一段时间环球村里哪一个人、哪一个角落不谈论这场战争？好像人人都成了军事家，议论得失，评点成败，指指戳戳……眼下又改成谈论“非典”了。

游戏不断有新花样，世界也不再是原来的样子，要不停地变换花样折腾人。美国人想玩“单边游戏”，这种游戏随意性很大，无固定规则可言。但，是游戏就要有对象，有对象就是双方的游戏。你游戏战争，战争也必游戏你。你以游戏的方式搞恐怖，恐怖也会游戏你。

拉登是美国的“非典”，美国也“非典”了伊拉克。最近国际绿色和平组织效仿美国也制作并发行了一套核国领导人的扑克牌，布什的头像成了黑桃 A，普京是红桃 A……这就是当今世界，你游戏他，别人游戏你。人们曾以游戏的态度对待性，结果艾滋病就出来游戏人类。“非典”也是如此，制造出非典型的无秩序和非典型恐怖来游戏人间。

美女病毒

时下流行“人造美女”，就好像世上还有不是“人造”的美女。“造”即“做”，格外强调“人造”牌，是指由父母“造”出来以后，再经别人的手加工细作一番。这种美女可以大批量生产，源源不断地满足市场需求。

消费社会嘛，形成了蓬蓬勃勃的选美经济、选美文化，造就了一种有目共睹的美女强势。凡美女就容易畅销，当明星，作模特，拍广告，上封面，傍富翁，嫁官员……无论干什么长得美了都沾光，包括真杀实砍地打仗。

在西非的利比里亚内战中，有一支威名赫赫的反政府的娘子军，其首领被誉为“黑钻石”。当地的政府军一提到她的名字就胆战心惊。这位“黑钻石”，芳龄只有 22 岁，骁勇善战，足智多谋，领导着反政府武装对政府军节节进逼，终于在去年 8 月迫使总统泰勒下台。由于她一直拒绝向媒体透露自己的姓名，“黑钻石”便成了她的名号。最近有美国记者采访了她，形容她真是“酷毙了！”那一身打扮无论到巴黎，还是米兰，都绝对称得上时髦：头戴红色贝雷帽，上身是一件背部全裸、低胸的大红肚兜儿，连吊肩带都省了，只靠两条红丝带系着。所以，女性胸部特有的曲线充分凸显，透着非洲女性特有的大胆和泼辣。她的下身穿一条蓝里泛白的紧身牛仔裤，腰间松松地系着一条宽式皮带，上面反插着一把锃明瓦亮的手枪和一部手机。左手腕上戴着时尚手表，表带也是红色的；右手腕上套着两只象牙手镯，脖子上挂着一个纯金饰物，而墨镜始终是吊在胸衣上。（秋叶《传奇黑钻石》）

世界上有数不清的各种各样的武装，也有数不清的各式各样的统帅，独美女领袖成了“黑钻石”。就像在伊拉克战争中美国兵死了不少，当了俘虏的也有，唯独美女林奇出了大风头，又拍电影，又写传记。还有更厉害的，那就是“美女炸弹”，在伊拉克和中东制造了一起又一起的自杀性爆炸，造成死伤无数。

然而这类“美女杀手”并非伊拉克和中东的特产，俄罗斯美女玛丽亚·伯格，就是让国际刑警组织最头疼的恐怖女杀手，先后在全球参与了 16 次恐怖活动。为捉拿她归案曾悬赏 10 万美元，可是连奉命去捉她的联邦调查局探员都为她的姿色所迷，反成了任她驱使的裙下之臣。多年来死在她手上的情人不计其数，所以才被称做“黑寡妇”——这是一种致命母蜘蛛的称号，每次交配后都要吃掉雄蜘蛛。

但，“黑寡妇”再厉害也只是一个人，而本·拉登训练出来的

“美女肉弹”，却有 8000 余名，身上注射了 HIV 病毒，又经过专门培训，然后经由加拿大到美国。她们个个拥有天使般的面孔，魔鬼般的身材，能讲一口流利的美式英语，身着迷你超短裙，脚踏性感细高跟鞋，花枝招展、婀娜多姿地进出于游乐场所，使出浑身解数勾引美国军人，成就美事。只要她们每人能让 1000 个美国大兵染上艾滋病，就可以荣获“圣战”烈士的称号，会在天堂有一席之地。所以这些“拉登美人”个个都视死如归，不留后路地献身到底。令美国人防不胜防，忧心忡忡，惊呼“美女病毒”比起毒气和其他任何生化武器都更可怕！（《上海译报》）

拉登的影响并不只限于领导基地组织发动恐怖袭击，自美国的“9 · 11”事件之后，在世界范围内形成了一股“拉登效应”。各行各业、各个角落都有人在学习和借鉴“拉登经验”，活学活用，举一反三。如“电脑黑客”，制造出一批又一批更具杀伤力的电脑病毒，频繁地攻击和破坏电脑网络。还有一些女人，自愿效法“黑寡妇”或“拉登美人”，以性作武器，俘获敌手或报复社会。只要她们出击，就十拿九稳，频频得手，而且不惜伤及无辜。谁叫男人天性喜欢美女呢，性诱惑从来都是人类行为最强大的动力之一，美女病毒攻击的正是男性社会最脆弱的致命点。

2004 年第 2131 期《文摘报》以一个版的篇幅，转载了一篇有关中国“美女病毒”的报道。原湖南《娄底日报》的政法记者伍新勇，网罗当地欢场中有些姿色的小姐，组成一支类似“拉登美人”式的队伍，指使她们去跟当地的官员们做爱，然后带着留有这些官员精液的安全套找他领奖。根据官员的级别高低发给数额不等的奖金，俘获一名正处级干部可得100元，副处级80元，正科级50元，副科级30元。有的小姐一天可收入1000元，可见其效率之高。这些精液被伍新勇冷藏在冰箱里，随时用以要挟那些官员，迫使他们都成了他手中的工具。

SARS和禽流感之所以能造成世界性的恐慌，是因为病毒变异，使人难以辨认，摸不着抓不住，一时想不出对策。美女病毒的杀伤力也来自当代美女们的变异，令男人们死了还不知道自己是怎么死的。有的喝了一罐美女递给的饮料被麻翻，有的在做爱时或在睡梦中成了美女的刀下之鬼……《半岛都市报》载文，青岛一女士一口气扇了她前夫300多个耳光，自己竟累得倒在地上。《北京娱乐信报》报道了复旦大学在读女博士生伍某，长期殴打中国社科院的博士后丈夫王某，除去咬、抓、掐之外，还动用过电蚊拍和菜刀……

变异是一种潮流，最典型的就是美国得克萨斯州32岁的漂亮空姐陶森，嗜好亲眼目睹执行死刑，在过去的11年中，她跑遍全国各地亲眼见证了103次行刑，沉迷于享受这种毛骨悚然的快感之中。且毫不隐讳地说："当见到一个死囚坐在电椅上像一条鱼般被烧熟，或者被枪杀、被注射毒针处死，现场所看到的和听到的一切以及用鼻子嗅到的血腥气味，令我有充电般的感觉，精神为之一振。它比滑雪、跳伞和笨猪跳加起来的刺激度还要高，我无法摆脱这种魔力。"你看看，女人们，特别是美女们都是怎么了？

憎恨和报复成了她们的常规武器，这很容易让男人们重弹“女人是祸水”的老调。萨达姆到底是被谁出卖的，至今还莫衷一是，但流传最广的一个版本是他的第二个老婆告密。最近，萨达姆在写给大女儿拉格阿德的信里似乎印证了此说：“我所相信的人，所依靠的人和离我最近的人背叛了我……我被捕的经过与细节和去年12月美国军队所介绍的完全不一样。”谁离他最近、又是他最相信的？自然是一直跟在他身边的第二个老婆嫌疑最大。这还让我想起古巴革命英雄切·格瓦拉，也因情妇海蒂·塔玛拉的出卖而遭杀害。尽管萨达姆和格瓦拉不能相提并论。

其实，女人不过是一面具有神奇而美妙魔力的镜子，美女病毒的肆虐反映出男性社会的问题。当男性社会极力挖掘并推崇美女的观赏价值时，男人们自己却显得要多蠢就有多蠢，还要给自己找出一堆托辞，什么“英雄难过美人关”、“好男不跟女斗”等等。然而，在美女病毒流行的今天，要想当英雄似乎就非得能过美人关不可。不妨再举一个国际人物为例，他就是另一个古巴的民族英雄菲德尔·卡斯特罗，身高膀阔，顾盼雄飞，在美国人的眼皮子底下执掌古巴的国家最高权力快半个世纪了。按理说他身边不会缺少美女，可从未听说他闹出了什么跟女人有关的绯闻。是不是就因为他对身边的美女提防得好，才得以成为当今世界上掌权时间最长的国家领导人？请不要误会，我并非主张男人们要不近女色，奉行独身主义。只是想提醒那些经常瞄着美女或被美女瞄上的人，小心病毒！

除非你已经准备好了：“宁在花下死，做鬼也风流。”

名字的疯狂

古人云："黄帝正名百物"。世间凡是东西就都有自己的名儿，没有名儿的就不是东西。人是"万物之灵"，名字自然就尤为重要。

中国人历来对起名字非常讲究，名字是"名"和"字"的合称。如老子，姓李，名耳，字伯阳。韩非子说："夫立名号，所以为尊也。"当年秦始皇统一中国后，谋臣们先劝他给国家定名："今名号不更，无以称成功，传后世。"

可见名字对一个国家、一个朝代、一个家族乃至一个人是多么的重要。眼下到了做梦都想发财升官的年代，人们自然就更重视名字了。《说文解字》里解释：名，命也。现代顺口溜也说："不怕生坏命，就怕取坏名。"

所以，现代人为了给自己改个好名字，或者给子女起个好名字，真是穷尽脑汁，测八字，查生辰，翻词典，问先生……恨不得名字一诞生就万事大吉，功成名就，财源滚滚。

据报载，一对年轻的中国夫妇，出于一种复杂的心态给自己的儿子取名“万岁”。趁着现在没有人自称万岁也没有人喊万岁了，何不捷足先登把万岁这两个分量最重、意味无穷的字占住！但“万岁”没有喊多久，就遭到周围人和亲戚朋友的强烈嘲笑，后来简直就弄得无法让孩子见人，不得不重新给孩子改了个极其普通的名字。

心理学家的调查结果证实，父母在给孩子起名字的时候，会不期然显露出自己的本性，反映出他们自己的人生追求、价值判断、生命定位以及许多性格特征。美国的《读者文摘》也讲了一个类似故事：巴西有个一直渴望当官却怎么也升不上去的小公务员，有了儿子后起名叫“部长”。他以为让儿子叫“部长”就真是部长了，想借儿子补偿自己的官场失意。

孰料儿子长大后不仅没有沾上“部长”这个名字的光，反而到处找不到工作。因为谁也不想雇个部长，成天“部长、部长”地喊着，叫外人一听到底谁大啊？就这样，年轻人被耽误了前程，后来想改名字已经晚了。

他父亲到临死的时候安慰他说：“你没有什么可抱怨的，有那么多重要人物为当上部长争得汗流浃背，成天望着天空观察是否能福星高照。而你呢，却已经是部长了，你一直是部长，生下来就是！这是你的权力，你不必依赖任何政府，可以永远是部长，一直到死！”说完，父子俩抱头痛哭。

有人说名字就是符号，叫什么都行。符号就是标志，这个标志可非同一般，要伴随你的一生。你有什么符号就吸引什么信息，在信息时代你有什么信息就会有什么命运。你不是部长叫“部长”，不能万岁叫“万岁”，以前叫“万岁”的人都死了，靠这个名字吸收到的不是长寿，而是一股腐朽和死亡的气息。再说既然是符号，名不符实，名实分离，生命永远处在分裂状态，这个人的生活能好得了吗？

起个普通的名字，通常反映了性格朴实、随和，容易融入社会。有人甚至还故意求俗，大俗大贵。如叫“狗剩”，说不定更长寿，叫“铁蛋”，会结实、健康。

名字起得深奥，是追求超凡脱俗，拒绝潮流，自视甚高，目标订得很高。

起个怪异的名字，体现了望子成龙的野心，希望子女将来能成为让人瞩目的焦点人物。

根据流行的时尚起名字，显示了赶时髦的癖好，通常会思想开通，善于交朋友……

总之，世界上没有人会对自己和子女的名字马大哈。外国人也一样，由于他们的名字更麻烦，写起来一长串，平时为了简便就把几个字头拉出来，以缩写代替。这一来不打紧，写一长串原名的时候是一种意思，缩写后容易变成另外一种意思。比如美国的前总统肯尼迪，全名是 Jone F. Kennedy，缩写后就只是 JFK。

去年，美国行为医学会（其缩写是 SBM）第 19 届年会上，专门讨论了“姓名和寿命的关系”，详细研究了加州自 1969 至 1995 年的死亡者的死亡证明书。得出的结论是：“姓名缩写含贬义的男性，如：PIG（猪），BUM（屁股），UGH（呸），DIE（死），SAD（悲伤）等，比姓名缩写毫无意义（不好不坏）者平均短命 2.8 岁。而姓名缩写是褒义的男性，如：JOY（欢乐），LOV（爱），WIN（赢），WEL（健康），WOW（巨大成功），LIV（生活）等，比姓名缩写无意义的男性平均寿命又增长 4.48 岁。

这就是说，姓名含褒义比姓名含贬义的男人平均要多活 7.28 岁。

美国的行为医学专家们自然不是在搞迷信，他们把人的种族，性别，死亡之年，社会经济状况以及父母忽视等原因综合起来，仍然无法解释新研究的成果。报告说：“惊人的发现是，父母给孩子起的名字似乎可以改变孩子今后的死亡原因及时间。姓名缩写贬义者，不仅寿命较短，而且所患疾病的种类也更多，意外死亡发生率最高。”

这就是所谓“符号”的意义。一个人的“符号”就是这个人的社会存在，有什么样的存在自然就有什么样的生活。以前孩子多的家庭顾不过来，有时就马马虎虎地随便给孩子安上个名字。也有个别人出于某种原因不喜欢自己的孩子，故意给孩子起个下贱的或出洋相的名字。现在生存竞争十分激烈，要个孩子不容易，金贵还金贵不过来呢，哪肯在名字上马虎！倒是应该防备金贵得过了头，想一“名”惊人反弄巧成拙。

现代人不仅给孩子起名字要花样翻新，拼命拔高，在给自己的公司和业务项目命名时也要云苫雾罩，胡乱标榜。如歌舞厅要叫“富豪王”、“凤和凰”；洗浴房起名叫“梦里水乡”、“重返伊甸园”；住宅小区的名字就更邪乎了，什么“动感之都”、“情缘花园”、“钻石广场”、“金尊山庄”……甚至连饭馆的菜名都出现了“包二奶”——无非是用牛奶、羊奶烹制鲍鱼；“波黑战争”——菠菜炒黑木耳；“悄悄话”——就是凉拌猪腰子和猪耳朵……

——真是疯啦！如今疯狂也是时髦。所以，要了解现代人和现代社会时尚无需太费事，只要留意一下周围五花八门的名字，就能知道个大概其了。

笑谈“黄段子”

伴随顺口溜一同兴盛起来的还有各式各样的笑话，以黄色笑话为最多，又称“荤段子”。或三言两语，或百八十字，不必像顺口溜那么押韵，却保证能让听者一笑。有些还久传不衰，堪称“经典之作”。

民间的各类笑话很多，为什么唯黄段子独领风骚，几成铺天盖地之势?

全国几千万乃至上亿只手机，无时无刻不在储存和发送着各种带色儿的笑话，在各地奔跑着的成千上万辆旅游车上，不厌其烦地绘声绘色地讲着一个又一个的荤段子，还有数不清的饭桌上、茶话会上也在复述着这类笑话……

几年前我参加一个“边塞笔会”，大家分乘三辆车，到后来男女老少拼命要挤到一辆中级面包车上去。原来那辆车上有位北京的老记者，擅讲黄色故事，一个一个又一个，一黄一黄又一黄，连讲几天不重复，可谓此中高手。

凡是这样的高手，在任何笔会上都是最受欢迎的人。去年，一位老相识是正部级的在职领导干部，平时一贯不苟言笑，勉强被拉到山西参加一个活动，说好第二天一早就得赶回来。不想一到山西，每饭必有荤段子拌着荤菜下酒，外出视察一坐进汽车就听黄笑话，晚上更是听得黄天黄地荤头荤脑。此兄竟一连听了三天，还跟我大谈民间文学多么了不起，应该大力开掘等等。

荤段子——就是性故事。而性，是一种强大的力量，弗洛伊德说它是其他许多行为的驱动力。各种各样的人都会对它感兴趣，而且这种兴趣可以持续很长时间，直至晚年。

人类的任何一种活动，都没有像性那样在生活中起到这么特殊的作用。而现代时尚又给人们提供了一种更为自由的性态度，在这个已经为消费欲望所主宰的世界里，性也成了一种消费品，花钱可以购买。

但，五花八门的性病，特别是染上就会要命的艾滋病，又给现代人带来前所未有的恐惧、焦虑和孤独，真实的性快乐变得让人沮丧和惊惧。那么谈性就成了时尚，既省钱又安全，性饥渴和性压抑，却可以通过嘴的大谈特谈得到某种程度的释放。于是，荤段子便应运而生。这确实是由文化所决定的，不同的文化形态，决定了人们的性观念和性行为会迥然不同。在这个光怪陆离的现代世界上，并没有统一的性行为标准，一个民族的文化会限制这个民族的性行为模式。

中国虽然也在实行商品经济，社会也在大开放，但中国的文化背景决定不会制造出西方真杀实砍的“性解放运动”，倒能够造出一个“谈性的运动”——中国文化中的含蓄和智慧，让人们绕着弯子编出了无穷无尽的性故事。

在中国这是有传统的，哪个年代都有黄笑话，不过是于今为烈罢了。以前讲黄色笑话似乎是男人的专利，现在黄段子大普及，不能不承认跟女人们的加入有关。中国的导游小姐擅讲荤段子已经很出名了，还有一批年轻的女明星、女强人、女白领，也乐此不疲，甚至大大方方地专喜欢讲给男人们听。一群一伙的大老爷们儿，听着一个女人讲荤笑话，那自然就更刺激，兴头也会越发的浓烈。

这就是中国特有的文化特点。既然是讲笑话，男人可以讲，女人也可以讲，男人可以享受，女人也可以享受。现代科学研究积累的大量证据表明，男女之间的相似之处大大超过了差异之处，而且男女之间的绝大部分差别，并不是由于生物因素造成的，而是社会和文化塑造出来的。

正是现代社会的开放，文化的活跃和自由，使人们对现实生活中的许多禁锢觉得难以忍受，讲黄色笑话能够获得犯禁的刺激和快感，却又不犯大忌，正好借以消除旅途中的疲劳和寂寞，打掉无聊应酬中的尴尬，和等待时的无奈以及烦躁。

现代人平时被套话、官话、假话弄得外壳都比较僵硬，装模作样，假眉三道，有时甚至被会场上的气氛压得喘不上气来。一个黄故事讲下来，大家都彼此彼此了，谁也甭想再严肃正经、装腔作势。导游小姐之所以开场先讲荤段子，就是上来先把每个人的陌生面具和包装全部撕去，这实际上等同于“下马威”，在最短的时间获得组织和管理大家的便利。

另外，在旅途中如果大家都瘸子脚面——绷着，那也太累了。

人们却也不必为此忧虑，这股“黄风”是会刮过去的，连美国60年代的“性革命”和我们的“文化大革命”都有个结束的时候，何况讲荤段子只不过是逞口舌之快，讲来讲去就没劲了。

社会的进步和成熟就在于容忍了顺口溜和黄段子的存在，我们也才得以用轻松的心态关注它，并借此从另一个角度理解当前的社会情势和文化形态，要说也不无裨益。

圣诞之“圣”

人们在填写履历表或作自我介绍的时候，大都爱表白自己是唯物主义者。唯物主义者即无神论者。因此，中国大概不能算是基督教国家。却不知从什么时候开始，纪念上帝之子耶稣降生的圣诞节竟成了中国的一个大节。

从前一天的平安夜开始人们就不再平安，蜂拥到酒店、饭馆、酒吧里“可劲地造”。没有本事的，吃上一夜、喝上一夜、喊上一夜、跳上一夜也就撂倒了，有本事的要一直闹到圣诞夜才算进入高潮……本来嘛，狂欢哪有一天就完的。中国人平时拘谨惯了，遗传基因里有着太多的拘谨，好不容易能彻底放松一下，要玩尽兴了怎么不得闹上个三天两天的！

中国没有狂欢节，自己的那些传统节日都有特定的内涵，放肆不得。而圣诞是从外面引进来的洋节，于是就把它当成了中国的狂欢节。

反正基督也不是我们的，闹下大天来也没事。

已经记不得有多少年了，每当12月26日早晨我骑车去游泳馆的时候，一路上的所有饭馆都门户大开，烟气腾腾，杯盘狼藉。有的还把桌子摆到马路边上来，酒瓶子横倒竖歪，喝酒的人也横倒竖歪，有的歪在桌子上，有的倒在门外边的台阶上，带着狂欢后的满足和疲惫。感谢上帝，这可真是一个酒徒的“圣诞”，没有信仰的“圣诞”。

其实，提前两个月各大商店和酒楼就开始推出各种打着圣诞旗号赚钱的花样，各路商家都铆足了劲要搭圣诞的车捞上一票。而中国人又偏偏喜欢把什么节都当成购物节，平时许下的愿到过节的时候还，平时不敢花的钱到过节的时候那钱就不叫钱了，叫王八蛋，花光了再赚。这可不就成全了商家。

可见，中国的圣诞首先是商家的节日。

一个洋节突然间就在中国大热起来，归根结底也还是靠商家炒起来的。而眼下的中国，正恨不得天天有节过，日日是圣诞。

那么，圣诞总不能没有一点“神圣”的意味啊？

圣诞节前我带着三岁多的孙女进超市，她见到光怪陆离的圣诞树就不走了，很想伸手去摸摸树上垂挂着的各种漂亮小盒子。我告诉她，那里面装着各种各样的礼物，不可以把人家的礼物摸坏了。她便踮起脚尖，用指尖小心翼翼地在每个小盒子上都轻轻碰了一下……那份珍爱，那份羡慕，让我心痛。她摸着摸着忽然发问：这些礼物是从哪里来的啊？

于是我俯身向她讲了圣诞和圣诞树的故事：过去有位善良的农民，在圣诞节这天收留了一个流浪的孩子，用热腾腾的食物招待那个孩子过了个温暖舒适的圣诞夜。第二天那个孩子要离开的时候，扬手折下一根树枝插在地上，树枝随即就长成一棵树，树枝上还挂满了礼物。那孩子指着大树和树枝上的礼物说，我以这棵树来感谢你的善心和盛情，每年的今天，树上都会为你长满礼物……

我给孙女讲着这个已经讲过许多遍的故事，忽然心有所悟，觉得圣诞其实是一个经久不衰的童话，它应该是属于孩子的节日。

而每一家的孩子又是这个家里老人的圣诞。

惟愿物欲横流的现代商品世界不要毁了这个美好的童话，让圣诞不“圣”。

舌头的功能

我在报刊上常看到一些奇奇怪怪的关于舌头的照片，便顺手剪了下来。原以为舌头的大小、长短、厚薄或许跟一个人的性别、职业、口才、口福有着某种联系。照片存得多了，就生出疑问，甚至得出了相反的结论。

比如，有一张爱因斯坦吐舌瞪眼作怪样儿的照片，这位科学泰斗式的人物也称得上是幽默大师，谈吐极是诙谐锋锐。他的大脑经科学家研究证实比普通人的大脑重得多，开发利用的比例也高出许多倍。但他的舌头很一般，顶端尖细，呈三角形，耷拉到唇外不过寸许。

还有一张是小品演员黄宏的舌头，这样一条能把亿万人逗笑的舌头，总该有些与众不同吧？他在墨西哥和一个当地男人比舌头，两个人都拼命向外吐舌，也不过就是一寸多长，毫无惊人之处。倒是在他们身后的几个女人的舌头，长大肥硕得吓人一大跳。那也是一幅巨型的伸舌头照片——我猜测可能是墨西哥或世界长舌大赛的一个镜头。

照片上并排挤靠着八张年轻的女人脸，每个人都大张着嘴巴，努力伸长她们的舌头……哎呀，那是一条条什么样的舌头啊？比黄宏的舌头长出四倍还不止，如一根根从中间劈开的丝瓜垂挂在唇下。厚实柔韧，抽动灵巧，舌尖浑圆，透出一种强劲的力道。

真是长舌妇啊！这么一挂大舌头，口腔里怎么就能放得下呢？真是奇了。

墨西哥人或者是西方人为什么要举行舌头长短的比赛呢？莫非舌头长大会有什么好处？这恐怕是用不着回答的问题，只要看看舌头的用处就知道了。

舌头的功能非常复杂：舐取、吸吮、吞咽、品尝、说话、亲吻……舌头能干这么多事，岂不是越大越好？

在中医学里称舌为脾之外候，脏腑精脉多与舌有联系，心气通于舌，“舌为心之苗”。好个“舌为心之苗”——人的心看不到，想要知道一个人有着什么样的心，只要看他的舌头就行了。

但不是只看舌头的大小，大舌头使用不得法也是空占了一个“大”字，小舌头能使得上下翻飞，却能以小克大。主要是注意观察一个人平时是怎么使用舌头的，就能知道他的为人和心眼好坏。

别看舌头这么重要，人的“五官”里没有它，“七窍”里也不包括它，它总是藏在暗处，伸缩自如，动静随心，到需要的时候才会探出头来，狠狠地搅动一番。

会相面的都是相人的头、脸、印堂、眼、耳、鼻，等等，没有要相看舌头的。只有医生才看舌头，那是诊断你生了什么病。

有病找舌头，舌头是代表病的。所谓“病从口入”，有舌头的一份功劳。

许多人一生都为舌头所累。古人讲“祸从口出”，凡口惹的祸都离不开舌头。

现在得“长舌病”的人就更多了，你说现代人什么话不敢说，什么笑话不敢讲，什么街不敢骂，什么谣不敢造、不敢传，什么钱不敢赚，什么东西不敢尝，什么屁股不敢舔，什么嘴不敢亲……

用舌头的地方太多了，只恨没有多生几根。

世上不光有长舌妇，男人的舌头也有长得出奇的。去年的《文汇报》上登过一个刑警队长的故事，他亲手枪毙过一个犯人，那是个总爱摇唇鼓舌、惹是生非的家伙，后来被判了死刑。在执刑的时候枪子从他的后脑打进去，偏巧就打飞了他的舌头，落在老远的地方。执刑者没看见，一脚踩上去，软软的，像一根香蕉皮。抬起脚才看清是一根大舌头，足足有五寸多长。

五寸就是半尺呀？这岂不就是个“长舌男”！

“草根”何以能热？

近来，“草根”一词大红大紫，大热大火。

几年前，有感于打工者的生活太过艰难和单调，质朴而又执著的“打工仔”孙恒，创建了“打工者艺术团”，并创作了第一首打工者的歌：《团结一心讨工钱》。

干了一年不给工钱

家里还等着钱过年

空手回去可怎么办……

不想大受欢迎，艺术团受邀到处去演出。碰上一些做贼心虚的老板还会百般阻挠，甚至将艺术团赶走。这让人想起过去的“前线剧团”、“战士文艺演出小分队”等。

艺术是人性的影子，再现人类的天性。打工者艺术团受到打工者的欢迎和支持是理所当然的，令人惊奇的是也受到了北京大学生们的喜欢，一次次把他们请到高等学府里去演出。后来孙恒和北京师范大学的一名女研究生结婚，两个人共同维护和坚持着这个打工者艺术团。于是，社会上便把他们以及类似他们的文艺演出定为“草根艺术”。

2006年夏天，中央电视台举办的历时近一个月的青年歌手大奖赛，最为火爆的是“原生态唱法”，在“原生态唱法”中最后摘得金奖的，是云南彝族姐弟李怀秀、李怀福演唱的“海菜腔”。而在两年前的上一届大赛上，却由于人们不知“海菜腔”为何物，以及如何将其归类等问题，竟将他们早早地就淘汰出局了。

郭德纲在成名前自称“非著名相声演员”，就是以“草根”自居，以示区别于高居于“庙堂”之上的那些“著名相声演员”。而郭德纲的“钢丝”，也大多是在校的大学生。大学生原本是未来“庙堂”中的人才，为什么偏偏喜欢“草根艺术”呢？

与“草根艺术”相对应的是“庙堂艺术”。顾名思义是堂皇的、官办的、高雅的艺术，比如那一台台花费大量财力、人力搞出来的各种晚会和文艺演出。也确实有过精彩，推出了一些明星，留下了一批给人印象深刻的节目，却也不能不承认，“庙堂艺术”近年来令人失望，浮华、空洞、傲慢，陈词滥调太多，脱离生活，脱离群众。常常给人感觉整个晚上就唱一首歌，所有的歌曲调都差不多，唱法差不多，内容差不多，歌手形态动作差不多，唱了一晚上也让人记不住，大部分歌都是有歌无调，有音无律，叫歌不像歌。

再加上“庙堂”里太热闹了，明星拥挤，大腕云集，卖弄，夸张，快意时快语，失意时乱语，名和利挂钩，幕前和幕后较劲，新闻和绯闻结合。皆因庙堂高高在上，条件太过优越，讲究高投入、高产出，动不动就要大阵容、大制作，一切都寄希望于炒作和审查……

而艺术恰恰是不能命令的，在获得权力的同时也失去了生命力。这使“庙堂艺术”难有惊人之作，并渐渐失去了人缘。艺术是“黑夜和沉默的产物”，它常常是可遇不可求的，不会因你是平民百姓便对你视若无睹，也不会因你是明星权贵就对你青眼有加。

“草根艺术”里倒确有真东西、好东西，让人耳目一新，甚至是石破天惊。如杨丽萍，原是“草根”中的佼佼者，后被选拔到“庙堂”中，偶尔才能现一下身。谁知她“有福不会享”，竟毅然选择了逃离“庙堂”，重返“草根”。两年后便创作出大型“原生态歌舞”《云南映象》，红遍国内外，也使“原生态”这个词汇大红大紫起来。

“原生态”自然也算在“草根”的范畴之内。中央电视台的青年歌手大奖赛本是“庙堂”盛会，为了更多地吸引听众，特意增加了“原生态唱法”，这是“庙堂艺术”向“草根艺术”示好。但不想示弱，所以还是要按“庙堂”的规矩对“原生态歌手”当众进行知识考试，将有些“原生态歌手”难为得够戗。

这不免令人想起儒贝尔的妙论，他说最早的艺术家使傻瓜变得聪明，现代的艺术家努力使聪明人变得愚蠢。就像现在参加歌唱晚会一定要拿个小旗子或荧光棒，整个晚上舞动不停，嘴里伴以狂吼乱叫，或根据导演的示意疯狂鼓掌……

有些“庙堂艺术”创作灵感往往靠“侃”，几个人住在宾馆里，吃着、喝着、侃着，一部大作品的框架就搭出来了。而“草根艺术”的宗旨只有一个，让观众喜欢，只有观众认可了才会掏钱买票，“草根艺术”也才有生存的余地。所以当代有建树的艺术家，常常身居“庙堂”心向“草根”。就比如赵本山，成立“刘老根艺术团”，以东北的“草根艺术”二人转，悄无声息地就占领了北方的大城市。

还有数不清的“二人转小分队”，也被人称为“草台班子”，可以说是典型的“草根”了，也活跃在城市的各种小剧场、大浴池和火爆餐厅里。里面有无数个“赵本山”、“郭德纲”，只是尚未大红大紫罢了。

甚至连文学创作也是如此，人们厌烦了远离真实生活和真实体验的虚华浮饰，渴盼能读到有真货色真分量的作品。文连平因吸毒曾连累家里四口人丧命，后来到新疆用了 14 年时间成功戒掉毒瘾，并根据自己的经历写成一部长篇传记《地狱天堂》，感动了大量读过这本书的人，其中有话剧表演艺术家朱琳，亲自将其改了编成大型话剧，由北京人艺搬上舞台。北京大学毕业的陆步轩，百般无奈当了屠夫，生活得以温饱后想起了自己曾学过的中文专业，在卖肉之余写成了长篇传记小说《卖肉生涯》，也很受欢迎。

经历就是财富，感觉就是才华，差别就是优势。在市场上充斥着伪冒假劣的时候，真实便最有魅力。“草根艺术”发端于现实，为民间所需要，所以有强韧的生命力。福楼拜说，在一切谎言中，艺术是最真实的。当“庙堂艺术”让人感到不真实时，“草根艺术”想不“热”都不行了。

领略“大话”文化

向自己提一个问题：自2005年入冬以来，禽流感闹得异常邪乎，你心里紧张吗？

回答是：不大紧张，不光自己不紧张，看周围的人也没有多少紧张的迹象。

为什么？你看看每天的报纸和互联网上的大标题：《流感大流行，势所难免》《在危险迫近之际》……仿佛大流感已经到来，死亡就在身边，会死多少？《国际先驱论坛报》11月7日有文：“世界银行宣称，禽流感引发的人类大规模流行病，可能让世界经济损失8000亿美元。”真不愧是银行家，立刻就能将病毒转换成美元。只是人们很难破解这道换算公式，要死多少人才相当于8000亿美元？还有，“亚洲开发银行估计，流感将影响亚洲20%的人口，导致0.5%的人口死亡……”（《参考消息》2005年11月9日）亚洲现有人口30多亿，这就是说要有6亿多人染病，会死掉1500多万！

于是，出什么好主意的都出来了，见得最多的就是《吃八角焖牛杂，能对抗禽流感》……“八角”就是北方人所说的大料，炖一大锅肉放进两三瓣儿，那味道就够窜了。倘是用1:1的比例炖牛杂，那还能吃吗？互联网上有报道说，日本有人服用一种叫“达菲”的抗禽流感药，其成分里就有“八角”，结果导致64人精神失常，12人自杀。比禽流感本身死得还多，这不是没病找病吗？

从各类专家到各种媒体，一沾上禽流感的边儿，就拼命把话往大里说。可人们为什么依然皮松肉紧，从心里并没有紧张起来呢？市场上的禽类食品，无论生的熟的，购买者依旧踊跃。我曾就此请教一位“左手一只鸡，右手一只鸭”的老者：您就不怕染上禽流感？他大大咧咧说：“现在才正是吃鸡炖鸭的好时候，禽流感闹腾得越厉害，国家查得就越严，鸡鸭食品反而更安全！”妙，天津爷们儿想问题就是不一般。这跟两年前闹“非典”的时候大不一样了，那个时候人们是真害怕，人人自危，全力防范。

信息爆炸的时代，爆炸连连。人们第一次挨炸，心惊胆战，蒙头转向；第二次挨炸，仍能享受刺激带来的痛感或快感，却已稳住了神；第三次挨炸，就能穿皮不入肉，抱着听新鲜、看热闹的态度……久而久之便生出了“抗炸性”，说不说在你，信不信由我，甚至你越说得天花乱坠，我心里就越要打个问号。

信息为了能继续引起“爆炸”效应，便不得不加大当量，倘本身的“药力”不足，就只能在烟雾和声音上做文章，虚饰，夸张，以期引得人们注意。长此以往，就形成了一个“大话文化”：话往大里说，一个比一个敢说，谁发布个什么信息，都想追求“爆炸”效应，恨不得扔颗炸弹，不炸你一通、不吓你一跳，不算本事。

比如由国际知名的科学家和学者评选出来的《2004 十大科学预言》中宣布：“由于全球气候变暖，海平面上升，到 2020 年，东京、伦敦、纽约等世界名城都将被海水淹没，从地球上消失……”真敢说呀，这可不是说说就完事了，大家都在看着哪。还有 15 年的时间，转眼就到，可上述城市里的人都活得好好的，纽约正在着手重建世贸大厦，伦敦争得了 2012 年的奥运会举办权，都不见有丝毫准备撤离的迹象。

至于在当今商品社会里，“大话文化”更是俯拾皆是。市场叫“超市”，明明是业余歌手却叫“超级女声”，稍微出色一点就是“超一流”，强壮一点的男孩叫“猛男”，白净一点的就是“帅哥”，到处都是“超级”。热水器叫“热霸”，做鞋的称“鞋王”，似乎谁都敢“称王称霸”。有两三把理发的椅子，就敢叫“美容中心”的牌子，大小是个公司就挂个集团的牌子，可谓遍地集团，处处中心。放七天假叫“黄金周”，大有遍地黄金、日进斗金之势。即便是在人们的日常生活中，也充斥着卡通、戏说……满眼满耳都是大呀、绝呀、变形呀、魔幻呀，等等，等等。

“大话文化”，是消费时代无孔不入的广告意识的滥觞，更有媒体的推波助澜，一切都是商品，一切皆可推销。广告做过头，会适得其反，“大话”说过头，也能引来实祸。“萨达姆拥有大规模杀伤性武器”——就是美国中央情报局的一句大话，却引发了实实在在的灾难频频的伊拉克战争。人们天天在满天飞的“大话”轰炸之下，心理上不可能不受影响，一惊一乍，忽上忽下，完全相信，容易神经崩溃或精神抑郁，被吓出个好歹来还真不新鲜。不信吧，又怕被这些“大话”不幸而言中。

这样吓唬来吓唬去，神经脆弱的就染上了精神疾患，据世界卫生组织最新发布的消息，全球有 1.2 亿人患抑郁症，中国则超过 2600 万人，自建国至 2003 年，每年有 240 万人自杀，其中的 10% 自杀成功。专家们总结其原因，排在第一位的是“文化和社会背景造成的”（见 2005 年 11 月 25 日《人民日报》）。这岂不是说跟“大话文化”也有点关系？而神经粗硬者，久而久之反被大话吓唬皮实了，大话那么多，信是死，不信也是死，索性就随他去吧。老被吓唬，恐惧变成家常饭，也就不再恐惧了。不怕还关系不大，就怕不信了，这只耳朵进，那只耳朵出，你说你的，我做我的……

这就是“大话文化”所造成的“信任危机”、“神经麻痹”。从另一个角度看，也可以说是现代人的“定力”增强了，民间反应竟跟“大话文化”的风行形成强烈的反差，构成对“大话文化”的反讽。可见，大话并不培养行动的巨人，甚至相反，爱说大话者常常做小人。

“大话文化”能得以盛行，腐蚀的是社会精神和公众道德。过去有句俗话：“说大话不上税”。如今却未必，眼见当今世界正在为“大话文化”付出代价，这代价有经济的，更有甚者是社会的凝聚力、媒体的诚信度以及公众的信任感，都大打了折扣。

2004年的说法

新年初旧历年尾，正是“瞻前顾后”的时候。差不多每个人都会对刚刚过去的一年总结一番、体味一番，对刚刚开始的一年（即将到来的农历鸡年），规划一番、祈祝一番。我有个最简便的方法，只要检索一下上一年的经典性语录，就可对过去一年的重大事件了然于胸。这些语录曾经像轻风般掠过2004年，飘落在人们的记忆里，重新拣拾一番，有实际性，也有思辨性。它们经得起再读，也经得起再思索。

2004年男女结合盛行老少配，有些老少配还造成了强烈的社会轰动效应。深圳某年轻俊男娶了一个大款老太，面对众人的困惑，他自揭谜底：“用钞票的时候，还需要关心它的发行日期吗？”

——这是个别的，还是道出了其他一些老少配的部分因由？

上一年性丑闻、性交易、性官司比较多。漫画家朱德庸说：

“男人的一半是女人，定义如下：男人的一半是他身边的那个女人，剩下的一半是各式各样别的女人。”

民间的《新威胁论》说：“已婚的女人威胁老公，单身女人威胁已婚的女人。”

美国一家研究机构也凑热闹，公布了他们多年的研究成果：“胸部丰满的女性，智商要比普通女性高出 10 个百分点左右。”

——难怪娱乐业的女子都千方百计地在胸部出奇制胜。只是这家研究机构还缺乏一个有力的证据：世界上的知名科学家有多少是大胸女人生的？

在第 76 届奥斯卡颁奖典礼上，上届影后妮可 · 基德曼颁发男主角金像奖，借介绍入围五部影片男主角的特点，顺便就概括了当今全世界通行的男女关系：“一个浪漫热情的小伙子，一个臭脾气的超龄坏孩子，一个有权威的一家之主，一个海盗，一个陷入中年危机的男士。对女人来说，他们是不同年龄段的约会对象。”

——老天哪，这就叫“通吃”！

中国的许多学校在 2004 年展开了有声有色的性启蒙教育，性知识带来性感觉，性感觉带来性麻烦。某大学的顺口溜是：“开着灯的打麻将，关着灯的搞对象……”

成都一个参加高考的男生，抱怨前排的女生穿着太暴露，影响自己发挥水平：“写作文时，一抬头就看见她的光背，再加上浓烈的香气，实在有些受不了……”

一位陪女儿去医院的母亲对医生哭诉:“我17岁时不知道什么是恋爱,可我17岁的女儿却要做人工流产。”《羊城晚报》的记者评论说:“17岁不知道恋爱和17岁就要流产,都挺悲哀的。”

2004年无疑还是“经济年”,诸事要靠经济调节、经济推动,这从农村的大标语可以看出来。

“少生孩子,多养猪!”

“结致富的扎,上脱贫的环!”

“一人超生,全村结扎!”

如果又想超生,又不挨罚,怎么办?求助于“科学”。据《哈尔滨日报》1月6日报道:在哈市一家医院,2004年10月至11月间的短短40天里,接生了7对双胞胎。一个叫小玉的29岁女人,经人介绍大剂量地服用一种价格仅十几元的促发排卵的药物,竟怀上八胞胎!真是低成本,高产出。

——马也先生评论道:“人有多大胆,肚有多大产!”

外国人也有穷疯了的,俄罗斯一个叫奥斯皮夫的律师,向当地公证人办公室递交声明:“我申请对世界各国上空的云朵拥有所有权,我已经在全世界的法律行业中开创了一个先例。”

针对2004年的各种重要社会现象,老百姓都有精彩的语录。

——评价一些干部读在职研究生:“一是认认人,二是学学词儿,三是养养神儿。”

事故、灾难、污染、艾滋病……百姓这样表达对生活的无奈："安全带、安全帽、安全套……现代社会里能给人安全感的，不是人际关系，而是塑胶制品。"

城市的垃圾筒前贴着这样的标语："垃圾分类，由我做起！"这好像说"我"就是垃圾。

南京大学的公告栏上贴出了一封"辛酸父亲的来信"："自从你考上大学，成为我们家几代里出的唯一一个大学生之后，心里已经分不清咱俩谁是谁的儿子了。"

在检索去年语录的时候，无论如何都不能漏掉一些政治人物的妙语，它们真实地反映了这一年的国际政治形态。2004年被称为"选举年"，马来西亚前总理马哈蒂尔在评价美国大选时说："美国的选民看起来愿意接受一个说谎者并选举他为总统。美国人民基本上都很无知，他们认为美国就是世界。"

去年3月，法国媒介举行一次特别的专题采访，7位法国前总理都参加了，并一起向公众大倒苦水，讲述担任总理的种种辛酸："法国总理的生活如同下地狱。"

英国首相布莱尔面对媒介的采访则说得更形象："我现在非常疲惫，就好像有一千个人在不分白天黑夜地踢我的屁股。"

11月12日，他和布什联合举行新闻发布会，有记者当场问布什，他是否认为布莱尔只知道追随他？布莱尔尴尬地请求布什："千万别说我是你的狗。"

2003 年在“奥斯卡金猴奖”的评选中，获得“终身成就奖”的世界恐怖主义一号人物本 · 拉登，2004 年继续在大山里钻来钻去，周围只有石头和山洞，有好几个月连他都不知道自己身在何处。于是，他在 8 月公布的一盘录音带里抱怨说：“如果你知道我现在在哪儿，请立即告诉我。”

——这就叫找不到北了。会藏的人，藏来藏去竟真的把自己给藏丢了。

语言是最基本的信息载体，也是一种特殊的社会现象。它随着社会的产生而产生，也随着时代的变化而变化。人们都喜欢将生活经验倾注在简短的俏皮话里，将无奇不有的种种社会现象凝固在冷峻的警句中。这就是语录的作用。

最后，还是摘录一段 2004 年末尾的手机短信，作为此文的结束：“有件急事告诉你，你要冷静，做好思想准备。有帮家伙到处打听你，还说逮住你决不轻饶，他们一个叫财神，一个叫顺心，领头的叫幸福。”

2005年的语录

令人难以想象的是国际上还有个“全球语言监测机构”，不知他们对种类繁多、浩如烟海的全球语言是怎样进行“监测”的，最后选出在2005年全球使用频率最高的词语：难民、海啸、教皇（纪念保罗二世教皇去世）、中国英语（中国式的洋泾浜英语）、禽流感、巴黎骚乱、卡特里娜、共同创建环境网站、手机短信、叛乱分子……

排在前10位的有6个灾难，1个死亡，足见对全球来说刚刚过去的一年颜色偏黑，晦气重重。但仍有透亮，世界并非“一锅粥”，有暗就有明，有办丧事的，也有办喜事的。

我平时也喜欢搜集有见地、有趣味的语言，到年底归纳一番，分门别类，一年的脉络便清晰可见，足堪玩味。兹选出一部分抄录于后，看读者诸君是否有同感？

现代社会文化大致可分为三块：官场（政治）文化、市场（经济）文化、情场（伦理道德）文化。那就先说跟官场有关的语录。

去年世界上灾难频仍，出丑闻的总统和官员也多，因此媒体借纪念爱因斯坦的相对论发表100周年，重新刊载他临终前对自己女朋友说的话：

“蠢货的统治是无法撼动的，因为蠢货那么多，而他们的选票又和我们一样算数。”

或许还是更“算数”。因此一个中国律师公开说：“你遇到一个法官，请他吃饭不去，送钱也不要，这是最可怕的了。因为你不知道他是真的清廉，还是对方已经送过了。”

而姚元忠先生则说：“要让老百姓不怕官很简单，让官怕老百姓就行了。”

《中国青年报》12月26日推出了《2005社会怪现象》：“46岁的尤国英，被送到火葬场时还没有死；39岁余祥林，妻子出走带给他11年铁窗；16岁的李洋，显赫落榜的高考状元；华油职工，为了上岗奋勇离婚；合肥58栋别墅无人认领……”

2005年7月10日，在成都召开的“和谐社会成都论坛”上，专家们对中国当前的社会阶层重新作了划分：“1. 国家与社会管理者阶层；2. 经理人员阶层；3. 私人企业主阶层（雇佣8人以上）；4. 专业技术人员阶层；5. 办事人员阶层；6. 个体工商阶层；7. 商业服务人员阶层；8. 产业工人阶层；9. 农业劳动者阶层；10. 城乡无业、失业、半失业阶层。”

“文革”期间曾有“臭老九”一说，一直处于领导阶级的“工农兄弟”，如今却沦为老八老九，人们也早已习以为常了。难怪清华大学科技与社会研究中心的王蒲生公开宣称：“自行车污染比汽车大，中国城市环境污染不是汽车造成的，而是自行车造成的，引起交通不畅，导致汽车停滞，排放更多尾气。”

这就叫霸道，还有点得便宜卖乖。在世界上人均土地占有量很低的中国，又拿出许多土地用钢筋混凝土覆盖，修建了一条条高速公路、高架路、快速路，哪一条是为自行车修建的？恰恰相反，城市里有些飞机场般的大道却取消了自行车道。

《燕赵都市报》曾著文介绍说，我国每年公车开支3000个亿，超过教育、医疗经费的总和。其文使用了一个醒目的标题：《多尊贵的臀部啊！》

再看经济类方面的语录。去年在经济界流传最广的一句话带有天津味儿：“买嘛嘛贵，卖嘛嘛便宜。”一买一卖见时尚，黄金涨价，文物涨价，到年底北京、广州“清晨排长队，为了买金条贺岁”。

有钱的人越来越多是好事，为了适应越来越多的有钱人，“上海开发企业前沿控股集团声称，他们将在天目湖畔打造价值1000万元的高档别墅，购买者可获赠价值300万元的直升机使用权，像出租车一样随叫随到。”

而媒体为中国上一届富豪榜做年终总结时发现，去年很多上榜富豪被害的被害，被抓的被抓，感叹道："这哪是富豪榜，简直是黑名单。"真是煞风景。

可能是因为"拿人家手短，吃人家嘴软"的缘故，去年是经济学家最老实的一年，有媒体形容是"集体失声"。于是媒体重新发表王瑶先生评价鲁迅的话："什么是知识分子？他首先要有知识；其次，他是'分子'，有独立性。否则，分子不独立，知识也会变质。"

晏阳初也说过："富有的人和富有的国家，必须认识到，只有贫穷的人民和贫穷的国家满足了，你们才是安全的。你把这叫做明智的自身利益也可以。"

社会学家李光天说："转型期的心里调适，应是社会全方位的，有钱的人要克服有钱的麻烦，没钱的人要找出没钱的快乐。"

究竟怎么个调适法呢？王静在《杂文选刊》上发表了一个段子："这年头，教授摇唇鼓舌，四处赚钱，越来越像商人；商人现身讲坛，著书立说，越来越像教授。医生见死不救，草菅人命，越来越像杀手；杀手出手麻俐不留后患，越来越像医生。明星卖弄风骚，给钱就上，越来越像妓女；妓女楚楚动人，明码标价，越来越像明星。治安横行霸道，欺软怕硬，越来越像地痞；地痞各霸一方，敢作敢当，越来越像治安。流言有根有据，基本属实，越来越像新闻；新闻捕风捉影，随意夸大，越来越像流言……"

第三类是情场语录。2005 年中国出现了同性恋家庭，贺曼公司推出了同性恋结婚贺卡，上写："两个新娘成双对。"我想还应该有"两个新郎成双对"吧。

那么异性婚姻的状况如何呢？有这样一些比较极端的段子："有心的无力，有力的无钱，有钱的无情，有情的无缘，有缘的无分，有分的正闹着离婚。""说真话的男人大半打光棍，说假话的男人正在闹离婚，说半真半假话的男人大都艳福不浅，被女人奉为好男人。"

"法律规定：男人22岁可以结婚，但18岁就能当兵。这说明三个问题，做人比做事难；生活比打仗难；对付身边的人比对付敌人难。"

西北师大旅游学院的讲师徐兆寿，在他自己开设的《爱情婚姻家庭社会学》的课堂上，让100多个学生重复地同声大念一个字："性——！"像搞传销，性确实是当下最畅销的产品。

根据现行《婚姻法》修改起草专家小组主要负责人巫昌祯教授统计："被查处的贪官污吏中95%都有情妇，腐败的领导干部中60%以上与包'二奶'有关。"而作为"80"后一代的代表、少女作家春树更有惊人之语："有关系就是有关系，没关系有了关系也没关系。"

既然人类的情感已经到了这个地步，所以2005年最具轰动效应的殉情事件就发生在4只年轻的野猪身上。"它们是两雄两雌，一起跳百米悬崖身亡，坠亡后犹作两两相对。经多方推考，村民坚

称它们是为情自杀。”(《都市快报》)

真是“蠢猪”啊，竟然想给人类做榜样。难道不知道人类更喜欢“好死不如赖活着”？

最后还是听听人类中智者的教导吧：“会经营婚姻的人，要比会经营爱情的人伟大。”

当代婚姻大观

谁能想得到，猴年快剩下一个尾巴尖儿了，突然大交桃花运。盖因猴年是春节前立春，到明年“无春”，民间传说“无春”的鸡年不适宜结婚。于是，结婚趁早，洞房快入，办喜事成了种庄稼，要急着赶节气，结婚也就结疯了。

有一个周末的晚上，我同时要给三对新人证婚，在这儿草草地讲一通祝福的话，立马又赶往下一家去祝福，如同演员“走穴”。许多饭店同时有几家人在大摆结婚包席，需有专人引导才不会送错彩礼、吃错喜宴。城市里处处张灯结彩，鞭炮轰鸣，迎亲的车队浩浩荡荡，披红挂花……这个世界可真是幸福啊，竟同时有这么多洞房花烛，鱼水之欢。

而且，不光结婚的多，还要结出许多花样。什么年龄的新人都有，儿子新郎、父亲新郎、爷爷新郎，有孙女新娘、女儿新娘、母亲新娘……像 60 多岁的国际著名影星伍迪 · 艾伦，不就和 19 岁的朝鲜裔养女正式登记结婚了吗？将父女改为夫妻。

眼下不管是多么新鲜的事，只要外国有的，中国一定也会有。而且只会更新奇，更有味道。如四川有一刘姓女子，20 多年前在筹办结婚的时候，不幸未婚夫因车祸身亡，从此她心如死灰，决定此生不再嫁人，随后便收养了一个 4 岁的小男孩儿，取名蔡强，准备母子相依为命，度过一生。22 年之后，蔡强已经 26 岁，长得像模像样，有型有款，喜欢他的姑娘也有，想给他介绍对象的人也有，他却对任何姑娘都没有感觉，唯独爱恋自己的养母。刘女士年已 43 岁，也渐渐对成熟的养子生出一种别样的依恋之情，母子终于走上红地毯，变母子关系为夫妻关系，在当地传为佳话。至于像黄梅戏演员吴琼，嫁给小她 15 岁的阮巡这种姐弟恋，就毫不足奇了，被电视台一炒，他们显得无比般配，简直就是天下“绝对”。

猴年有猴性，折跟头打把式，在婚姻大事上似乎也格外盛行“老少配”。凤凰卫视年轻的女主播隗静，嫁给了 60 多岁的美国将军布来恩特。82 岁的物理学家杨振宁，娶了 28 岁的女研究生翁帆，当他们出现在海南岛的第二天，就爆发了东南亚和南亚的大海啸，报纸上有评论说：“足见他们挑战传统的锐度和强度，具有何等强烈的震撼力。”

这果然带起了一股时尚，某大学一丧偶的 67 岁老教授，以前找老伴的年龄要求在 50 岁上下，杨、翁恋成了媒体的热点以后，他找老伴的条件一下子降为 30 岁左右。我有一朋友今年 73 岁，离异多年，朋友们没少为他张罗，他却东挑西拣，大过恋爱瘾。最近有人给他介绍一位59岁的女演员，还相当漂亮，朋友们都以为这回差不离了，谁知他老兄甚为不悦：“我有那么老吗？在你们这些朋友的眼里我就不能找个二三十岁的姑娘了？”

哎呀，老男人们也疯啦。而且疯得冠冕堂皇，引经据典，脸不变色心不跳。如今的婚姻好像怎么搭配都没有关系，渴望艳遇成了一种流行病。特别是身处现代媒体时代，被议论的越多似乎就越光彩。而配偶的年龄差距越大，就越能制造轰动效应。

但，议论不议论是别人的事，幸福不幸福是自己的事，国际心理学家和社会学家已经对眼下流行的“老少配”现象做过调查和分析，得出的结论是：有利的一面多是虚的，比如“老少配”容易给人留下深刻的印象（这还用说嘛），年轻女人能让身边的男人更富有青春朝气和男子气概，可以让其他男人羡慕无比（没错），不会带着过去婚姻留下的孩子……

而“老少配”的弊端，美国社会学家劳拉·史莱辛尔却实实在在地列出了整整十条：1. 小娘子一般都有灰姑娘情结，太过追求完美。2. 几乎跟老成持重的丈夫没有共同语言。3. 缺乏生活阅历。4. 不够睿智。5. 容易令人厌烦。6. 男人无法从她身上获得支持。7. 在成熟的社交场合，他们格格不入。8. 过于依赖他人。9. 过于苛求，总是不知足。10. 在漫长琐细的生活中，她们对丈夫的帮助不大。

天哪，被这么一说，老头娶小媳妇除去瞧着好看、能惹别人羡慕外，麻烦也还真不少。可是这年头，人们更注意表面的暂时的效果，谁还在乎以后的感觉如何。

在“老少配”的风气引领下，不光结婚要花样翻新，征婚启事也讲究出奇制胜，无论女的男的老的少的，征婚时就没有不敢说出口的话，没有不敢公开提的条件，在这里不妨顺手摘录几则（哪个报纸上都有，网络上更是随处可见）：

深圳一位40岁女人的征婚词：“一枝花的徐娘，胸部魅力无穷。寻觅不服伟哥也一样强壮的猛男，拒绝沙发土豆（即成天赖在沙发上看电视的男人）。”

一个20多岁的小伙子愿意找“长腿姐姐或姑姑、阿姨都行”。（干嘛不把奶奶也捎上）

一位23岁自称“窈窕淑女”的，“寻找具有超强经济实力的男士，年龄不限”。这等于公开声明找的是钱。难怪许多真正具有超强经济实力的钻石王老五，因其太富有，反而不敢结婚了，怕的就是碰上这类“掘金娘”。如李嘉诚的次子李泽楷，公开宣称事业第一，母亲第二，爱情第三。还有胡润中国富豪榜上的首富王磊、搜狐的总裁张朝阳等等，都是富得不敢轻易结婚的人。

《辞海》上说，古时“婚”亦作“昏”。如果说，过去是“女”的发“昏”才成“婚”，现在该轮上男的因结婚而发昏了。所以，精明的现代人防备结个“昏头昏脑”的婚，在结婚前趁着还没发昏先签下各种各样的结婚协议，以限制自己发昏。比如，有的规定女方在婚后的体重不得超过80公斤，超过一公斤就罚款多少。更多的是关于财产怎么分，要不要孩子，谁先死了怎么办，一方有了外遇怎么办，两人过不下去要离婚怎么办……像以花心闻名于世的奥斯卡影帝道格拉斯，与著名影星泽塔的结婚协议上就规定："男的拈花惹草，给女方 500 万英镑的赔偿费。如果离婚，按结婚年限每年补偿对方 100 万英镑。"

说了这么多奇奇怪怪的婚配，难免要惹得人发问：那么你说什么才叫婚姻呢？我给不出更好的答案，但可以求教经典思想家的经典答案。这是个老掉牙的故事：柏拉图有一天问老师苏格拉底：什么是婚姻？苏格拉底没有马上回答，却叫他先到杉树林里去挖一棵最好的树回来做圣诞树，但只能选取一次。柏拉图充满信心地出去大半天，终于拖着一棵看上去并不是很起眼的树回来了。苏格拉底问他："这就是林子里最好的那棵树吗？"柏拉图说："因为只能选一棵，选完后似乎看见前面还有棵更好的，但时间和体力都不够用了，也就顾不得管它是不是最好的，先拿回来了。"

这时，苏格拉底才告诉他："这就是婚姻。"

都市里的情场

居住在湖北恩施五峰山革命烈士陵园附近的居民，投书《楚天都市报》说，现在的情侣们竟把陵园当做幽会的场所，或嬉戏于烈士的墓穴之间，或在树木、阶石乃至墓碑、墓穴上乱刻什么“某某爱你一万年”之类的昏话，或公然坐在烈士墓碑上谈情说爱、拥抱接吻……这，真是成何体统！

可话又说回来，现代城市越建越大，房子越建越多，围墙和栏杆越来越多，保安也越来越多，唯独供情人们活动的亲密空间却越来越小。你叫那些动情的滥情的憋不住熬不住的热恋或乱恋中男女，到哪儿去亲热？有亲热才好散热，倘若热度一天天在增高，却无处发散，岂不要出事？

膨胀的都市也膨胀起人们的欲望，包括情欲，格外炽盛，恨不得一步到位，神鬼不怕。而陵园这种地方恰好十分清静，私密性好，若有树木遮挡或靠山临水就更妙。说实话，现在要找这种地方恐怕也只有去陵园了……

天津当然也有烈士陵园，就建在全市最大的公园——水上公园的里边，或者说是水上公园建在了烈士陵园的里边。后来在烈士陵园旁边又毁掉一片茂密的林子，建起了周恩来和邓颖超纪念馆。去年的天津啤酒节就在水上公园靠近烈士陵园的一侧举行，啤酒节嘛自然要喝酒，按国人的习惯喝酒还须有下酒菜，这就要爆炒、油炸、醋熘、烧烤等等。

每天人山人海，成千上万张台子在花草树木中间摆着流水般的宴席，烟熏火燎，大吃大喝，喝多了就大喊大叫、大闹大笑。各商家为了吸引顾客，都在自己的地盘上搭起舞台，请来各种档次的演出队，那真叫唱对台戏：你冲着我吼，我冲着你喊，敲当面锣，打对面鼓，比着看谁的声势大，谁能吸引更多的人。摇滚乐砸得地动山摇，“美女野兽组合”唱得鬼哭狼嚎，又正赶在三伏盛夏，台上三点式，游客薄露透，台上疯唱，游客跟着哼哼，台上疯跳，游客跟着跺脚，越到晚上越热闹，每天都闹到下半夜。

应该说啤酒节办得非常成功，我曾询问过一个卖烤羊肉串的小贩，他说每天至少能卖出一万串。若五角钱一串，一天就是五千元！商家获得了丰厚的经济收益，老百姓过了半个月的狂欢节，只是有点搅扰周总理夫妇和先烈们。倘他们泉下有知却未必会怪罪，老百姓的日子过好了不也是他们的遗愿吗？

现代城市生活无论多么节奏紧张、竞争激烈，人的天性中爱热闹的因子还不至于都丢光，生活不能天天凑热闹，可也不能全无热闹。没有热闹生活就会死气沉沉、缺少活力，该热闹的热闹一下，能给城市人的生活增添乐趣、焕发生机。所以，城市里不能没有供老百姓免费热闹的地方。你没有这样的地方，老百姓就会开辟出这样的地方。

海河流经天津市中心一段的西侧，紧靠着一条马路，这条马路边上从早到晚都坐满了人，下棋的、打牌的、拉胡琴的、唱戏的、举着牌子找工作的、或坐或站看热闹的……中心广场大草坪上的动物雕塑，也常被玩耍的孩子们毁坏。北运河边上的滦水园微缩景观，更是屡遭破坏……这是为什么呢?

恐怕跟能供人们热闹的场地太少了有关。因为人们要寻找热闹的劲头是限制不住的，特别是现在城里闲人很多，下岗的多，退休的多，老人孩子多，这么多天天都没事干的人，你叫他们去哪儿呆着呀?

但也有人想出了绝招，在草坪上面十字交叉地拉上铁丝网。本来是美化环境的草坪，却让人感到不那么美，甚至不舒服，容易联想到战争年代的封锁线、地雷阵、敌占区，产生恐怖和厌恶心理。所以越是新区，越是好地方，越缺少人气，到处都悬挂着“禁止入内、违者必罚”的大牌子。

那么，人们不禁要问：城市建那么大、弄那么洋气，到底干什么用呢?说白了城市不就是住人的吗?就该照顾到居民的兴趣和需求，让人感到居住的方便、实用和快乐。

这让人想到早在 1857 年，曼哈顿还没有塞满摩天大楼和小汽车，美国的园林建筑师奥姆斯特德就预见到纽约人将来需要在市中心有个休息的地方，于是在寸土寸金的黄金地段修建了阔大的中央公园。公园建成后奥姆斯特德特意在纽约各地张贴示意图，指明去公园的路径和方向，鼓励穷人和病人到公园去，无论贫富都可以在里面游玩，公园里的草地不会让任何人有受歧视的感觉，在中央公园每个人都受欢迎。以后的事实也证明，每个纽约人或去纽约的人，都愿意去中央公园里走走看看。奥姆斯特德成功地将风景变为城市建筑，纽约中央公园也成了城市建设的经典。

城市生活无非就是三大块：商场、情场、官场。佛说世界是有情世间，城市就该有情，环境也要有情，建筑更应该有情。

看科学家们打嘴仗

一位学富五车的老教授，听北京一位著名的保健医生说吃大蒜能抗癌，便大吃特吃起来，反正上了年纪味觉迟钝不怕辣了，也不再面对学生无须担心嘴里的大蒜味儿。但没过多久，癌是抗住了没得上，眼睛却坏了。同样著名的眼科医生说，是吃大蒜过量害的。

呜呼，现代消费社会，科技发达，知识爆炸，信息多得打架，人人都活得无比明白，却又十分糊涂。过去医生们都说，咀嚼坚硬的食物可加固牙齿、强劲和发达下巴上的肌肉。而解放军306医院最近发布的研究成果却正相反，咀嚼坚硬的东西对牙齿损害很大。

此类相互打架的“科学知识”多了去啦，比如：这个说吃盐多了不好，那个说盐分不足危害更大。一会儿说腌咸菜吃多了能致癌，一会儿说腌雪里蕻是很好的抗癌食品。这个主张吃水果要削皮，皮里有农药残留物；那个说吃水果不能削皮，皮子里维生素最丰富，甚至连“吃葡萄要吐葡萄皮”的习惯都是错的，对心脏有好处的红葡萄酒里的白藜芦醇，就含在葡萄皮里……

在一些更为重大的事情上，科学家们也照样在打嘴仗。国际上评选出的《2004 十大科学预言》中有两条格外惊人：一条是由于全球气候变暖，海平面上升，到 2020 年，东京、伦敦、纽约等世界名城都将在地球上消失。另一条是到本世纪末，人类只能住到南极上去。却还有一条说，20 年后人类将获得长生不老之术……现在的这些科学家可真敢说呀，他们也不给个解释，地球上的人都不死了，只有一个南极怎么能搁得下呢？

不管科学家怎么吓唬，看看周围的人有害怕的吗？没有。现代人早就被吓唬出胆儿来了，越是大事越不怕，离自己还很远的事就更不操心，或者干脆就认为这是猴儿拿虱子——瞎掰。比如，2004 年冬季气象预报中使用频率最多的句子是“暖冬”，可有五六次我的自行车气门芯被冻坏，致使车胎煞气。我骑车 40 多年，以前从未碰到过这种情况，我不是说去年冬天是 40 年来最冷的，我只想说经过 40 年来的现代科技的飞速发展，连我们的自行车的小小气门芯都变得无比敏感和娇气了。

所以，遇到又有新知识在你眼前“爆炸”，不要轻易就被吓住或炸蒙，再等等，说不准还会有别的声音。果然，2005 年 2 月初，在英国埃克塞特举行的研讨会上，有些科学家又开始反击上面的预言，说全球变暖只是一个大神话，南极的冰盖不仅没有融化，而且越来越厚，年增厚度 6.5 毫米。这 50 年来南极没有变暖而是变冷了。至于海平面上涨的问题，世界海洋在 2 万年中总共上升了 120 米，最近海水上涨的速度大大下降，比过去慢了 10 倍……

你看看，这到底该信谁的?

还有，前几年对胎教吹得神乎其神，好像再要生个比尔 · 盖茨就得从一做胎便开始进行全方位教育。怀孕的妇女们真恨不得把贝多芬、达 · 芬奇连同四书五经一股脑儿都塞进自己的大肚子，以至于有人老贴着孕妇的肚子给胎儿放音乐，使婴儿出生后“听力受损”。最近科学家又变调了，说胎教屁用也不顶，胎儿在出生之前和分娩期间没有任何知觉，只有在呼吸作用开始后，身体组织出现氧化时才会产生感觉。

我还见到有更奇妙的科研新成就：人在说谎的时候，大脑活动的区域更大，脸部的肌肉活动更细腻、更丰富，因此经常说谎的人智慧更发达，显得更年轻。好啊，科学研究已经“细腻、丰富”到这般地步了，人类还有什么不敢干的。

于是，辣椒酱用苏丹红染色，海产品用甲醛保鲜，四川眉山市查出 2 万多条剥了皮的癞蛤蟆当鲜牛蛙卖……现在这类事多了去啦，用一句老话叫“罄竹难书”。人们生活在科技高度发达的现代社会，吃东西没点胆量是不行的，活着全靠撞大运，不知什么时候就被毒一下。毒不死就是赚的。

难怪科学泰斗级的人物爱因斯坦说，科学能减轻人的劳动量，给生活以安逸和舒适，却不能带给人们幸福，这是因为人们没有完全有意义地利用它。什么叫“完全有意义地利用”？这是说人类在发展和利用科学时，缺少全面的道德和责任。科学给了社会善恶两面，人类的德行跟科技的发展不能同步，科技在带来方便的同时，必然也带来麻烦。就像网上所报道的，一个德国男子在一次车祸中丢掉了命根子，医生利用现代高超的医术给他又造了一个，他甚至还利用这个新造的东西让妻子怀孕了。但他总觉得这个后造的玩艺儿样子太丑陋，便花钱让医生又造了个好看一点的。医生不知出于什么心理，造好了第二根并未把第一个割掉，当这小子脱裤子向他妻子炫耀有两根阳具的时候，那个可怜的女人当场吓昏，醒来后拿着自己的东西逃了。现代科技常常就这么恶作剧般地成了男人裆里的第二根生殖器。

所以，最近公布的《中国科普现状调查》结果，让许多人大出意外。调查是由中国科学院等国家的一些权威机构和一批权威专家共同完成的，具有无可言喻的权威性和可信度：“每 2 个中国人中有 1 人相信求签，每 4 个人中有 1 人相信星座，每 5 个人中有 1 人相信周公解梦，在 50 个人中只有 1 个人具备基本的科学素养”。

这就怪了，国人无时无刻不生活在现代科技之中，利用现代科技造假坑人的手段是那么邪乎，胆性那么狂野，为什么真实的科学素养反而这么差呢？人们到底是越活越明白，还是越活越糊涂？甚至懂得越多，人类就越找不到祖宗，不知自己是什么变的，该跟谁攀亲。就像以前人们都相信自己是猴子变的，后来又发现人跟黑猩猩最接近，现代科学则证实 3 亿年前人跟鸡是同宗……

就这样有时太明白了反而像糊涂，傻到家反成了大聪明。前不久国际上热炒过一个新闻，让一个傻小子出了大名。10 位科学工作者到非洲考查，其中一人还带着没人管的傻儿子。他们不幸被困在大沙漠中，两次都以为找到水了，奔到跟前才知是海市蜃楼，懂科学的人都躺倒在沙漠中绝望了，只有那个傻子不懂何谓海市蜃楼，只知道自己渴得要命，无论如何也要找到水喝。于是他又拼命翻过一个沙丘，果然看到一个水塘，便大声招呼那些人。可那些聪明人谁也不动弹，知道那不过是海市蜃楼又在捉弄人，从心里同情傻子，不如保存点体能，或许还多一些活下去的希望。这时候沙漠里起风了，傻子直扑水塘……后来当救援队找到他们的时候，只有傻子一个人活着。救援队百思不得其解，那些人离水塘这么近，为什么只有傻子肯翻过沙丘？

因为他傻，心里反而有信念，有定力。这可真是一种讽刺，在这个信息爆炸的时代，精明过头或过于敏感，往往也最容易被炸蒙、震昏，乃至搭上卿卿性命。活得傻一点，单纯一些，反而成了一种强大。

关于称谓

近接一老同志来信，里面还夹带着几个已经拆启过的空信封，信的措词相当严厉："我压抑了很久，终于还是决定给您写这封信，请教一个问题：像我们这样一个所谓文化人聚集的地方，现在到底变成了一个什么单位？我在这个单位里又算个什么？近几年来，单位给我下开会通知，编辑部给我寄刊物，甚至是在年节寄来慰问信，信封上都一律只写我的名字，连个称呼都没有。我不敢指望单位能称我一声先生，难道却连当个同志的资格也没有了吗？这让人很容易联想到'文化大革命'，就差在我的名字上打十叉了！我想单位里对您还不至于这样吧？那么能否告诉我在咱们单位里有哪些人还享受同志待遇，有哪些人像我一样已经不在同志之列了？但我至少还是个老人，这一点好奇心还希望能得到尊重。"

读罢信我哈哈大笑，对方身为"老同志"，而许久却不被人称"同志"，这滋味竟然到了忍无可忍的程度！我每天差不多都会收到一捆邮件，在信封上加称呼的很少，不止自己单位的来信是如此，就是外地乃至一些著名的大报、大刊的来函，也多是光秃秃地只写名字。我早已习以为常了，倒是看到很客气地加了称呼的信函，反会有所警觉，因为那多半是向你推销什么产品，或者是请你参加一个莫名其妙的活动，分不清是善意还是陷阱……

我想只要把我的这些空信封打包寄给那位老同志，或许就能化解他胸中的醋怨气，这至少说明我跟他享受同等待遇。其实能直呼你名字就算不错了，如果再把网上的称呼，诸如“老 B4D”、“恐龙”等甩给你，你又能如何？

称谓原本是人际交往中最基本的礼貌，而礼貌是人与人之间的桥，“人无礼不生，事无礼不成，国家无礼则不安”（荀况）。所谓“构建和谐社会”，最起码的也要讲究一点文明礼貌，若连与人相处的基本规矩都不懂，社会还能谈得上和谐吗？倘是对面交谈，有时可以省略称呼，一打哈哈就过去了。而写信省略称呼，难免会显得生硬。

书信能反映出一个人的修养和性格，一个单位也一样，从它发出的信函、文件可看这个单位的素质和品位。无论是单位或个人，对别人的不尊重也是对自己的不尊重。按过去的老传统，写信不仅要有称呼，而且称呼的等级很多，在称呼后面还要加上敬辞，诸如先生大人、仁兄大人、阁下、足下等等。

那么，在倡导社会和谐的今天，为什么会有那么多单位、那么多人不约而同地都省略了对别人的称呼呢？我在回信中向老同志作了如下的解释：以某个单位或某一级组织发给您的信件，常常并不是那个单位或组织的正式在编人员写的，大多是从社会上招雇来的打字员打的，而打字员是按字收费的，能省的就省。现代社会时尚讲究的是速度、直接，高速路、立交桥、电脑不停地升级……都是为了一个字：快！而人的名字不过是一个符号，越来越变得只是一个符号，再加上某些人的懒散或粗心大意，也就没大没小的一律直呼其名了。

礼貌原本是人类共处的一把钥匙，可以在人际交往中打通心灵，相互产生好感。而商业社会的律条是："投入什么也别投入情感，谁投入情感谁先输。"人家既不想给你以好感，也不想对你有好感，当然也就怎么省事怎么来了。

话虽这样说，却不可否认一个事实：省略称呼已经成为不可逆转的一种社会潮流，反映了现代社会伦理的变化。无论朋友、同事、比你年长的或比你年轻的，乃至部下、晚辈，在直呼你名字的时候都不必大惊小怪，想得过多。

不知道这样的解释，能否消除那位老同志因称呼问题所造成的心中不快？

婚姻之“痒”

现代人喜欢用一个“痒”字，恐怖主义分子的袭击和自杀性爆炸是世界之“痒”，伊朗、朝鲜的核设施是美国之“痒”，法国、荷兰的全民公决否定“欧宪”成了欧盟之“痒”，男人不男为女人之“痒”，妻子施暴乃丈夫之“痒”，腐败是官场之“痒”，作弊是足球之“痒”，甚至连国庆黄金周也弄出个“七年之痒”……这个痒那个痒，仿佛当今世界处处发痒，现代人身上无处不痒。

痒了就要抓，就要挠，现代之痒大多是越挠越痒，越痒越挠，直至挠破，血糊肉烂。然后开始新一轮的痒。而在当今诸多的痒中，似乎惟婚姻中的“痒”最多。

不信咱们就数数看：

“婚姻的一年半之痒”。美国一家研究机构，最近公布了他们经多年跟踪调查研究得出的结论：新婚夫妇18个月后，新鲜感消失，以前双方隐藏很深的缺点开始暴露出来，从而产生失落感，导致夫妻分道扬镳。

吕娟在《26 岁，逃出围城》一文中介绍了中国年轻人的婚姻现状，结婚在一年半之内离婚的最为普遍，最短的只有一个月。以南京一个区为例，在 2005 年前三个月的离婚人数中，过不了 18 个月之“痒”的占到 80%。北京白领女林蕾，在公司加班到晚上 11 点钟，那天她有点发烧，浑身酸痛地回到家，见丈夫倚在床上看电视，看她回来都没有动弹，反而发牢骚：“我真是可怜啊，虽然结了婚，袜子脏了都没有人给洗。”林蕾一跃而起，洗完丈夫所有的袜子，第二天离婚。

真是现代烈女，这年头谁还在乎谁？现代人都喜欢以自我为中心，灵机一动，说离就离。何况现在离婚又不丢人，说不定还是大好事。果然，林蕾离婚后两眼放光，整个人好像又活过来了，随心所欲地装扮自己，重新吸引了众多追求者，她于是喊出一个口号：“早结，早离，早开始。”

似乎没有离过婚，就不能开始新生活，结婚、离婚不过是人生的预备阶段。

现代人的婚姻如果侥幸闯过了 18 个月的第一道坎儿，后边又面临着“五年之痒”。据全国的离婚统计，5 年以内的占 40%。

这个婚姻的“五年之痒”，可能跟第二代出世有关：要了孩子有要孩子的麻烦，不要孩子有不要孩子的问题。鹤岗一美男子剑锋，娶了美女晓雨，婚后生下一女，孩子太小还看不出丑俊，待到孩子稍大，变得又黑又丑，这成了剑锋的一块心病，整天怀疑这不是自己的孩子，要做亲子鉴定。最终晓雨不得不坦白，自己过去就是这样一个丑女，靠美容变成现在的样子，但基因不能美容，故生出的孩子还是像先前的她。两人只好离婚，好离好散，女的反给了男的一笔钱，不知是精神损失费，还是玷污美男基因的赔偿金？看看，美容竟然也能构成现代婚姻之“痒”。（单正平《人造美女的伦理问题》）

现代人经济独立，情感活跃，婚姻的约束力越来越小，家里红旗不倒，外面彩旗飘飘，于是就盛行亲子鉴定。这样一来更闹得现代夫妻容易疑心生暗鬼，搞不清自己的孩子是不是真是自己的，疑心一起，婚姻也就亮起了红灯。孩子也成了现在的婚姻之“痒”。

没有孩子就好受吗？一对年轻的夫妇，婚后三四年没有孩子，男的想要，女的却不要，男的有一次提前回家，看到妻子脱得赤条条正在电脑前跟网友通过网络做爱。这就又多了一条：“网恋”，更是现代婚姻之“痒”。

但，千万不要以为“婚姻之痒”为青年男女所独享，过了“五年之痒”，再往后就是“十年之痒”。结婚头 10 年离婚的占 50%。后边紧跟着是“二十年之痒”，占到 70%。

此时孩子已经长成，家庭负担减轻，没有让两口子必须凑合下去的外在压力了，老账新账，或老伤新伤加在一起，就变得不可忍受了。现代心理学证实，夫妻间的关爱是有周期性的，有起伏，分高低，在低潮阶段一点小事就会激起对对方的格外不满，这个阶段处理不好就会走向离婚。

特别是那些有所成就的中年男女，前 20 年苦于奋斗，或拼命挣钱，或玩命往上爬，当老境渐近，不可能不产生危机感，一下子会在感情上变得如狼似虎，厌烦了形式婚姻中的冷漠和疲疲沓沓，便想法打破它去追求更有激情的婚姻。

据社会学家的调查显示，当今社会上有一批黄金王老五和单身富姐，他们的存在本身就对中青年婚姻构成威胁。不是有这样的短句子吗：二奶的存在威胁老婆，当二奶成了老婆，别的女人又开始威胁她。大城市里甚至开始流行婚姻猎头，专门负责为富哥富姐寻找“幸福的目标”。有诱惑就有被诱惑，自然会对婚姻形成巨大的冲击。

婚姻度过了中年危机，越到后边“痒”的间隔就越长了。最近媒体在热炒婚姻的“四十年之痒”。结婚 40 年，年龄至少有 60 多岁，有的已是七老八十，怎么突然也效法现代小青年闹起了离婚热呢？如上海 80 老人张翁，嫌老伴太节俭，对他大吃大买各种补品多有唠叨，便一纸诉状告到法院，要求离婚。

俗云：“少年夫妻老来伴”，当一对夫妻老了，连作个伴的感觉都没有，自然更不可能相依为命，天天大眼瞪小眼的你看着我我看着你，就会谁看谁越看越别扭。

到了七八十岁的这种“痒”，应该是婚姻中的最后一“痒”了，可称“老年瘙痒症”。这看起来有点乱，现在的人怎么从一结婚就开始痒，一直到老都痒不够，可谓活到老，痒到老，无时不痒，一生都痒。

“痒”是一种时尚吗？不，还有比这更时髦的。那就是不结婚也痒，还没有结婚先想到离。眼下时兴这样一种结婚协议：“如果没有两层楼的房，就请准备两间房，如果没有两间房，就请准备两张床。”

还有一首专门为这些未婚先“痒”的男女写的喜歌：“我们要天天相恋，但不要天天相见；要有共同的生活经验，但不要共同的房间；你可与别人约会，但不要让我发现；我偶尔也会出轨，但保证心在你这边。”

——这个歌的别名叫“鬼话连篇”。

据调查、据统计……

据说现代人已经步入“数字化生活”，时时事事处处离不开数字，玩数字玩到了出神入化的地步。比如“政绩注水”，实际“注”进去的并不是真正的水，而是数字。即“官出数字，数字出官”。

以此类推，“新闻出数字，数字出新闻”，也早就不是什么新闻了。

去年一家安全套公司发布，中国人均性伴侣 19.3 个，居世界之首。一下子让许多成年人无地自容，感到自己亏得慌，看周围的人不吭不哈、一板正经，原来暗地里竟干了那么多。正不知该如何迎头赶上，忽然这家安全套公司又改口说，人均性伴侣其实只有 6.1 个。原先所说的 19.3 个是想当然，或者干脆就是“猴拿虱子——瞎掰”。

那么，这“6.1 个”就“安全”可信吗?

这类数字游戏见的一多，就会发现他们的玩法也就那么几下子。

其一：含一半吐一半。“据调查，全球有近四分之一的人患失眠症”；“据统计，90% 的男性对自己的性器官不满意，46% 的成年男性有着不同程度的勃起功能障碍，76% 的女性对她们的性伴侣不满意……”谁调查的、谁统计的？又是怎么调查、怎么统计出来的？这样的数字谁相信了，谁就要自己对此负责。

去年 12 月 26 日的《广州日报》有一消息，白领张女士跟丈夫聊天，说看到报上有个统计数字，中国的男人一半有婚外情，所以男人只能相信一半。不想先生立刻反驳说，他看到的调查统计是，广州女性中八成有婚前性行为……一对原本好好的夫妻，随即吵了起来，险些闹得分道扬镳。

其二：干脆连“据”字都省掉，云苫雾罩地直接告诉你数字。“有资料证实，中国人 2005 年吃掉了 8806 亿（这是什么意思？吃的是公款，还是私款？抑或是 13 亿人一共吃了这么多？）”；“由中国赌客流失到境外的赌资达到 6000 多亿人民币”；“有数据显示，我国城乡居民每月读一本书的人为 51.7%，比 5 年前（1998 年）下降了 8.7 个百分点；1998 我国有上网阅读习惯的人数比例为 3.7%，2003 年的人数比例达到 18.3%，年平均增长率 78.9%”；“有专家调研，目前我国 40—70 岁男子当中，有 30% 的 ED（阳痿）患者，ED 男人一半出于纯心理原因”；“除了高涨的不忠指数（男人 47.7%，女人 32.4%），13.5% 的男人有固定情人，有固定情人的女人则为 8.4%。”

甚至干脆这样造句子：“有一组数字说明”、“有人计算过”，等等。正如美国已故统计学家列文斯坦所言：“统计数据就像美女身上的比基尼，露的部分引人遐思，没露的部分才是最重要的。”

其三：故弄玄虚，生造数字。《羊城晚报》曾发表了一位博客网 CEO 的话：“互联网的时间尺度是以狗年来计算的，我们的一年相当于普通人的 7 年。也就是说，我在互联网上奋斗了 10 年，就相当于已经是 70 狗岁了。”他的意思很不错，过去有句老话叫：“洞中方七日，世上已百年。”只是不知道他的这个“70 狗岁”是个什么岁？难道还有 80 鼠岁、90 马岁、100 蛇岁？

其四：混淆概念，吓你一跳。1998 年底，国家体委研究所李力研，发表了一份关于知识分子健康状况的调查报告：“中关村知识分子的平均死亡年龄为 53.34 岁，比 10 年前调查的 58.52 岁低了 5.18 岁，更低于北京 1990 年人均寿命 73 岁。”这还了得，站在大潮前头、无限风光的中关村知识分子，竟比普通人少活 10 年！

于是媒体一阵热炒，全国一片惋惜，很自然引起了有关领导的重视，指示“要用科学的抽样方法，准确的统计数字进行调查分析”。于是，2004 年 7 月，国家人事部、北京人事局，委托中国人民大学社会与人口学院，组织课题组，重新调查。最近公布了调查结果：“中关村知识分子人均寿命 70.27 岁。”

媒体觉得被糊弄了，别看老百姓被媒体糊弄了一点招儿都没有，媒体若觉得面子上下不来是要追问一番的。有记者致电国家体委，想重新采访李力研，不想李力研因突发心脏病已经去世，年仅44岁。我看到这条消息时脊背发凉，他由于混淆了“平均死亡年龄”和“人均寿命”两个不同的概念，让中关村知识分子短命10年。造出这种数字的人，就不怕自己折寿更多吗？

数字是马虎不得的，特别是关乎国计民生、人命关天的一些数字！

铁窗化的城市

没有门窗的房屋是坟墓。城市里的建筑都必须有门窗。却不知从什么时候开始，城市的门窗成了城市的弱点、漏洞和威胁，让城里人提心吊胆，白天不敢大意，夜晚睡不安稳。

自有城市的那一天就有小偷，为什么于今为烈？随着城市现代化进程的加快，偷儿们的伎俩也现代起来，他们通过门窗潜入他人的房屋就如同走平地，像进他们自己的家一样自如。出入的便当使他们贼胆包天，不仅肆意盗窃财物，有时还会强奸妇女、杀人灭口。关于这类的新闻海了去啦。一传十，十传百，哪儿一出事，就会闹得周围一大片人心惶惶，人人自危。万般无奈，自由的城市人从监狱得到启发，用钢铁将城市严严实实地包裹起来——钢板做成防盗门，铁棍做成铁窗。

“铁窗”——泛指监狱。而世界上最安全的地方就是监狱，除去没有自由。如果把自己的家装备得在外人看来像监狱，偷儿们也就不敢轻易光顾，即使他们有那种贼胆，也未必有冲破钢铁防护的贼招儿。这下，城里人终于可以睡个安稳觉了。每个住宅小区都有自己的院墙，北面一般还要盖上几栋高楼大厦做护卫，门口有栏杆、警卫，对出入人等进行盘查。人们进入每一栋楼房，必须先要打开通向楼道口的第一道大铁门，楼门洞有多宽多高，铁门就要有多宽多大，壁垒森严，厚重安全。一天二十四小时都紧锁着，而且是现代牢靠的电子密码锁，开启的方法各式各样，有的用遥控器，有的用大钥匙，有的须站在大铁门外面对着扬声器自报家门，待里面的人对你验明正身，确信你对大楼不构成威胁，才会咣当一声打开大铁门上的小铁门，放你进去。

过了第一道大铁门，各家各户的门口还安装着第二道小一点的铁门，进入的程序和进入第一道大铁门差不多，所以现代城里人的腰上大都挂着一串大钥匙。这就更容易让人联想到在影视作品上看到的监狱看守，屁股后面都挂着一嘟噜大钥匙……有外人想进来自然就更难了，无论想进去找谁，都有一种探监的感觉，紧张兮兮，盘问仔细。进了楼找到你要找的门口，还要站在明处接受主人在暗中进行一番窥探。所有的防盗门上都一个窥视镜，无论上门者是何许人，主人本可以堂堂正正地开门一看，却偏要偷偷地在门后窥视。防贼反把自己置于偷偷摸摸的境地。

正是这防盗门上的窥视镜，无疑开启了一个偷窥的时代。城市里曾长时间的热销望远镜，大的路口都有小贩在手臂上、脖子上挂满望远镜，向被红灯拦住的司机们兜售。被关在铁窗里面的城市人，想借助望远镜延伸自己的眼睛，更多地获得看的自由，看到铁窗外面更多的景观，尤其是别的楼里的铁窗后面的情景。这就是现代城市人的尴尬，在防贼的同时却把自己的隐私暴露在窥视镜下。温暖被铁窗隔断，眼在铁窗中惊慌，铁窗中的高楼冷冷闪光，铁窗被铁条紧闭，站在铁窗前向外望去，外部世界全都是铁窗，连草坪都被铁棍的投影切割成小碎块。城里人就是依赖这种被关在铁窗内的不自在和不舒服，获得了一种被囚禁起来的安全感。或者说人身和财产相对安全了一些，但心理上却不那么安全了，所以现代人的精神疾患格外多，抑郁症、变态狂……各种稀奇古怪的病症令人匪夷所思。

看上去非常牢固的铁窗，反而造成了现代人的精神脆弱。于是他们就越发离不开铁窗，依赖象征失去自由的铁窗，来获得一种虚妄的安全保证，甚至借铁窗来炫耀自己的财富，将其视为财势的象征。比如实力雄厚的大公司或有钱人家的别墅、豪宅，铁窗会做得更加粗大坚固，甚或给森冷的钢铁加上点花样。而铁窗上的花活越多，就越不协调，更像一种变态。据说一暴富的农民企业家，曾在自家的铁窗上镀金，后来他锒铛入狱，不知是否自备了一副金手铐？现在的城市建筑里都是一道道铁门外加一扇扇铁窗，如果说进楼的第一道大铁门是防外面的强盗，那么楼内各家各户的防盗门就是防楼内的坏人？楼内住的都是邻居，难道要以邻为盗，各自为战？

富裕起来的现代人，成天防备着除自己以外的所有人。心里又怎会不紧张，不孤独？人人心里设防，人人心里像有一座监狱。但是，监狱被从外面攻破的时候不多，倒是监狱里边闹事的不少。祸起萧墙，监守自盗，家庭解体，争抢财产……可惜，几乎是无所不能的现代人却还没有发明一种能够“防心”的铁门和铁窗——借以防住贼心、花心、妒忌之心、狡诈之心、怨恨之心、歹毒之心，等等，等等。

圆的图腾

中国的城市正热衷于建雕塑，而由国内外知名的雕塑家、建筑学家以及城市规划设计师们组成的评审团，却给中国的“城雕热”泼了一盆冷水。他们评定了上海的1034座城市雕塑，其结论是：80%是平庸之作，好的和极为低劣的各占10%。

其中有个最为古怪的现象，即中国的城市雕塑都喜欢跟“圆形”玩儿命。《奔向未来》是一堆不锈钢顶着个圆球，《托起新世纪》是两双手举着个球，《花开新千年》是钢片上挂满球，《腾飞》是抱着球，《光华》是顶着球，还有夹着球、咬着球、转着球、抛着球……

现代人气势大，一表达雄心壮志或规划未来，就拿地球说事，自然也就老在圆上做文章了。这让我想起繁华的南京路中段，有一个著名的黄金三角地，以前长满大树和花草，给拥挤的市中心留着一片宝贵的绿荫和一个透气孔。1976年唐山大地震后，这里竖起一座雕塑，是切开的圆锥形，里边分别站立着工、农、兵三尊雕像。附近的居民解释说：这是一座开花坟，里边埋葬着在地震中死去的工、农、兵。那是“文革”中的产物，塑成什么样都不足为奇。由于它是抗震纪念物，又是“工农兵”，无人敢动它，甚至连无孔不入的房地产开发商也不敢打它的主意，至今还矗立在那块黄金三角地的中央，并阴错阳差地形成一种类似圆的诅咒。

或者说，圆成了城市建设的一种图腾。凡重要建筑，都要弄成个圆球：平津战役纪念馆是个地雷样的黑色铁球；体育馆是个鼓胀的空心大圆球；新建的历史纪念馆是个滚圆的大银球……当然，圆的也没有什么不好，我甚至随口还能列举出许多关于圆的好处：人类赖以生存的地球就是圆的，人类所有跟外界接触的部位也都是圆的，头颅、眼珠、鼻头、嘴唇、手指肚、膝盖、脚后跟、脚趾肚、屁股等等。只有圆的东西才能强韧，圆滑，不怕碰撞，且能钻能挤能飞能转。比如车轮、足球、弹头等等，都设计成圆的。

虽然圆的有这么多好处，可城里人终究不能光生活在圆里，想想看，无论在哪个城市走上大街满眼都是圆，那会是什么感觉？可中国的城市里为什么一下子会冒出这么多平庸俗劣的雕塑呢？其实还是老毛病作怪：一窝蜂地赶时髦，暴发户式的附庸风雅。大致可分以下几类：一、概念化、套子化，假大空。表现现代是不锈钢加圆球，表现传统就是龙、狮子、牛，外加神仙老虎狗。批量订货，大同小异。

二、长官意志，拍马奉迎，有些城雕是领导授意搞的，为个人树碑立传，有些是下边为了让头头高兴搞的，甚至就是为了刻上领导的题字。有个企业家，在工厂大门外竖起了他和他老婆以及几个共同创业的几个哥们儿的雕像，成了当地轰动一时的景观。兴奋之余竟托人拉我去看，想从作家嘴里听到两句好话。我看后沉吟半天，却只能说实话：惨了，你们这几个人今后恐不得安生了，塑像代表着你们没黑没白地就站在这里了，风吹雨打，冰天雪地，雷电袭击等等，鸟还要往你们头上拉屎，你们得罪了哪个员工会往你们身上啐唾沫、甚至撒尿……这些信息都会传递到你们身上，能好受得了吗？世界上有些非常强硬的人物，在大建塑像之后却迅速地或神秘地倒台了。

三、抄袭、模仿，生搬硬套。布鲁塞尔的《撒尿的男孩》，是世界著名的雕塑作品，在中国的街道上也经常可以看到这个正在撒尿的比利时男孩。由此还影响到中国的影视作品，里面只要有男孩的戏，多半会给他一个对着镜头撒尿的特写。看一个男孩在特定的环境下撒尿或许很有意思，让那个外国孩子跑到中国来到处撒尿，就让人觉得不怎么有意思了。还有，到处建罗马柱，北方的城市里大造假椰子树，甚至连公园里也用绿塑料制造假草皮，你说恶心不恶心？

四、见缝插针，粗制滥造，昏昏然、昭昭然，添堵添乱。城市里本来就拥挤，好不容易有一点空地，你还弄个俗不可耐雕塑填上，跟人争空间。雕塑是一种艺术创作，应该创造出自己的灵感，塑出思想和感情的空间，这非常不容易。世界上出现过那么多的雕塑艺术大师，千百年来才留下多少有口皆碑的雕塑珍品？

现在的中国可倒好，几乎没有人不能搞雕塑：政府可以搞、城建部门可以搞、市容办可以搞、园林局可以搞、开发商可以搞、企业可以搞、街道可以搞、小区的物业可以搞……惹急了老百姓也可以搞，搬个板凳往马路上一坐，就是活雕塑。

说一千道一万，缺乏个性是城雕的通病。如果自知搞不出一鸣惊人的传世之作，能结合自己的环境和文化背景雕塑出独特的个性也好啊。许多年前旧金山的美洲银行大厦落成时，花重金请一位知名的雕塑家为大厦创作一件相称的作品。艺术家是个重实惠的人，既不想放弃这笔丰厚的酬金，又不愿拍银行的马屁，于是就用黑色大理石雕塑了一个巨型的心肝，隐喻资本家的心肝都是黑的。而美洲银行欣然接受了这件奇特的作品，并把它摆放在大厦的前面。不想此“黑心肝”很快就成了旧金山的著名景观，人们蜂拥而至，一睹为快，这非但没有给美洲银行带来晦气，反而作为故事流传开来，“黑心肝”变得强大而宽容，门庭若市，人气鼎盛。

这显示了一种肚量和品位。一个单位如此，一个城市也如此，城市摆放城雕，城雕也在雕塑城市。走进一个城市，只要看到它的雕塑品就大致可以掂量出这个城市的品位。